用一生

—— 思 考 中 国 ——

拥抱中国

徐秀慧 主编

写在人间

吕 正 惠 ◎ 著

九 州 出 版 社

图书在版编目（CIP）数据

写在人间 / 徐秀慧主编 ；吕正惠著. -- 北京 ： 九
州出版社，2023.8

ISBN 978-7-5225-2614-0

Ⅰ．①写… Ⅱ．①徐… ②吕… Ⅲ．①中国文学－当
代文学－作品综合集 Ⅳ．①I217.2

中国国家版本馆CIP数据核字(2024)第042828号

写在人间

作　　者	吕正惠　著	
主　　编	徐秀慧	
责任编辑	肖润楷	
出版发行	九州出版社	
地　　址	北京市西城区阜外大街甲 35 号（100037）	
发行电话	(010)68992190/3/5/6	
网　　址	www.jiuzhoupress.com	
印　　刷	鑫艺佳利（天津）印刷有限公司	
开　　本	880 毫米 ×1230 毫米　32 开	
印　　张	11.125	
字　　数	280 千字	
版　　次	2024 年 3 月第 1 版	
印　　次	2024 年 3 月第 1 次印刷	
书　　号	ISBN 978-7-5225-2614-0	
定　　价	62.00 元	

吕正惠在台湾苗栗县田园间（拍摄者：黄文倩）

2007 年 2 月人间出版社尾牙宴（右二为吕正惠）

躬逢盛世

——《吕正惠集》总序

吕正惠

我生于 1948 年 11 月，西医的病历上注记我的年龄是"74 岁6 月"，十分精确。在这个年纪出版文集，未免太早了，何况就著作的数量和质量而言，我实在没有资格出版文集，可以说，这是"情非得已"的。这事说来真是有点话长，我尽可能长话短说。

我在就读高中阶段，就立志要当一个研究中国古代文史的学者，并且希望能够在大学任职。这样，既有稳定的工作，又有合乎自己兴趣的职业，可谓两全其美。那是 20 世纪 60 年代中期，我读的是台湾最好的高中——台北市建国中学。从小学开始，我的数学成绩一直很好，而在那个年代，台湾社会普遍认为，数学好的人就应该读理工，读文科是没有出息的。而且那个时代，教师（包括大学老师）待遇不好，好学生不可能选择教书这个行业。所以我决定要读文科，要当大学教授，不但不被认为是心存"奢望"，反而会被讥笑是傻瓜。我爸爸就强烈反对，但我是独子，一意孤行，我爸爸也无可奈何。

就这样，我一路读到博士，而且在大学任教，我的专业是中国古代文学，以唐诗为重点。当我拿到博士，当了台湾清华大学副教授，分配到宿舍，我非常满足。我出身农村，别无他求，以为可以以此终老。

但是，就在我读博士期间，台湾社会开始产生变化，而且越变越快，越变越激烈。变化主调是，企图改变国民党政权长期"戒严"，一手掌控政治、社会、文化秩序的局面。整个社会蠢蠢欲动，民主化的浪潮难以抵挡，连我这个一心想献身学术的人也受到影响。

我逐渐被卷入当时日渐兴起的"乡土文学"运动和党外政治运动之中，受到强大的文化与政治冲击。我日渐感受到，我一向喜爱的古代文史与现实相距太远，我需要与时代脉搏合拍，于是我开始写起现当代文学评论来。由于我的文章颇受欢迎，我越写越多，几乎凌驾于古代文学之上。在此之前，台湾的中文系极端保守，把自己闭锁在古代文史之中，现当代文学几乎完全被排斥在外。现在由于时代气氛变化，中文系也不得不接纳现当代文学，因此，我所写的大量现当代文学评论，也成了改变传统中文系体制的助力之一。

然后就来到了1987年的解除"戒严令"，可以组织反对党，甚至还开放两岸探亲。所谓"探亲"也只是个名目，实际上是，任何人都可以申请到大陆去了，这是我完全梦想不到的。从此以后，我就可以到大陆各地去看看我一直魂牵梦萦的祖国山川，我从小在地理、历史课本上熟读、熟知的无数城市和著名景点（我是台湾本地人，并不是随国民党迁徙到台湾来的移民）。

但是，接下来我面临了时代对我最大的考验。由于两岸开始接触，台湾媒体不断报道大陆的种种落后现象，两岸的"心理距离"越拉越大，台湾人（包括本省人和外省人）越来越不认为两岸都是中国人。这时，中华人民共和国早就恢复在联合国的一切合法权利，而一向自居为"中国正统"的"中华民国"在国际上已没有立足之处（这是 1971 年的事），所以从 20 世纪 70 年代开始，就逐渐产生了台湾要"独立"于大陆之外的分离意识（这有种种表现形态，其中最极端的就是我们所熟知的"台独"运动）。这种分离意识愈演愈烈，并且在 80 年代末达到高潮，以迄于今。整个 80 年代后半期，我在台湾听到的都是毁谤、污蔑大陆的言论，这让我感到非常痛苦。

由于我深受七十年代"乡土文学"运动和党外政治运动的影响，我对国民党政权越来越没有好印象，但我始终相信我从小所接受的中国历史、文化教育，我绝对无法认同"我不是中国人"这样的观念。因此，到了八九十年代之交，在一片"我不是中国人"的叫嚷声中，我变得非常孤独。这时候，有人告诉我，现在有一个"中国统一联盟"，公开主张两岸都是中国人，应该和平统一，不要互相猜忌、对立。经过一阵子的徘徊、犹疑之后，我毅然决然地加入中国统一联盟，从此我成为台湾文化界知名的统派人士（这是 1992 年的事，我刚从台湾清华大学中文系主任的位置上卸任）。

在那一段最痛苦、孤独的日子里，我长时期沉浸于西洋经典音乐，一听就是好几个小时，心有所感，就借着谈这些音乐来抒发内心的情绪。实际上，这并不是乐评，而是一种特殊形态的抒情文。由这些文章组成的《CD 流浪记》是我唯一的散文集。

除了借西方经典音乐以排遣情绪外，我把大部分的时间都花在读杂书上。也就是说，我只偶尔写一点关于中国古代文学或台湾现当代文学的论文，其他大部分时间，我都在读关于中国或西方历史、文化的各种书籍或文章。我心中充满了困惑，想要借由这些阅读来寻求答案。

我所思考的问题大致如下：为什么台湾人（包括本省人和外省人）那么瞧不起中国文化？不只如此而已，在改革开放初期，瞧不起中国文化的大陆知识分子也到处都是。人类文明自古代以来一直持续发展到今天的，就只有中华文明。其他古文明，或者早已中断，如两河文明、埃及文明、希腊文明，现在的伊拉克、埃及、希腊，和古代的两河流域、古埃及和古希腊并没有直接的承袭关系；或者如古代印度文明和伊朗文明，已因为多次被外族征服，面目改变很多，跟现在的印度和伊朗文明已有极大的差异。如伊朗原来信拜火教，现在信伊斯兰教；又如古印度已分裂成信仰伊斯兰教的巴基斯坦和孟加拉，以及主要仍维持印度教信仰的印度。中华文明自古至今的延续性是非常明显的，虽然有一些外国人老是怀疑是否存在着一个始终连续不断的中国，但这种怀疑完全站不住脚。就是这样的中华文明，现在却被误认为是世界上"最颟顸、最陈腐、最不求进步"的文明！而那些在中世纪之后才走出野蛮状态、明显充满了侵略性和种族歧视，甚至有种族灭绝倾向的西方列强，特别是以盎格鲁-撒克逊民族为主体的英国和美国人，却被吹捧上天，认为他们为全人类提供了普世文明和普世价值（人权和民主！——想想看他们发动了多少战争，屠杀和奴役了多少土著，印第安人和非洲黑人不过是最明显的例子而已！）。

关于现代中国的问题，我也有一大堆困惑需要解决。譬如，在抗战胜利后的内战中，为什么共产党能够战胜国民党？就是因为对这个问题有了明确的认识，我才会在八九十年代之交成为坚定的统派。接下去，我一直在思考，共产党是如何建设新中国的？从当下这个时刻回顾过去的七十多年，你会觉得历史是多么不可思议啊！1949 年中华人民共和国刚成立的时候，中国真的是一穷二白，而现在的 2023 年，中国不但是世界第二大经济体，而且迫使美国表现出极大的不安，因为它明显感受到中国对它的霸权所形成的威胁。

也不过是四十多年前，改革开放之初，中国的"公知们"不断地在说，毛泽东时代中国完全走错路了，现在才走回正确的道路。后来，他们硬是要把新中国的前三十年和后三十年切割开来，而且还认为，如果还是没有走上西方的道路，改革开放就不可能成功。如果改革开放是从 1979 年算起，至今也不过四十四年，这个问题现在还需要再争论吗？1989 年我第一次到大陆去，第二次是 1992 年。从 1995 年开始，每年都要去好几次，除了西藏自治区之外，我已走遍了中国所有的省份（包括自治区和直辖市），看到了改革开放后许多不可思议的变化，真是不虚此生了！

在接手人间出版社以后，我就把我所阅读和经历的种种感想借着写序的机会表达出来，并且终于有机会汇集成《写在人间》一书（在台湾出版的《走向现代中国之路》是其精简版）。写这书的三十年间，我基本上放弃了我的学术专业，成为一个杂读家和杂文作者，但我从来没有后悔过。

新冠疫情暴发以后，我只在 2021 年去过大陆一次，那时候因为管控的关系，我大部分时间待在北京，此外就只短暂去过上海和厦门。年底回到台湾，我开始发现，身体好像有一点问题。经过将近一年的问诊和治疗，就在去年 11 月，我确认自己得了重症。除了刚得知恶耗的那一刹那之外，我一直努力保持内心的平静，接受医生安排的所有治疗。

我的朋友和学生，不论是在大陆，还是在台湾，都对我表现出极大的关切。就在这个时候，福建师范大学的徐秀慧教授（我以前在台湾的博士生）和九州出版社的副社长王守兵先生，提出要帮我出一套著作集。我了解他们的心意，同时，北京的生活·读书·新知三联书店和北京大学出版社（培文）得知这一计划后，都主动提供他们原有的排版文件，供九州出版社重校，并不计较其中有些书签约期限尚未到期。我很感谢他们的盛情，我会调整自己的生活形态，让自己活得更健康。三十年来我的生活虽然有一点坎坷，但现在面对中华民族伟大复兴的关键时刻，我尤其必须努力。在人类历史的长河中，只有极少数人能够躬逢盛世，我怎么能够不好好把握呢！

正如前文所说的，由于我在台湾独特的经历，我的著作既包括中国古代文学研究、台湾现当代文学评论，也包括《CD 流浪记》这一类独特的抒情文，同时也有收入《写在人间》一书中的许多历史、文化、政治评论，实在难以归类，只能笼统名之为"杂文"。我不好说自己是个学者，更不能说自己是个杂文家，总之一句话，我最终写出了性质这么庞杂的文字，这可以说是历史的特殊际遇吧。

2023 年 5 月 19 日

补记：我想对《情感与韵律》这一册做个简单说明。这一册包含两本小书《中国的抒情传统》和《诗词曲格律浅说》。我原本就把一些旧稿特别保存下来，准备在未来加上一些文章，编成《中国的抒情传统》这样一部书。现在得了重病，这个工作显然是不可能完成了，所以这一部分就只能是未完稿。但这些稿子牵涉到我和高友工先生的一段旧因缘，而且其中有好几篇论文，我自己是比较重视的，虽然是残稿，我还是特别收进这一套著作集中。

20世纪70年代后期，高友工先生回到台大外文系客座，主要讲他构思中的那一套"中国抒情美典"（他特别使用"美典"这个名词），我和蔡英俊先生（那时候我们分别在读博士和硕士）都去旁听，我们因此成为好朋友，后来也是台湾清华大学中文系的同事。我们两人，特别是我，常常有意跟高先生抬杠，高先生不以为忤，因此我跟蔡英俊从来不缺课。我们两人都深受高先生影响，但我们都根据自己的想法"改造"高先生的理论。几年后蔡英俊出版他的《比兴物色与情景交融》，我也发表了两三篇论文，我们两人因此在几年内受到台湾中文学界的瞩目。不久，蔡英俊到英国读博士，好像就不再研究这些问题了，我虽然还保持兴趣，但注意力逐渐分散，相关的论文也就越来越少了。但我完全没想到，高友工先生2008年在北京的三联书店出版了《美典：中国文学研究论集》，特别托人送我他的亲笔签名本。他在序中有这样一句话："仅就抒情传统这一方面，台湾的蔡英俊、吕正惠和新加坡的萧驰，早就后来居上，我只能远远赞叹和欣赏。"高先生很会赞赏别人，特别喜欢奖掖后进，他这个话让我非常惭愧，但实际上也等于公开说，我们三人是受过他影响的。遗憾的是，后来只有萧驰始终关注这个问题（很不幸，他前几年去世了）。

《诗词曲格律浅说》在台湾出版的时候，是一本独立的、薄薄的小书，不过，销售状况却很不错，重印过好几次。我虽然研究古代诗词，但却不是格律专家。我从小讲闽南话，闽南话和客家话、广东话一样，保留了唐宋时代很多的入声音，而这种入声音在现代的汉语普通话中却已经完全消失了，这给研究和欣赏唐宋诗词造成很大的困难。我在台湾大学中文系读书的时候，我的诗词老师是郑骞先生和叶嘉莹先生，他们从小在北京长大，普通话讲得非常好，但他们两位都常常提醒我们，研究古诗词一定要注意入声字。大部分学生都没有注意他们的警告，我因为从小在农村长大，闽南话讲得比普通话早，很容易就能够分辨入声字，所以一直谨记在心。我后来在做研究和讲课的时候，也一直关注这个问题，所以当我一个办出版社的朋友要我写一本关于诗词曲格律的小书时，我立刻答应。他跟我都没想到，这本书出版后一直受到欢迎。但这本书字数太少了，很难适合大陆的出版规格，所以一直无法在大陆出版，我觉得非常可惜，所以这一次就想办法编了进来。

一般讲格律的书，都是由专家写的，专家写书有他们的规范，一般人常常觉得不容易体会。我不是专家，我写这本小书时，主要考虑的重点是，如何让外行人容易了解。我曾经在台湾网络上看到一位中学语文教师写文章推荐我的书，他说，他很想了解诗词格律问题，找了好几本书来读，都读不懂，直到找到我的书，才终于真正读懂了。我认为这是对我的最高赞美，可惜我当时没有保存下来，现在已经找不到了。我所以写这段话，是希望大家不要因为这本书的篇幅太小而忽略了，我希望大家能够留意这本小书。

5 月 22 日

目　录

附　录

编后记

代序

如何做一个"人民中国"的知识分子？

江　湄　张志强

这两天，我们一直在想，与吕先生相交八年，他给予我们的最重要的东西是什么？吕先生在什么意义上是我们人生中一位重要的"老师"？想来想去，我们认为，吕先生教育着、启示着我们如何去做一个"人民中国"的知识分子。

初次见到吕先生，是在 2005 年初秋的北京。那时，据他自己说，已经走出绝望愤懑的低谷，心情逐渐转为晴朗。当时，我已事先知道他是极少数的台湾"左统派"，在岛内备受孤立，说实话，对于他的立场我也很不理解，若是因为怀抱左翼思想而对"社会主义中国"抱有幻想，确实很是奇怪。当时，我只拜读过大陆版的《CD 流浪记》，对吕先生的文字风格有着很深的印象，语淡而味深，三言两语就能毕现一部作品或一个作家的精神内里，有一种直击人心的淳朴的力量。他总是偏爱农家子弟出身的音乐家，充满了强烈的"阶级偏见"，但对于莫扎特这个宫廷乐师的儿子，却又忍不住还是很喜欢，他的"阶级偏见"能这么坦率又这么公正，实在是很可爱。

慢慢和吕先生熟悉起来，很爱和他天南海北地聊天，他书读得多读得杂，对中国文史尤其熟悉，常能一段一段、一首一首背诵古文辞，考虑到他的闽南腔可能会让我们听岔，还不时地笔之于书。到了晚上，他喝着酒但还没醉，思维活跃，情感充沛，议论风发，颇可观采。吕先生是台南的农家子弟，有着很强烈的省籍意识，但他从小爱读中国历史、文学、地理，手按中国地图熟悉了那些河流、山岳、城市的名字，从此情根深种，不可移转。我们常觉得，吕先生的中国情怀其实首先是一种至性至情，腔子里的一股热诚情感，用佛教的话说是"痴"。当乡土文学派出现内部论争并诡异地转向"台独"论述之时，吕先生先是懵然，感到"焦灼与不解"，然后是"异常的愤怒和痛苦"，这种反应正说明他实在"痴"得可以，他不能相信，人的情感可以这么"轻"，思想可以这么"快"，可以随着形势的转变说变就变。他索性"一不做，二不休"，上了梁山，加入中国统一联盟，成了无论在台湾还是在大陆都极为稀罕的"左统派"，这又是因"痴"而"顽"了，正是吕老英雄风范！

吕先生的中国情怀，对于我们有很深的教育意义，这一点怎么估计都不过分。我们这一代人出生于"文革"后期，成长于改革开放的 80 年代，从上大学起，就习惯于用想象中的西方先进标准批评中国与中国人之种种，深受该时代普遍的幻灭虚无情绪的影响，自感生活于革命以至"文革"后的文化废墟，其中似乎只有残破传统的蛮性遗留，难免自惭形秽。在我们的周围，从批判现实走向蔑弃现实，靠着蔑弃现有中国的一切以保持优越感和孤愤感的，不乏其人。而吕先生这个来自台湾的"左统派"，让我们对于自己的"惭愧"感到"惭愧"，如果我们因为无法承担自己、承担历史种种不良后果而将之转嫁为对祖国、祖先和传统的蔑弃，那就失去了做人的根本，还谈什么生命的充实和成长？一个人固然不应以他所从出的环境自限，但首先应该尊重和爱护自己的根本，像一棵树那样踏踏实实地在一片土地上长高长大。吕先生责问他的一些"台独"派朋友："我们怎能为了'中国'不能带给你'光彩和荣耀'而拒绝承认自己和中国有过千丝万缕的关系？……他应该算是势利眼吧，我们也不想跟他交朋友。"说得真是痛快！对于我们来说，中国无论带给你光彩和荣耀，还是失望和耻辱，并不重要，甚至中国的复兴是从此一帆风顺还是要再经坎坷，也并不重要，它都是我们必须热爱并承担的自己的命运，都是我们自己精神生命的根源命脉所在。这样的"中国情怀"，更进一步要求我们把自己的人生和这个更大的历史命运结合起来，以一种深切的道德情感，去理性地反求历史，以求启示和指点，以求自我理解、自我承担和自新的能力。

基本上，吕先生是在成了"左统派"之后，才开始在痛苦中反省自己的人生经历，又将个人的经历联系到自己当身所处的时代与社会脉络，自觉地进行历史整理并形成历史论述。首先是"所见世"，即他所亲身经历的战后台湾历史和知识分子的心路历程，他想从中了解的是，同在五六十年代受到自由主义影响，又在70年代乡土文学运动中站在左翼立场的同志、朋友们为何令他"大惑不解"地不乐于承认自己是中国人，乃至于弃绝、敌视中国；然后是"所闻世"，即五四以来乃至晚清以来中国近现代革命历史。他说："只有当你相信，共产党领导下的革命是不得不然的，中华人民共和国是现代中国命运的不得不然的归趋时，你才会承认你是中国人。"乍一看这句话，很像从小教科书就一直要灌输给我们的那一套历史哲学。但是，我发现，他对中国革命史确实有他自己的理解，和我自小所读的教科书理路甚为不同。他完全是从中国历史自身源流动态来看这件事，受到黄仁宇的启发，他将中国革命这个有史以来最大规模的财产重新分配和集体化，看作彻底打破了明清以来中国社会固有的结构和秩序，弭平固有的社会鸿沟，赋予中国一个全新的"下层结构"，从此解决了"国将不国"的问题，"革命让中国产生了某种新力量和新个性"，如今，"下层结构还在原型阶段，显然未来需要修正"。"社会主义"被他解释为儒家式的均平互助，其最高原则就是"人人有饭吃"，这个"饭"是个隐喻，如果它指的是"教育"，那就是政府起码要让人民的子弟都有起码的"受教育权"；如果它是指"饭碗"，那就是底层工农有个"温饱"的生活，感到过得"还可以"。从这一点来说，现在与以往历朝历代相比，不能不说也是得了"天命"的。对于我自己来说，中国共产党领导的革命以及社会改造是不是中国历史之不得不然，我并不能像吕先生那样给出确定的答案，但是，作为跟着共产党打进城的农民的后代，我必须承认，革命确实打破了原本深固的社会区隔，重新打造了中国社会的"基层结构"，重新形成了中国社会的"中坚"，而三十年的改革开放经济发展，又再一次从社会下层激发出了洪流一般的力量，重新形塑着这个社会的"基层"和"中坚"。从这个意义上，我能认可他一再所说的，中国革命和国家重建也是中国文明再生能力的表现，是中国的"浴火重生"，那么，正如他所强调的，如何将革命史与中国文明传统重新连接起来，既是理解革命史的关键，也是理解中国文明传统的关键。

　　吕先生以为最能代表中国现代革命精神的知识分子是鲁迅："鲁迅表面强烈的自我批判精神，其实正是对西方文明最坚强的抵抗，他的拿来主义最终证明，中国可以找到一条特异的自救之道。"在三联书店 2010 年出版的《战后台湾文学经验》中收入了他 2009 年所写的《陈映真与鲁迅》，他指出，陈映真小说中的意象与鲁迅的小说有密切关系，《凄惨的无言的嘴》结尾处那个梦境中的"黑房子"和那句"打开窗子，让阳光进来吧！"很容易让人联想到《呐喊·自序》中的"铁屋"："后来有一个罗马的勇士，一剑划破了黑暗，阳光像一股金黄的箭射进来。"而这一句，又突然让他想起鲁迅《故乡》中极为著名的一段："深蓝的天空中挂着一轮金黄的圆月，下面是海边的沙地，都种着一望无际的碧绿的西瓜，其间有一个十一二岁的少年，项带银圈，手捏一柄钢叉，向一匹猹尽力地刺去……"接着，他说："而，那个手捏钢叉的少年是否也可以化身为一个拿着剑的罗马的勇士呢？希望我不至于太敏感。"我认为，吕先生在这里之所以会过于"敏感"，是来自他多年来萦绕于心的一大问题：体现和实践了鲁迅的否定精神的中国革命，彻底摧毁了传统士绅阶级及其以之为主导的社会结构，从工农民众中兴起了现代化社会的新的中坚力量，这个快速走向现代化的"人民中国"不能只有信奉开明自利的小市民阶级，而要能产生和形成自己的知识阶层，这个知识阶层来自寻常田陌间巷，而能自觉形成新的具有时代有效性的整全历史视野，以严肃和沉重的历史责任意识，一方面能承接主要由士大夫阶级创造积累的文化传统，一方面能响应当代世界思潮，提出适于时而合于势的价值论述，让"传统"和"革命"发出持久的感动和鼓舞的力量，在中国历史的新时期创造中国文化的新时期，使"中国"成为充实而有光辉的文化理想，让"阳光像一股金黄的箭射进来"。2007 年，我写了一篇论梁启超五四后儒学思想的文章，我认为，梁启超是要在新文化运动之后将儒学这个传统的"士君子"之学转化为养成现代公民的"道术"，以对治他所看到的中国文化现代转型中的困境和难题。我把这篇文章拿给吕先生看，他认为其中的问题意识很好，他说："中国现在实在是需要像样的知识分子，也需要一套新的意识形态来说明现实、安顿人心了。"

吕先生在 2005 年以后连续写作了几篇研究唐宋文学和思想的文章，我们认为写得都很精彩。中唐至两宋是中国历史上的一个大时代，门阀士族退出历史舞台，庶族地主阶级取而代之，社会结构、文化形态也随之而变。吕先生的这几篇文章都关注于那个时代学术和文艺的新思潮，从而反映那个新兴"书生"阶级的意态和气象，从中揭示他们努力开创一个新的历史时代、一种新的世界观和人格典范的用心与努力。其中一篇《韩愈〈师说〉在文化史上的意义》认为，《原道》《师说》以及"文以明道"说构成了一整套的世界观，成为新兴庶族地主阶级安身立命的依据。这一思想体系，在中唐时代由韩愈初步综合完成，然后，在庶族地主阶级全面崛起的北宋时代，在文化上达到了最辉煌的表现，涌现出像欧阳修、苏轼等这样一批堪称典范的士大夫知识分子，他们对于自己信奉的政治方针、是非原则，决然行之，绝不退缩，在挫败之后仍然坚持己见，生死以之，淡然面对穷愁甚至死亡，尽显"果敢之气，刚正之节"。在文章结尾处，他指出："我个人更为关心的是，自中唐庶族地主阶级崛起后，他们如何逐步地建立有别于门阀士族的另一套世界观，这个问题对我们来讲具有急迫的现实意义。我觉得，中国自鸦片战争以后，一直处于变革与革命的长期挣扎中，要到 20 世纪末，一个新型的现代中国才真正形成，而这个国家的现代知识阶层也日渐成形。在此之前的一百多年，只能算过渡期，这时所出现的各种思潮，也只是摸索阶段的产物；在此之后，正如北宋初建时，急需一套全新的、稳定时代的世界观。现在越来越多的人意识到，中国需要一套中心思想，才足以维系人心，只是大家都在苦思探索之中，还找不到头绪。"在另一篇文章《闭锁的生命形态和狭隘的个人主义——从阅读古典诗词所得到的一点感想》中，吕先生分析了中国古典诗歌中一种悠久的象喻传统，即以淑女之无人赏爱比喻士人之不遇赏识，又以男女关系比喻君臣遇合，认为："长期的专制可以使知识分子的生命完全被闭锁住，处境类似深闺中的女性，在自怨自怜中盼望别人的提拔与赏识，完全不寻求主动的表现。"接着，他又以自己在台湾民主化进程中的亲身经历和感受，指出："一旦这种专制突然解除，自由已在手中，则又用来发展'狭隘的自我'，形成一种'独我主义'，不了解真正的自由是：在公共利益之中大家一起来发挥各自的能力。"最后，他再次提出那个他由衷关切的大问题："未来的中国的知识分子是否能够寻找出更健康的第三条路，这个问题，是很值得关心'现代化'问题的人加以深思的。"钱穆在《国史大纲》中这样描写宋代士人阶级之自觉精神的产生："正是那辈读书人渐渐自己从内心深处涌现出一种感觉，觉到他们应该起来担负着天下的重任。"若是将眼前的时代比作中唐元和之际，那么，出身于工农阶级的"人民中国"的知识阶层也应该在内心深处涌动出自觉精神的需要了。

吕先生在近年来和我们谈论的另一大主题，是有关中国通史的新的论述，他长年来关注两岸史学界的进展和讨论，以此为知识基础，尝试摆脱那种以西方历史演进为标准的观点模式，以重新审视中国历史的进程。为此，他又努力研读世界史。我发现，他对大陆有关欧洲史的翻译和研究也相当熟悉，尤其关注殖民史、黑奴贩卖史。他曾和我们谈及他阅读《伯罗奔尼撒战争史》而深受震动，发现自己以往头脑中的希腊城邦原来是 19 世纪欧洲史家塑造出的"黄金时代"，其实远不是那么一回事，相比较而言，中国文化倒是在很早的时候，就更加看重人道的价值，看重让多数人都能生存和生活的原则。吕先生告诉我们，他很想以纵谈的方式写一系列史论，比较中西不同的历史阶段及其文化，来打破国人头脑中仍然强固的对于那个直线进步的西方历史进程及其价值原则的盲目崇拜。

记得，吕先生在六十岁时曾引刘禹锡的诗句自赋一联"眼前功名如春梦，醉里风情敌少年"，我们觉得，吕先生越活越能放得下，一派天真舒展，春意盎然，确有返璞归真、返老还童的趋势，已达乐天知命之境。他很欣赏孔子所说："其为人也，发愤忘食，乐以忘忧，不知老之将至云尔。"我们相信，这是他当前心境的写照，也是他的自白和自许。愿他退休之日，即迎来人生中又一个创造的春天，至少写出以下两部大作：一是唐宋士人文化论，一是中西历史文化比较谈。

2008 年 10 月

代前言

三十年后反思"乡土文学"运动

——我的"接近中国"之路 [1]

吕正惠

1977 年乡土文学论战爆发，到第二年才结束。当时还掌握台湾地区政治权力的国民党，虽然运用了它手中所有的报纸、杂志全力攻击乡土文学，但乡土文学并未被击垮。表面上看，乡土文学是胜利了。进入 20 世纪 80 年代以后，台湾社会气氛却在默默地转化，等我突然看清局势以后，才发现，"台独"派的台湾文学论已经弥漫于台湾文化界，而且，原来支持乡土文学的人（其中有一些是我的好朋友）大多变成"台独"派。这种形势的转移成为 90 年代我精神苦闷的根源，其痛苦困扰了我十年之久。

在世纪之交，我慢慢厘清了一些问题。最重要的是，我似乎比以前更了解五四运动以后新文学、新文化的发展与现代中国之

---

[1] 本文原载于《思想》第 6 期，台北：联经出版事业公司，2007 年 8 月。

命运的关系。从这个角度出发，也许更可能说明，20 世纪 70 年代乡土文学的暴起暴落，以及最终被"台独"文学论取代的原因。因此我底下的分析似乎绕得太远，却不得不如此。想读这篇文章的人，也许需要一点耐性。如果觉得我这个"出发点"太离谱，不想看，我也不能强求于人。

一

中国新文学原本是新文化启蒙运动的一环，这一点大家的看法是一致的。新文化运动当然是为了改造封建社会，也就是以"启蒙"来"救亡"。这样的启蒙运动后来分裂了，变成两派：以胡适为代表的改良派和以陈独秀、李大钊为代表的革命派。

革命派在孙中山"联俄容共"的政策下，全力支持国民党北伐，终于打倒了北洋政府。但北伐即将成功时，蒋介石却以他的军事力量开始清党，大肆逮捕、屠杀左翼革命派（主要是共产党员，也有部分左翼国民党人）。就在这个阶段，原来采取观望态度的胡适改良派才转而支持国民党。这样，国民党保守派就和胡适派（以下我们改称自由主义派，或简称自由派）合流，而残余的革命派则开始进行长期的、艰苦的武装斗争。

抗战后期，形势有了转变，大量的自由派（其最重要的力量组织了中国民主同盟）开始倾向共产党。到了内战阶段，知识分子倒向共产党的情况越来越明显，最后，当胜负分晓时，逃到台湾的只剩最保守的国民党员（很多国民党员投向共产党），以及一小群自由派（连跟胡适渊源深厚的顾颉刚、俞平伯等人都选择留在大陆）。

新中国建立，不管大陆自由派和共产党有什么矛盾，但有一点看法应该是他们共同具有的，他们都知道：新中国的重建之路并不是循着五四时代"向西方学习"的方向在走的。虽然在20世纪50年代初期学过"苏联模式"，但为时不久，这个政策也大部分放弃了。台湾很少有人注意50年代大陆在政治、经济、文化各方面的工作模式，我们也很难为这一政策"命名"，但可以说，它绝对不是"西方模式"。

现在我们已经知道，共产党内部有关各种政治、经济、文化现实问题的辩论一直没有间断过。这也是历史现实的合理现象，一个古老的中国不是可以轻易改造过来的。退踞台湾的蒋介石集团，这时候也在台湾实行另一种很难命名的"改革"。纯粹从政治层面来看，朝鲜战争爆发以后靠着美国的保护终于生存下来的国民党，在20世纪50年代进行了一项最重要的社会变革，即土地改革。国民党把台湾地主大量的土地分给农民，从而改变了台湾的社会结构。台湾许多地主阶级的子弟跟农民阶级的子弟此后循着国民党的教育体制，逐渐转变成新一代的资产阶级和小资产阶级。在美国的协助下，台湾社会第一次大规模的"现代化"。"台独"派一直在说，"日本殖民统治促使台湾现代化"，但不要忘记，如果没有土地改革，就不可能出现大规模的现代化运动。坦白讲，不论国民党的性质如何，必须承认，土地改革是它在台湾所进行的最重要的大事，这是国民党对台湾的"大贡献"之一（但也是台湾地主阶级永远的隐痛——他们的子弟也就成为"台独"派的主干）。

国民党统治格局的基本矛盾表现在教育、文化体制上。官方意识形态是三民主义和中国文化，但它讲的三民主义和它的政治现实的矛盾是很明显的，特别是在民主主义上。它讲的中国文化是孔、孟、朱、王道统，这是五四新文化运动批判的对象，也就是中国"封建文化"的糟粕（这里是指国民党教育体制的讲授方式，而不是指这些思想本身）。国民党官方意识形态的主要对手是美国暗中支持的胡适派自由主义，他们讲的是五四时代的民主与科学。经由《自由中国》和《文星》的推扬，再加上教育体制中自由派的影响，他们的讲法更深入人心，成为台湾现代化运动的意识形态基础。它的性质接近李敖所说的"全盘西化"，轻视（甚或蔑视）中国文化，亲西方，尤其亲美。因此，它完全抵消了国民党的中国文化教育，并让三民主义中的西方因素特别凸显出来。这也是我三十五岁以前的"思想"，在李敖与胡秋原的中、西文化论战上，年轻人很少不站在李敖这一边。

20 世纪五六十年代台湾正在成长起来的年轻知识分子的特质可以用"反传统"跟"现代化"这两个术语来概括。"传统"包括中国文化、国民党的反民主作风，以及每一个年轻人家里父母的陈旧观念。现代化表现在知识上就是追寻西方知识，而且越新的越好。意识、潜意识、超现实主义、存在主义、荒谬剧，这些名词很新、很迷人。老实讲，这些东西很少有人真正理解，但只要有人写文章介绍、"论述"，大家就捧着读、热烈争辩。当然，真正求得新知的途径是到美国留学、取经。取经回来以后，就成为大家崇拜、追逐的对象。

当然，新知有个尽人皆知的禁忌。中国近现代史最好不要碰。至于马克思、社会主义、阶级这些字眼，没有人敢用（"反共"理论家除外），苏联、共产党则只能用在贬义上。所有可能涉及政治现实和社会现实的知识，最好也别摸。我母亲没受过任何学校教育，但我上高中以后，她一再警告我，"在外面什么事情都不要去碰"，我知道，"什么事情"说的是什么。因此，我们的新知涉及现实的只是，现代化社会是怎样的社会，应该如何现代化（都只从社会生活角度讲，不能在政治上讲），以及民主、自由、个人主义是什么意思（心理上则知道只能在口头上讲）。当然，年轻人（尤其是求知欲强的人）都很苦闷，所以李敖会成为我们的偶像，因为他敢在文化上表现出一种非常叛逆的姿态。

二

台湾知识分子对国民党的大反叛，是从 1970 年保卫钓鱼岛运动开始的，钓鱼岛事件，让许多台湾知识分子深切体会到，国民党政权是不可能护卫中国人的民族尊严的。于是他们之中有不少人转而支持大陆，思想上也开始左倾。

不久之前，也正是西方知识分子的大反叛时期（1968），左翼思想在长期冷战的禁忌下开始复活。这个新的思潮，一般称为"新左派"，以别于以前的旧左派，新"左"的思想其实是很庞杂的，派别众多，其中有些人特别推崇大陆正在进行的"政治运动"，并按自己的想法把运动理想化。

现在我已经可以判断，1970 年从海外开始，并在整个 70 年代影响遍及全台湾的知识分子左倾运动，根本就是西方新"左"运动的一个支脉。西方新"左"运动的迅速失败，其实也预示了 70 年代台湾左翼运动的失败。它是"纯粹的"知识分子运动，没有工农运动的配合。因此，新"左"一般不谈工农运动一点也不令人讶异。

当然，20 世纪 70 年代台湾知识分子的左翼运动也有它自己的特点，因为同一个时段，全台湾各阶层人士越来越热烈地投入了台湾的民主化运动（当时叫作"党外政治运动"），左翼运动和民主化运动是两相呼应的。

1977、1978 年的乡土文学论战，1979 年的高雄"美丽岛事件"，分别表现了国民党政权对两大运动加以镇压的企图，但结果是一样的，国民党都失败了。此后，"台独"运动逐渐成形，民主化运动的主要力量被"台独"派所把持，而支持乡土文学的左翼知识分子大半也在思想上或行动上转向"台独"。

我想，一般都会同意，20 世纪 70 年代的政治运动，是台湾新兴的资产阶级想在政治上取代国民党的老式政权，它真正有实力的支持者其实是台籍的中小企业家，以及三师（医师、律师、会计师）集团中的人。只要国民党还掌握政权，他们就不可能进入权力核心。随着他们社会、经济影响力的日渐强大，他们理所当然地也想得到政治权力。

在文化战场上，支持乡土文学的，也以台籍的知识分子居多数（他们当然也支持"党外"运动）。他们的左翼思想其实并不深刻（包括当时的我自己），"左"是一种反叛的姿态，是"同情"父老辈或兄弟姊妹辈的台湾农民与工人，在有些人，可能还是一种"赶流行"（当时对乡土事物的迷恋，让我这个乡下出身的人很不习惯，心里认为这些人太做作）。乡土文学，正像 20 世纪 60 年代的现代主义，是台湾的一种"风潮"，它能席卷一代，也可以随着下一波"风潮"的兴起而突然消失。当政治反对力量在 80 年代中期明显壮大，并且组织了民主进步党以后，支持乡土文学的知识分子开始转向"台独"思想，其实也不过转向下一个"风潮"而已。

但是，20世纪70年代以降，台湾岛内势力对国民党政权的挑战，只是台湾面临的两个重大问题的其中一个而已。另一个则是，台湾必须面对它与大陆的关系问题。

1949年以后，西方对新中国的敌视，居然让台湾地区在联合国窃据中国代表席位达二十一年之久。1971年10月，中华人民共和国终于恢复早就应该属于它的这一席位，这样，从国际法来讲，台湾就是中国的一省，因此，不论在现实上谁领导台湾，他们都必将面临回归的问题。

1971年以后，台湾知识分子应该思考这样的问题，但是，他们却不能思考。在1987年解除"戒严令"之前，谁要公开主张"复归"（也就是统一），或公开反对"复归"（也就是"独立"），都是"叛乱犯"，是可以判死刑的。

20世纪70年代的形势可说极为诡异。"乡土文学"，哪个"乡土"？中国，还是仅指"台湾"？谁也无法说，谁也说不清。"同情下层人民"，大家都有这种倾向，"应该关怀自己的土地"，大家都同意，只是谁都不能确切知道"自己的土地"是什么意思。

这个问题到了20世纪80年代中期，终于由"台独"派正面提了出来，向大家"摊牌"了。他们那时只敢在"文学"上动手脚。他们说，"台湾文学应该正名"，用以取代"现代文学"，而且，"台湾文学"具有"主体性"，这当然是"台独"派的"台湾文学论"了。这样，"乡土"对他们来讲，就是只指"台湾"，既然明说是"台湾"，他们越来越少用"乡土"这个词。这样，70年代的乡土文学就被他们改造成"台湾文学"了。

他们的另一个策略就是攻击陈映真的中国情结，因为陈映真是公认的乡土文学的领袖，为他的左翼思想坐过牢，是大家都知道的"统派"。陈映真受到"台独"派的攻击，国民党当然乐于见到，因为从它的角度来看，这代表"乡土文学阵营分裂了"。当陈映真被孤立起来以后，"台独"派的"台湾文学论"的招牌也就巩固卜来了。应该说，20世纪80年代"台独"派借文学以鼓吹"台独"思想的策略是相当成功的。

三

到20世纪90年代末期，"台独"论已经弥漫于全台湾，"台独"论的某些说法已不知不觉地渗透到很多人（包括反民进党的人）的言辞和思想中。那时候，我曾经想过，为什么70年代盛极一时的左翼思潮会突然消失？那时候，我曾怀疑陈映真派（主要是《夏潮》杂志那一批人，我自己在70年代时并未与他们交往）是否在哪些地方出了问题。坦白讲，在"乡土文学阵营"分裂时，我对整个形势完全不能掌握。我只是对于"内部争执"感到焦灼与不解。因此，我事后相信，陈映真派也许比我稍微清楚，但他们大概也未能了解全局。

当攻击陈映真的声音此起彼落时，我还并未完全相信，攻击的一方是真正的"台独"派。身为南部出生的台湾人，我当然先天就具有省籍情结，因此，我觉得，那些攻击陈映真的人，只是把他们的省籍情结做了"不恰当"的表达而已。后来我发现，他们藐视中国的言论越来越激烈，让我越来越气愤，我才真正相信他们是"台独"派，而我当然是"中国人"，只好被他们归为"统派"了。既然如此，一不做，二不休，我干脆就加入中国统一联盟，成为名副其实的统派。从那个时候开始，我才跟陈映真熟悉起来，其时应该是 1993 年。

应该说，我加入统联以后，因为比较有机会接触陈映真和年龄更大的 50 年代老政治犯（如林书扬、陈明忠两位先生），对我之后的思考问题颇有助益。我逐渐发现，我和他们"接近中国"的道路是不太一样的。

据陈明忠先生所说，他在中学时代备受在台日本人歧视与欺凌，才意识到自己是中国人，因此走上反抗之路。后来国民党来了，发现国民党不行，考虑了中国的前途，才选择革命。我也曾读过一些被国民党枪毙的台湾革命志士的传记资料（如钟浩东、郭琇琮等），基本上和陈先生所讲是一致的。因此，他们这些老左派可以说是在四五十年代中国革命洪流之下形成他们的中国信念和社会主义信念的，他们是为中国人被歧视的人格尊严而奋斗的。

陈映真是在 50 年代"大整肃"之后的恐怖气氛之下长大的。他居然可以在青年时期偷读毛泽东的著作，偷听大陆广播，只能说是 60 年代的一大异数。因此，他很早就向往社会主义中国，他的社会主义更具理想性。

我是国民党正统教育下的产物，理应和战后成长起来的台湾绝大多数知识分子一样思考，并走同样的道路。最终让我选择了另一条道路的，是我从小对历史的热爱。我读了不少中国史书，也读了不少中国现代史的各种资料，加上很意外地上了大学中文系，读了不少古代文史书籍，这样，自然就形成了我的中国意识和中国感情。因此，我绝对说不出"我不是中国人"这种话，也因此，我在 90 年代以后和许许多多的台湾朋友的关系都变得非常紧张，不太能平和地交谈。

70 年代以后，因为受乡土文学和"党外"运动影响，我开始读左派（包括外国的和中国大陆的）写的各种历史书籍。经过长期的阅读，我逐渐形成自己的中国史观和中国现代史观，这大约在我参加统联时就已定型。后来，常常跑大陆，接触大陆现实，跟大陆朋友聊天。再后来，在世纪之交，看到大陆的社会转型基本趋于稳定，中国的再崛起已不容否认。这些对我的史观当然会有所修正和深化。

如不具备以上所说的中国感情和中国史观，我一定会和同世代的台湾朋友一样，不认为自己是中国人。而且，我还发现，我的同世代的外省朋友（在台湾出生、在台湾接受国民党教育），不论多么反对民进党和"台独"，也不乐于承认自己是"中国人"。也有一小部分人，认为自己是"文化"上的中国人，但不愿意说，自己是现在中国的一分子。他们认为，现在的中国已经不是他们心目中的中国了。根本的关键在于：跟我同世代的人（当然也包括所有比我们年龄小的），或者瞧不起中国，或者不承认现在的中国，那么，他们当然也就不是"中国人"。

我只能说，只有当你相信，共产党领导下的革命是不得不然的，中华人民共和国是现代中国命运的不得不然的归趋时，你才会承认你是中国人。一直到现在为止，跟我同世代的台湾人（不论省籍），很少有人是这样想的。

20 世纪 70 年代的陈映真派，有很多人不知道这才是问题的关键。即使有人知道了，他们也不能公开说明这一点，而且也不知道如何说明这一点。我现在认为，这是盛极一时的左翼思潮在不到十年间烟消云散的基本原因。关键不在于"左"，关键在于，他们不了解"中国之命运",尤其是"现代中国之命运"。而国民党在台湾的教育,告诉我们的是刚好相反的说法。

四

为说明这个问题,以下我想以已去世的历史学家黄仁宇为例子来加以论证。黄仁宇的父亲黄震白曾担任过国民党重要将领许崇智(蒋介石之前的国民党军总司令)的参谋长,黄仁宇本人毕业于黄埔军校,曾担任过郑洞国将军(在东北战场被共产党俘虏)的幕僚。战后他到美国留学,最后选择学历史。黄仁宇在他的自传《黄河青山》里说:

> 我如果宣称自己天生注定成为当代中国史学家,未免太过狂妄自大。不妨换一种说法:命运独惠我许多机会,可以站在中间阶层,从不同角度观察内战的进展。命运同时让我重述内战的前奏与后续。在有所领悟之前,我已经得天独厚,能成为观察者,而不是实行者,我应该心存感激。我自然而然会扩大自己的视野,以更深刻的思考,来完成身份的转换,从国民党军官的小角色,到不受拘束的记者,最后到历史学家。

从这段话就可以体会到,中国的内战对黄仁宇的深刻影响。由于家世的关系,他一直支持国民党,虽然他结交了一些令他佩服的共产党友人(如田汉、廖沫沙、范长江),但他不能接受共产党的路线。最后,共产党打赢了,他只好漂泊到异国。他无法理解国民党为什么会失败,选择历史这一行,其实就是为自己寻找答案，整本自传的核心，其实就是对中国独特的历史命运的解读，特别是对现代中国史、内战以及共产党所领导的道路的解读。

黄仁宇是从研究明代财政入手，来了解中国历史的。经过漫长的思索，他终于承认，毛泽东所选择的道路，是中国唯一可走的道路。他说：

> 党派的争吵实际上反映历史的僵局，内战势必不可免，多年后的我们才了解这一点，但交战当时却看不清楚。关键问题在于土地改革，其他不过是其次。问题在于要不要进行改革，如果将这棘手的问题搁置一旁，我们就永不可能从上而下来重建中国。国民党军队虽然被西方标准视为落伍，却已经超越中国村落所能充分支援的最大限度，因此必须重整后者。但这样的提议说来容易，做起来难，因为一旦启动后，就没有办法在中间任何时点制止，必须从头到尾整顿，依人头为基准，重新分配所有农地给耕种者……
>
> 毛泽东的革命在本书称为"劳力密集"，一度显得迂回曲折、异想天开，甚至连他的党人也轻视这位未来的党主席。因此，我们当时忽略其功效，也许不能算是太离谱。内战爆发后才完全看到他的手法更直接，更有重点，更务实，因此在解决中国问题时比其他所能想象出的方法更完备，更自足。一旦付出代价，就不能否认计划中的优点……如果不同意上述的话，至少我们可以接受这个明白的事实：透过土地改革，毛泽东和共产党赋予中国一个全新的下层结构。从此税可以征收，国家资源比较容易管理，国家行政的中间阶层比较容

易和被管理者沟通，不像以前从清朝宫廷派来的大官。在这方面，革命让中国产生某种新力量和新个性，这是蒋介石政府无法做到的。下层结构还在原型阶段，显然未来需要修正。与此同时，这个惊天动地的事件所激起的狂热——人类有史以来规模最大的财产重分配和集体化——似乎一直持续，直到"文化大革命"为止。这时历史学家提及上述事件时，可以持肯定的态度，不至于有情绪上的不确定。

按黄仁宇的看法，共产党所进行的这一场有史以来最大规模的革命，是要到 1976 年才真正结束的（这一点我完全同意）。我跟黄仁宇不同的是，由于我是佃农子弟，因此，在感情上很容易认同这一场以农民为主体的革命。我相信，国民党之所以在台湾实行土地改革，也是为了抵消共产党的"威胁"。事实上，为了这一改革，它得罪了台湾所有的地主阶级，让它的统治更加艰难。前面已提到，台湾地主阶级出身的中小企业主及三师集团是目前"台独"势力的核心。

对于共产党重建新中国的作为，黄仁宇是这样评论的：

> 我们必须承认，在毛泽东的时代，中国出现一些破天荒的大事，其中之一就是消除私人拥有农地的现象。这项措施将中华人民共和国清楚地定成共产国家，因为这正是《共产党宣言》中建议行动名单上的第一项。但这件事可以从不同角度加以探讨。首先，马克思和恩格斯提出这些建议时，是针对"先进国家"。他假设这些国家累积许多资本，因此工业和商业都专注剥削工厂内的劳工。从土地征收的租金对国家的经济发展贡献不大，只不过是不劳而获的另一种形式，

很容易消失。毛泽东时代的中国仍然在累积资本的原始阶段，一点也不符合马克思和恩格斯所设想的状况。其次，毛的运动显然提倡平等精神和同情心等传统价值，比较接近孟子，不太像《共产党宣言》，公社的结构也遵循国家机构的传统设计。因为其基础是便于行政的数学原则，其单纯简朴有利于官僚管理。但从历史上来看，这样的安排只会导致没有分化的最底层农业经济，无法实施现代化。这个缺点已被发现，因此最近也重新进行调适。第三，中国的土地私有制已废除三十年，我们必须接受这个历史的既定事实。我自己从来不曾崇拜毛泽东。但我在美国住了数年后，终于从历史角度了解这个运动的真实意义。考虑到中国人口过剩、土地稀少、农地不断分割、过去的农民负债累累等诸多因素后，我实在无法找出更好的解决之道。如果说我还有任何疑虑，我的明代税制专书和对宋朝的研究就可以让疑虑烟消云散。管理庞大的大陆型国家牵涉一些特定要素，并不能完全以西方经验发展出的标准加以衡量。如果没有这场改革，也许绝对无法从数字上管理中国。就是因为无法在数字上进行管理，中国一百多年来才会一错再错，连在大陆时期的国民党也不例外。我已经提过，毛泽东是历史的工具。即使接受土地改革已实施三分之一个世纪的事实，也并非向毛泽东低头，而是接受地理和历史的判决。

黄仁宇还对这一时期共产党对城市企业的管理模式做了一些分析，并且从全球资本主义的发展趋势来对中国的前途做了一些推测和建议，在此就不转述了。

在前面的分析里，黄仁宇指出了一个非常重要的事实，即"毛泽东时代的中国仍然在累积资本的原始阶段"。我认为，新中国的重建，首先要解决的就是，中国现代化原始累积的资金与技术来源问题。由于西方帝国主义对中国革命的敌视和所采取的围困策略，中国不得不一切靠自己。刚开始还有苏联援助，等到中苏闹翻，就真是孤军奋斗了。

应该说，从1949年到1976年，路线虽然几度翻覆，但最主要的现代化"奠基"工作从来没有间断过。要不然，实在无法解释，改革开放以后，中国的经济为什么发展得这么快。不管我们怎么看待共产党，它在1949至1976年之间为中国重建所做的正面贡献，是无论怎么评价都不为过的。[1]

黄仁宇的自传初稿写于20世纪80年代初，当时大陆已处于改革开放初期。如果他能活到现在，一定会更高兴，并且一定会继续发表他的看法。就我个人而言，到进入21世纪初，特别最近这两三年，我已完全确认，"中国道路"确实是走出来了。中国社会当然还有很多问题尚待解决，但可以断言，"中国崩溃论"基本上已经没有人相信了。而且，我还敢断言，中国以后也不会完全循着西方的道路走，即使在政治体制上也是如此。[2]

---

[1] 这里所说的"奠基"工作，我原先只想到重建社会组织、建立基础科学、规划经济发展，以及一些基础建设，等等。后来在最近一期的《读书》杂志（2007年6月）读到甘阳的《中国道路：三十年与六十年》，发现他有更深入的分析。关心这个问题的人，应该读读这篇文章。

[2] 台湾现在所谓的"民主选举"，一直在利用族群矛盾，把原有的伤痕不断地重复扩大。如果大陆也实行同样的制度，以大陆复杂的民情（包括民族杂居、不同方言区的犬牙交错等），将只会造成不断的分裂、内斗，我们应该对所谓的"民主制"有更深入的思考。

以上大致可以说明，当20世纪80年代"台独"论日渐抬头时，我思考中国问题的一些基本看法。之所以引黄仁宇为证，是因为我的看法和黄仁宇类似。我们的不同是，黄仁宇是一辈子研究中国历史又亲历内战的人，而我只是一个关心自己国家命运，因而不得不一面阅读、一面思考的一个小知识分子，我肯定看得不如他深入。但另一方面，我比他更认同革命道路，他是接受"事实"，我则欣喜中国终于从千辛万苦的革命中走出自己的道路。应该说，当80年代以后台湾知识分子完全置大陆于度外时，我花了近二十年时间完成了对自己的改造——成为一个全中国的小知识分子。这一点我有点自豪，并为此感到幸福。

反过来说，跟我同世代或比我年轻的台湾知识分子完全接受了国民党统治下的思想观念。他们盲目相信胡适自由主义的"科学"与"民主"，盲目相信自由经济。我认为，他们不只是"自由派"而已，许多人在美国"软性殖民"（相对于日本的"硬式殖民"）的影响下，纷纷表示自己不是中国人，无怪乎陈映真称之为"二度皇民化"。

20世纪50年代以降台湾和大陆所走的不同的历史道路，使台湾知识分子走上了这一条道路，不但无法思考中国之命运，甚至最后还想弃绝中国。这正是美国"软性统治"台湾的后果。

最近几年我曾经跟一些比较谈得来的台湾朋友讲，除非你选择移民，只要你住在台湾，你就不可能不面对你最终是中国人的这一事实。这样，你不但非常痛苦，而且还会错失一生中（甚至历史中）的大好机缘。

远的不说，就说跟我同一世代的大陆朋友，他们基本上属于"老三届"，在"文革"中都吃过苦头，当我们正在按部就班地读大学时，他们许多人在乡下落户。我们比他们幸运多了（在他们之前几代的知识分子的命运就更不用说了）[1]。现在时来运转，中国大陆出头了，而我们的台湾朋友却固执地不想面对中国历史，固执地相信国民党和美国教给他们的各种观念，把中国大陆完全排拒在他们的视野之外，完全不考虑自己也可以是其中的一分子，可以重新思考自己的另一种前景，我实在很难形容他们这样的一种心态。

三年前我开始产生另一个想法：五四以后大家都反封建、反传统，当时这样做是合情合理的。但九十年之后，中国突然浴火重生了，你又觉得中国的再生能力简直不可思议，显然五四时代的人对此有所低估。不过，也没有关系，正因为反得厉害才可能重新奋起，让中国重生。如果有人一路反下去，最后连自己的"中国身份"都要反掉，那只能说是他自己的悲哀。改革开放以后，也有一些大陆知识分子走上这条路，我知道其中有些人是后悔了。我也希望，台湾的知识分子迟早能看出自己的错误。

台湾的乡土文学论战已过了三十年。这三十年是我一生中最艰苦但也最宝贵的三十年。最艰苦，因为台湾像我这样想的人太少了；最宝贵，因为我摸索出自己的历史观（中国历史观必然蕴含了一种更大的历史观）。如果要在论战三十周年时谈一些自己的

---

[1] 黄仁宇说，他"得天独厚，能成观察者，而不是实行者，我应该心存感激"。相于他的留在大陆、支持革命的友人（实行者）的历经千辛万苦、牺牲奉献，黄仁宇的"感激"其实暗含了"惭愧"的意思，这种感受我完全能体会。海外以及台湾地区的某些人，常会议论说，某人支持共产党，在"文革"中被斗、自杀，谁叫他选错了路。这种说法，完全不了解中国人的命运，只会隔岸观火、幸灾乐祸，可谓全无心肝。

看法，我大概只能说这些。如果有人认为离题太远，太离谱，那就随他去吧。

2007 年 6 月 12 日

第一辑

从反传统到反思传统

——江湄《创造"传统": 晚清民初中国学术思想史典范的确立》序

一

我们不妨把土耳其道路称为"自宫式现代化道路",就像金庸武侠小说里的日月神教教主,为了练一门至高武功要首先把自己的生殖器割掉,称为"本门心法首在自宫"。其实很多现代化理论都是这种"自宫式现代化"理论,认为要练现代化这武功,就得先割掉自己文化传统的根,土耳其无非是在这方面走得最彻底而已。但一个人割掉了自己的生殖器,即使练了武功,活着还有什么意思? 我从前曾多次引用过伯林(Isaiah Berlin)强调个人自由与"族群归属"(belonging)同为最基本终极价值的看法,现在或许可以用来解释为什么土耳其的现代化道路不但没有给土耳其人带来欢乐,反而导致其"在灵魂深处抑郁而不欢畅"的。这个原因就在于土耳其这种"自宫式现代化道路"不但没有满足土耳其人的"族群归属感",反而割掉了这种归属,就像割掉了自己生命之源的生殖器,怎么可能快乐?

这是 2003 年甘阳面对记者访问时所讲的一段话,我到 2011 年才读到。2011 年我的心境已经非常开朗,深信中国前途一片光明,但看到甘阳这一段话仍然引起强烈的共鸣:一方面欣赏他幽默、生动的语言所蕴含的智慧,另一方面也勾引起我对 20 世纪 90 年代的回忆,因为那正是我最"抑郁而不欢畅"的时期。

从 20 世纪 80 年代进入 90 年代,我突然发现周围的朋友和学生竟然都开始倾向"台独",而媒体上的"去中国化"和"反中国"言论一片喧嚣,我为之愤怒,为之气闷。为了逃避这种无法忍受的空气,我尽可能找机会到大陆去,可以因此稍微喘一口气。但到了大陆,我却又碰到了另一种尴尬的处境。我明显感觉到大陆知识分子的极端压抑,并且了解他们压抑的缘由。但我们之间却难以交谈,因为我的痛苦和他们的痛苦完全不一样。我看过《河殇》,简直目瞪口呆,竟然为了现代化可以放弃一切民族文化特质,我不知道这种思想倾向如何跟"台独"思想画出一条界线。我知道我和新交的大陆朋友绝对不能深谈,一深谈就会不欢而散。这样,我在两岸同时找不到可以纵谈而无所顾忌的人,我仿佛得了失语症,或者不知道怎么讲话,或者根本就无法讲话。

甘阳提到的伯林,是这样谈民族归属感的:

当人们抱怨孤独时,他们的意思就是说没有人理解他们在说什么,因为被理解意味着分享一种共同的历史,共同的情感，共同的语言，共同的想法，以及亲密交流的可能，简言之，分享共同的生活方式。这是人的一种基本需要，否认这种需要乃是危险的谬误。

我和两岸的知识分子虽然都使用共同的语言，却无法分享共同的历史、共同的想法和感情，我只能陷入彻底的孤独。为了摆脱这种孤独，我只能借着纵酒放肆来发泄苦闷。杜甫说李白"痛饮狂歌空度日"，这也是我过日子的一种方法，我成了朋友口中的"酒徒"。

就在甘阳接受访问的前后时段，我也感觉到大陆知识界的气氛好像在逐渐转变，就在这个时候，我交了一批大陆的新朋友，我跟他们的交流比以往要顺畅多了。不久，他们就成为我最密切来往的一个圈子，其中就包括张志强，以及张志强的爱人、本书的作者江湄。他们都至少比我年轻二十岁，但我们谈起话来毫无隔阂，因为我们的谈话有共同的方向和共同的关怀；用江湄书中的话来说，我们都关心中国文化的"现代化转换"，我们强烈希望中国文化仍然是未来中国的立国之本，因此，我们都必须面对五四以来的激进反传统问题，必须从理论上处理这个问题。我也可以跟其他朋友谈这些问题，但跟他们两人的交谈空间似乎还要大一些。因为他们两人都做中国近代思想史研究，由此势必熟悉中国古代思想史，而他们两人对中国古代的历史和思想的认识也确实相当深入。因此我们谈到中国文化时，就不只限于大方向的讨论，还可以涉及更为细节的问题，不至于完全流于空泛。

经过长期思考以后，我觉得，五四以后的激进反传统和各种革命论，应该已经完成它们的历史任务，现在已经到了反思传统、重归传统的时候。一个大国不论军事、经济力量如何强大，如果文化上不足以自立，或者完全否定自己的传统，无论如何不能称之为大国。我知道，已经有人在批判"激进主义"，认为中国当今的问题都是五四以来的激进传统造成的。我知道这种说法是意有所指，是在暗示激进主义导致革命，所以才有今天的问题。我不能同意这种论调，我认为，激进主义和革命是在历史情势之下不得不然的。我并不是要否定它们，我认为它们已经完成历史任务，我们应该开始进入另一个阶段的工作，即，现在应该如何重新回归传统。

当我谈到应该对五四反传统问题进行具体的检讨，而不能只用一个空泛的"激进主义"一笔抹杀时，张志强和江湄也会谈到他们自己的看法。在这个时候，张志强最喜欢用五四时代非主流的学术人物来对比主流人物，譬如，用钱穆、蒙文通来和胡适、傅斯年对照，我会大量购买蒙文通的著作就是受到张志强的影响。他两人更喜欢用晚清学者来对比五四的一代，其中章太炎是他们都非常熟悉的，他们的谈法让我既感到新奇，又引发强烈的兴趣。遗憾的是，我讲话的时间太多了，他们很难用完整的叙述来让我了解他们的想法。其实，我很想知道他们的思考方式和思考途径。

还好，经过长期的等待，他们终于各自出版了一本专著，这两本专著分别呈现了两人十年来研究和思考的成果。张志强的书我已经读了三分之二，但其中最重要的一部分涉及佛学，我非常外行，目前只好暂时放弃。江湄的书主要谈论晚清的梁启超和章太炎，以及五四的胡适。这个范围我比较容易掌握，所以花了三天时间，一口气就读完了，其中最难的一篇还读了两遍。对我来说，这不是单纯的阅读行为，而是一种寻找解决之道的努力。江湄思考的问题与方向基本上是和我一致的，但她有她的思考过程，也有她借以思考的对象（章、梁对比胡适），这些对我都有强烈的吸引力，以至于在阅读的过程脑筋始终发热，无法休息。

江湄整个探讨的出发点是，晚清学者面对西学的全面挑战时，如何思考中国传统学问在当前的位置与作用。在这方面，晚清学者表现了相当大的类似性，使他们不同于五四的一代，因而呈现为另一种典范。以往我们都受到五四一代的影响，用五四的看法来衡量晚清的人物。这样就有一个公式化的结论，当晚清思想家合乎五四的要求时，他们就是进步的，反过来说，当他们不合乎五四的标准时，他们就是落后的。于是，康有为、梁启超、严复、章太炎等人，都有一段极光辉的时期，然后他们就慢慢落伍了，不再值得我们关注。

按江湄的看法，在晚清那一代，中学和西学的地位还是对等的，晚清思想家还是能够以相当的自信谈论中学的长处，也有敏锐的眼光能够看出西学的短处。相反，到了五四那一代，在激烈的反传统的冲击之下，中学已经毫无地位，西学以"德先生"和"赛先生"之名独领风骚。在这种立场下，晚清一代对于中学有所保留的肯定，就被认为是和传统的割裂还不够彻底，正是他落伍的表征。他们对晚清思想家肆意评点，说他们哪一点是进步的，哪一点是落伍的。他们很少从每一位晚清思想家的立场，去整体考虑每一个人思想的复杂性，以及曲折的变化过程。实际上，只有通过对每一位晚清思想家的具体的、整全的理解，才能真正掌握他们思想的精华，并对我们目前思考中国文化前途产生深刻的启发。

江湄这样的研究取向，在最近十多年来的学界中并不难找到。

但一般的学者，在做这种研究时，大都采取折中的态度，并没有对五四一代完全偏向西学的立场清晰地加以批判性的分辨，当然也就不可能完全对晚清一代在中学与西学之间徘徊挣扎的痛苦有足够的体会。这样，这种研究就不够彻底，不能让我们把问题看得更清楚，也不能对我们现在的思考产生明确的冲击。

江湄就不是这样，在方法论上，她对晚清、五四这两代始终严格区分，让他们拥有各自的、清晰的面目，两相对比，两者的差异就极为明显，从而更进一步促发我们的思考。譬如，谈到章太炎的评价时，她这样说：

> 他的思想即新即旧，不古不今，从"左"看则具有彻底的批判性，从"右"看则显出深刻的保守性。很难用"现代"与"传统"、"激进"或"保守"的现成框架来认知和解说。新文化运动以后，"整理国故"事业产生了新的"国学"典范，章太炎被摆入"先贤祠"。他的学术思想常常被一分为二，能为时代之前驱者，则倍受尊崇，与潮流对唱之反调，则被视为落伍者难免的局限。这种二分法过滤了其中既不能被其后"现代"思潮所容纳又不能为其前"传统"所范围的思想内容……而这些思想内容是章太炎对其时代变局极具个性和思想深度的反应，往往能给我们习惯于某种思维定式的头脑带来冲击和启发。（着重号为引者所标）

仔细读完江湄那三篇对于章太炎的论述，我很意外地发现了一个我非常陌生的但又极为深刻的，甚至可以称之为"后现代"思想家的章太炎。同样的，她所描绘的梁启超的形象，也比我一向知道的梁启超更为丰满、更为动人。只有严格区分晚清、五四两代，辨别他们分析问题的方法，才能得到这样的结果。

这样的方法论，应用到五四一代自由派的代表人物胡适和傅斯年身上，也可以同样让人产生深刻的印象。全书中我最早读到的是讨论傅斯年的那一篇，我读后的印象是如此强烈，以至于时隔多年还记得主要的内容。据江湄的论述，傅斯年对中国传统社会的结构非常地悲观失望，因为根据这一结构，很难找到通往西方民主的具体道路。但他又难以忘情于政治，"于是在此门里门外跑来跑去，至于咆哮。出也出不远，进也住不久，此其所以一事无成也"。让我对他既感同情，又"怜悯"他不愿"迁就"中国现实的"蛮横"态度。

傅斯年从西洋政治史了解到，西方民主制主要来源于贵族阶级与君主争权力，但他清楚地知道中国自秦汉以后就没有封建贵族，自宋以后就没有门阀贵族，中国贵族制的消失已经超过一千年，而英、法两国的贵族在 19 世纪还有强大的影响力，日本的明治维新和君主立宪政体主要是由日本贵族自上而下推行的。但傅斯年从来不思考，中国在公元 10 世纪以后就没有贵族制这一明确的历史事实，是否为世界史中少有的进步现象？他反而因为中国贵族消失得太久，以至于很难建立西方式的民主制而苦恼不已。事实上，自梁启超以降，包括章太炎、梁漱溟、钱穆等人，都在思考中国很久之前就没有贵族对未来中国政治发展所可能产生的影响，但他们没有一个人会像傅斯年那样思考——中国社会本来就不像西洋社会，为什么一定要按近代西洋社会的发展方式来发展？从这一点，就可以看出，傅斯年"食洋不化"到什么地步。

江湄对胡适的分析比傅斯年详尽得多。读完她的分析，我非常惊讶，原来我曾经崇信了二十年的胡适，既比我想象的复杂，也比我想象的简单。江湄说：

> 在中国现代学术史上，尽管已经有不少先行者对中国固
> 有学术思想传统进行"价值重估"，但真正给出一个新的"全
> 面结构"和"全部系统"的，确乎是胡适。

江湄所勾勒出来的、胡适观点下的"中国思想史"，出乎我预
料之外的有系统，而且"言之成理"，所以胡适模式的"中国思想
史"恐怕是被太多人忽略了（因为轻视他）。胡适没有许多人想象
得那么简单，他在中国思想史的梳理上确实花了不少工夫。但经
过这样的整理，我们又可以发现，胡适据以梳理的根底却又非常
简单，简单得令人"骇异"。

江湄归纳胡适思想的基础，得出这样的结论：

> 胡适说，"古典"中国的遗产，是人文主义、合理主义和
> 自由精神。所谓"人文主义"，就是关注人生的精神，对死后
> 世界并无沉思之兴趣；所谓"合理主义"，是指中国思想从未
> 诉诸超自然或神秘的事物以作为思想和推理的基础；而人文
> 主义的兴趣与合理主义的方法论结合起来，则给予古代中国
> 思想以"自由精神"。这样的古典中国的遗产成为中国文化的
> 一种强固传统，一种根本指向，用以估定一切域外输入的理
> 念和制度，"一旦中国思想变得太迷信、太停滞、太不合乎人
> 文精神时，这个富有创造性的理智遗产，总会出来挽救"。

这种挽救，胡适名之曰"文艺复兴"。胡适认为，中国历史上
出现了四次文艺复兴，第一次是先秦诸子，第二次是中唐至宋代，

第三次是清代考据学，以戴震为高峰，第四次则是五四。胡适整理"国故"的出发点就是他所谓的人文主义、合理主义和自由精神，他总名之曰：科学的人生观。简单地讲，就是关怀人生，并以科学的理性精神来探讨解决人生问题（主要是自然的欲望，特别是温饱）的途径。凡是脱离这种道路的，他就加以批判，如各种宗教（他称之为迷信）和儒家的"成德""成圣""性理"之学。对于他所推崇的朱熹和戴震，他硬生生地"一分为二"，指出他们哪些地方有科学精神，哪些地方则是与他们的"基本主张"不相容的玄理。

江湄以幽默的口吻对胡适的方法论如此评论：

> 胡适式的对"传统"的"创造性转换"，意味着以现代思想观念为探测器在"传统"的废墟中探宝，"传统"成了各种各样 现代思潮寻根的渊薮，里面充满了已知未知的现代思想"萌芽"，"传统"总是跟随着现代思潮的转换而变换着它的面目和价值。

胡适之所以敢于这样肆意割裂传统，是因为他认为中国传统里"好"的因素被"坏"的因素层层包裹，以至于不能得到充分发展，不能达到西方文明的高度。在他心里，相对于西方文明，中国文明的发展属于较低层次，所以江湄对胡适的文明史观毫不留情地加以揭露：

> 他基本上持一种生物决定论与环境决定论的文化观念，是一个简单粗糙的文化一元论者。把中西文化之别认定为不同文化发展阶段的高低之差，认定被现代进程自然淘汰的东

西都是糟粕，去之而后快。（着重号为引者所标）

五四以后，中学全面废弃，西学取而代之，在这种趋势下，胡适立下了最坏的"典范"。不知道有多少人按胡适的样子，"以西量中"，务求中国照搬西方模式，遗患无穷，余毒至今尚未清除干净。

我一直怀疑，胡适对西方历史的认识到底有多大的深度。他难道不知道，西方除了科学、民主，还有一个基督教维系人心，但因此酿成一次又一次的异端迫害，也酿成不知多少次的宗教战争？难道这就不是宗教迷信？他怎么也不会不知道西方一直有强大的唯心论传统，如柏拉图、康德和黑格尔，难道这些不是玄想？这些都合乎科学的理智精神？胡适实在是极为素朴的功利论和实用论者，把人心和社会看得太简单了。看了江湄的分析，真觉得痛快淋漓。

在江湄的分析下，我们非常清楚地看得出来，胡、傅两人对社会改革的看法，实在太一厢情愿了，无怪乎他们的主张在中国全无实现的可能。不过，他们两人到底还是在旧中国生长的，同时也读了许多中国古书，还知道中国社会原本是什么样子，也知道他们的西化道路要面对怎样的困难。而他们的信徒们连这一点都不了解，对中国与西方社会不同的历史形成过程全无知觉，只一味地相信，西方的制度是可以移植到中国来的，那就真是"自郐以下"，不足论也。甚至还有人说，只有让外国人来中国殖民，才能让中国彻底现代化。其实他们连这一点都错了。19世纪以后，西方殖民多少国家民族，有哪一个国家民族被他们彻底西化了？

二

和胡适、傅斯年的思考模式相对比，就很容易看出来，梁启超和章太炎两人的思想保留了太多的传统因素，我们甚至可以说"封建余毒"太深。不过，从今天重新反思传统的角度来看，反而更值得我们参考和深思。我们先看梁启超，江湄从两方面谈论梁启超的思想和五四一代人的差异，即他的"学术"概念和他的史学观念。

梁启超在 1902 年撰写《新民说》时，同时写成长文《论中国学术思想变迁之大势》，胡适称赞此文为"这是第一次用历史的眼光整理中国旧学术思想，第一次给我们一个学术史的见解"。梁启超在 1918 年 12 月游历欧洲之前，决定不再进行政治活动，在 20 世纪 20 年代撰写了一系列的中国学术思想史论著，其中最为风行一时的是《清代学术概论》，是他投入新文化运动后的第一部论著。在此书中，他多处呼应胡适，如表彰清代汉学的科学精神和科学方法，是以复古为解放的中国"文艺复兴"；还特别主张"为学问而学问，断不以学问供学问以外之手段"，强调治学一定要分业而专精；最后，他还提出要继续清儒未竟之业，用最新科学方法，以现代的学科分类标准，整理传统学术的材料，这几乎是在与胡适"整理国故"的说法相唱和。章士钊因此忍不住嘲讽他，"献媚小生，从风而靡"。

江湄认为，这是章士钊没有细读《清代学术概论》全书所产生的误解。梁启超在全书"结语"中对"我国学术界之前途"进行展望时，除了要求发展科学精神之外，还提出以儒家哲学、佛教哲学建设"优美健全"的人生观，同时还要阐发先秦诸大哲之理想，取鉴两千年崇尚"均平"之经验，建设"均平健实"的社会经济组织。所以，他在《清代学术概论》中只是发挥其一端而已。钱基博就看得比较全面，他认为梁启超"出其所学，亦时有不跟着少年跑而思调节其横流者"。最明显的例子是，1923年1月胡适发表"整理国故"宣言时，梁启超随即在"治国学的两条大路"的演讲中，明白指出，除了用"科学方法整理国故"外，还必须用"内省的和躬行的方法"建设儒家式的"人生哲学"。

江湄仔细爬梳梁启超自受教于康有为直到晚年的有关议论，举证历历地说，梁启超始终坚持儒学所主张的"全人格"教育，要求今日的"第一等人物"，除了在有限的职业范围内做"专家"之外，还要在其中融贯社会责任意识，承担以身为教、移风易俗的责任，成为一个"士君子"。这就充分证明，梁启超的学术观念明显不同于五四的主流看法。所以江湄说：

> 他（梁启超）对"学术"的理解始终自觉不自觉地具有浓重的儒学性格。在晚清维新运动中，传承阳明学血脉的梁启超特别重视阐发儒学作为人格养成之学的意义和作用，并考虑如何将之与科学相结合，以造就担负救国大任的志士人格与政党组织；在新文化运动之后，他对于中国现代学术发展的设想，与"整理国故"运动所代表的主流形成显著分歧。

其次谈到史学。一般的看法是，梁启超的史学思想可分为前后两个阶段：第一个阶段是他东渡日本写作《新史学》与《中国史叙论》的时期，笃信进化论、讲历史因果律、强调史学的科学性质；第二个阶段则是在1918年欧洲游历之后，思想丕变，怀疑进化论、否定历史中的因果规律、否定历史的科学性质、强调历史文化的特殊性、重视人的自由意志。江湄认为，这种看法太过简化。所谓梁启超晚年史学思想的变化，其实早已内蕴于他早期的思想中。从一开始梁启超就没有完全接受西方的"社会""进化""因果关系"等概念，毋宁说，他是从中国传统历史意识的视域出发，去接受这些概念，从而与西方的概念产生了分歧。

在写作《新史学》（1902）的同一年，梁启超还写了《论佛教与群治之关系》，两年后，又撰写《余之生死观》。这两篇文章以佛教"因果业报"的世界观解说"人群进化之因果"及其"定律"。梁启超认为，人虽然只存在于此时此刻，但所有的活动却并没有消失，而是以"精神""意识"的形式留存下来，内含于我们现今所具、正在发用的"精神力""心智"之中，从而贻功于未来。整个人类历史甚至宇宙都是一个大生命，在其中，我们的过去、现在、未来结合在一起。1923 年，在"治国学的两条大路"的演讲中，他把这种人群进化的佛教因果观，用儒家的"仁"的理想重新加以发挥。他认为，人是不能单独存在的，人格专靠各个自己是不能完成的，因此，"想自己的人格向上，唯一的方法，是要社会的人格向上，然而社会的人格，本是各个自己化合而成，想社会的人格向上，唯一的方法又是要自己的人格向上"。这"社会的人格"与"自己的人格"相互提携而向上，就是人类进化之大道了。

由此可知，梁启超从未真正接受西方的进化观，他反而以他所能领会的佛教与儒家的观念，用理想主义的方式，阐释他所寄望的"人群的进化论"。这种进化论的本质与西方的进化论其实是南辕北辙的。所以江湄分析说，在这种理论下，梁启超的"社会"

与社会演变的"因果关系"的意义，就和西方的原意完全不同了。

最后，我们来看，梁启超在《欧游心影录》里是如何诠释柏格森的学说的，他说：

> 拿科学上进化原则做个立脚点，说宇宙一切现象都是意识流转所构成，方生已灭，方灭已生，生灭相衔便成进化。这些生灭都是人类自由意志发动的结果，所以人类日日创造日日进化。这"意识流转"就唤做"精神生活"，是要从反省直觉得来的。我们既知道变化流转就是世界实相，又知道变化流转的权操之在我，自然就可以得个大无畏，一味努力前进便了。

这一段与其说是柏格森的学说，不如说是梁启超借用柏格森的术语再一次阐发他的人群进化论。这种学说，自早期一直贯彻到晚期，始终不变。江湄把梁启超的这种想法称为："科学"的"进化"的"儒家"的"大乘佛教"的人生观，是非常有意思的。前两个术语来自西方，后两个术语是中国本土原有的，本质上是中国的，不过"科学"与"进化"这两个舶来品确实引发了梁启超的想象空间，把他原有的、本质性的东西发挥得更有活力而已。我觉得，这就是梁启超的"中体西用"，这恐怕是梁启超为人与为学的一贯风格。

从以上对江湄两篇文章的撮述，已经可以清楚地看出，梁启超的学术，和我们现在的观念相距有多远。基本上梁启超学术的底子还是传统儒家的士君子之学，不过再加上西方科学以增进其实践功夫而已。对于这样的"学者"，我们当然不能以现代意义的学者视之，而应该把他看作经过现代转换的"儒者"。事实上，兼有古代儒者和现代学者性格的人，也才是梁启超理想中的"学者"。

对于这种意义的"学者"的梁启超，江湄以一篇极精彩的长文来论述他的"事上磨炼"的"新道学"。看了我的序的人，如果想读江湄笔下的梁启超，我建议先读这一篇。如果不怕江湄骂的话，我甚至想说，即使只读这一篇也就够你满足了。

江湄指出，梁启超退出政坛、开始从事学术活动以后，重点是在重新整理、诠释中国学术思想史，特别重视先秦和近三百年这两个阶段。但这并不是现代意义的纯粹的学术研究，实际上蕴含了一个目的，即想在胡适所提倡的、以科学整理国故的新文化运动和传统儒学之间求取一种平衡。由于经历过晚清的维新运动和革命运动，亲眼看到辛亥革命以后的社会动乱和人心解体，梁启超深切了解，一个社会公认的信条，是历史文化长期累积的产物，一旦突然崩溃，就会造成"纲绝纽解，人营自私"的局面。所以实际上，梁启超在重新架构学术思想时，是想把传统儒家的义理体系承接到现代，他想把传统士君子修身淑世的儒学转化为养成现代公民人格的人文主义"人生哲学"。用江湄的话讲，他想发展出一套适用于当今的"新道学"，以对治中国问题乃至现代文化之弊病。他清楚地看到，像胡适所提倡的那种"科学的人生观"完全不足以维系人心。

江湄按照梁启超的生活历程，以及他从事学术活动后各种著述的先后次序，仔细梳理了梁启超对这个问题的思考过程，包括他从宋明理学向孔子学说的回归、以王阳明的学说为起点重新诠释近三百年学术史，以及对戴震和颜李学派的重视。这样，他以自己的一生经历为基础，经过长期思考，终于得出了一种极有特色的人生观。江湄对这种人生观的综述极为精彩，虽然篇幅较长，仍然值得全段引述：

> 孔子之学乃是"知行合一""事上磨炼"的人生实践之
> 学……重要的是"一面活动一面体验"……所谓"一面活动
> 一面体验"就是指在"仁"的实践中，体会到"我"与全社
> 会、全宇宙的共同生命相结合相融贯；体会到文明、历史进
> 化的极致其实就是生命与生命的感通无碍，各得其所；体会
> 到人生的天职就是实践"仁"，投入于古往今来、生生不息的
> 生命洪流之中，以促进这一"大我"的向上；但，最重要的
> 是，我们要同时知道，宇宙、人生永远不能完满，因此，贡
> 献于"仁"的实践的人生事业，并没有大小成败之分。唯克
> 尽天职、倾尽全力而已矣。

很明显，这是前面已提到"人群进化论"从孔子的"仁"的
角度出发的进一步发挥，这里面还融摄了阳明的力行哲学和佛家
的因果论，同时也是梁启超活泼坦荡的性格、乐观进取的人生态
度的思想结晶，读来令人无限向往。既有坚强的道德信念，又能
在生活的具体进程中不断地磨炼自己，永远兴味不衰，元气淋漓，
并让生命"常含春意"，这就是梁启超的一生留给后代的最有价值
的人格典范。在现代物质过分充裕而精神又相对空虚的时代，梁
启超所追求的"新道学"，对我们来讲，具有无穷的启示意义。

三

比起梁启超来，章太炎的思想更为复杂，用现代的话语来说，
他是晚清最早否认儒学的崇高地位，同时也是最早提倡学术的独

立价值的人。但这么简单的一个论断，核之于他自己所写的各种文字，诠释起来却充满了矛盾，即使想以思想发展的分期方式来加以解决，也并不容易。我细读江湄的三篇文章，又参考了张志强论章太炎"齐物"哲学的那一篇论文，多少有一点领会。以下我就试着稍加整理。

按照一般的说法，章太炎的思想有两次大变化，第一次是"转俗成真"，他由传统的经学家变成激烈的排满的革命家；第二次是"回真向俗"，他经历了和同盟会主流（包括孙中山和黄兴）的分裂，以及辛亥革命的失败，深受刺激。

要了解章太炎的"转俗成真"，我觉得应该体会他从经学家转为革命者的心理"裂变"。章太炎身为清代皖学的传人，受过严格的经学训练，相信经学的神圣价值，也知道经学是维系传统社会最重要的思想支柱。这样一个正统人物，要抛弃自小就接受的"教义"，不但要有极大的勇气，而且在认知上一定要相信自己是站在真理的这一边（在参加革命的队伍中，他肯定是封建社会最知名的也最博学的经学家）。他说：

> 精神之动，心术之流，有时犯众人所公蓁。诚志悃款，欲制而不已者，虽骞于大古，违于礼俗，诛绝于《春秋》者，行之无悔焉！

他反叛的是"大古""礼俗""春秋"，都是儒家最为重视的，他参加革命，从儒家的角度来看，就是大逆不道，这需要极大的勇气和担当，所以他又说：

> 然所谓我见者，是自信，而非利己，犹有厚自尊贵之风，

尼采所谓超人，庶几相近。

这是他坚持真理重于一切，学问高于实用的原因，我认为，这不能解释为争取学术的独立性。这是革命者的道德观，所以引尼采以自比，我觉得，早期鲁迅的人格特质完全来自于此。

跟革命的真理相比，他自小所受的儒学教义又算得了什么？他反对通经致用，认为"道在六经"的说法，纯属夸诬之谈；所谓"六艺"，原本不过是上古史官记录、典藏的官书而已。他这些说法，被后来的疑古派捧为先驱，认为他是大力破除经学思维的人。从其所造成的影响而言，这是合乎真实的，但就其产生的心理源头来说，为了肯定革命，其势也不得不尽破旧学。这就是章太炎坚持真理、贬斥儒学，"转俗成真"的背景。

章太炎倾向革命后，影响他一生最为深远的就是"苏报案"，他因此和邹容一起被关在狱中。邹容不能忍受狱卒的欺侮，愤激难以自持，暴卒，"炳麟往抚其尸，目不瞑"，年仅二十一。这件事对章太炎刺激甚大。章太炎本人个性与邹容相近，为了怕自己也像邹容一样横死狱中，不得不读佛经以自我调摄。就是这一次的学佛经验，在章太炎的身上留下极深的印记，成为其后来思想发展密不可分的一个因素。

章太炎出狱到达东京以后，成为《民报》的总主笔，这一阶段他思想最重要的特质是极端的愤激，不相信世界上有任何真理，并且赞扬革命党人搞暗杀。江湄说，这时的章太炎，基于"法相之理"的"华严之行"，在破除"神明""天道"的旧迷信时，也以"公理""进化""唯物""自然"为新迷信。章太炎有一段说得很生动：

呜呼！昔之愚者，责人以不安命；今之妄者，责人以不求进化。二者行藏虽异，乃其根据则同。以命为当安者，谓命为自然规则，背之则非义故；以进化为当求者，亦谓进化方自然规则，背之则非义故……世有大雄无畏者，必不与竖子聚谈微贱之事已！

这里可以充分看出章太炎的性格，因为他把"安命"和"进化"等同视之，认为都是"微贱之事"，而他这个"大雄无畏者"则不屑与其计较。当然，把一切人世间的看法都当作"幻有"，这是来自佛学。

虽然人间的一切看法都是相对的，但章太炎还是痛切地感到，人类之间的弱肉强食就如生物界一样，都是非常真实的。章太炎说：

芸芸万类，本一心耳。因以张其抵力，则始凝成个体以生。是故杀机在前，生理在后，若究竟无杀心者，即无能生之道。此义云何？证以有形之物，皆自卫而御他，同一方分，不占两物，微尘野马，互不相容。

这种愤激感当然来自列强对中国的虎视眈眈，中国既然劣败，举世谁有同情之心？革命成功既然遥遥无期，暗杀亦足以鼓舞人心，至少可以逞一时之快，有何不可？这种激切的复仇情结，显然也深刻地影响了鲁迅。

这种独持革命的真理甚至不惜以暗杀来激励人心的思想，在辛亥革命前后，在社会现实之前受到很大的挑战。首先，章太炎逐渐认识到，尼采式的超人的革命志士，其一往直前的勇气虽然可嘉，但一旦面临具体的建国工作时，却毫无能力，甚至人人自以为是，争执不休。这反而让他怀念起孔子所批评的"乡愿"，至少这些乡愿们是愿意遵守现成的社会规范的。革命之后的大破坏，制度的崩溃，人心的解体，旧社会眼看着无法维持，而新社会的建立遥遥无期，这样的现象让章太炎深受刺激。我们可以说，章太炎因为无法忍受革命之后的乱象，因此思想开始趋向保守，最后如鲁迅所讽刺的、以国学大师的崇高地位度其余生。章太炎确实有这种保守性。

但是，也正是在重新思考革命的问题性时，章太炎的思想竟然进入最具创造性的时期。前面说过，为了参加革命，章太炎把追求真理放在第一位，而宁可唾弃他长期从事的神圣的经学。章太炎本质上具有思辨的才能，这种才能让他可以欣赏魏晋的玄学，因为玄学的名理之辨远超过儒学。他在狱中学佛时，又熟读唯识学，唯识学对人类知识的辨析，恐怕要超过西方的知识论。其实西方的知识论推至极致，不得不承认知识的最后基础是无法证明的，所以休谟干脆承认自己是个怀疑论者，而康德只能用无法证明的"先验综合"这样的说法，来保证知识的客观性。说到底，这种知识论远不如唯识彻底，因为唯识可以很有力地证明，人类的一切知识都是幻象。章太炎既然熟知唯识，当然知道西方的理论，从唯识的观点来说，也只是相对的而不是绝对的真理。所以在前面我们就看到，他把进化论和安命论等同视之。中国之所以不得不放弃安命论而改从进化论，是因为面临亡国灭种的危机，是被时势所迫，而绝不是在逻辑上或文明形态上安命论就一定不如进化论。

由于革命之后所面临的无法收拾的乱局，章太炎因此领悟，在长期的历史时间里形成的社会生活习俗，既已为这一社会的人所共同持有、共同信任，就一定有它自身的价值。从佛学的唯识观点来看，不管哪一个社会的既成习俗，都是幻象，都不是最后真理。但从已经习惯于社会习俗的每一个社会的成员来说，社会既有的一切都是对的，这个时候，我们就不能从唯识的观点来说，所有社会都是错的。这就是"出世法"和"世法"的区别。所以江湄说：

> "出世法"把"世法"相对化，令人破除迷信，精神超越，思想解放，有"超人"之智慧和气魄。然而，人从来都是具体的社会的人、文化的人，必须遵守特定文化、社会环境中的道德规范，尤其是对于社会群体来说，更是需要有"世法"的规范和教育。对于"此土"来说，"世法"就是历代相传的儒家人伦礼教。从"齐物"的境界来看，并无真理性的"此土"之"世法"乃是民族文化的特殊规定性所在，是该民族社会、政治及其法律系统的观念基础，是必须刻意加以保守的。

这就是章太炎的"回真向俗"。这种"文化保守主义"，是从唯识观点出发，糅合庄子的"齐物"思想而形成的，这就是章太炎晚年最具创意的"齐物论"。这种思想之所以是"齐物"的，因为它没有在"出世法"和"世法"之间分出高下。"出世法"是独见的超人的智慧，但不能因此否认了人间的"世法"的价值。从这个角度看，知识分子绝对不能因为自己识见高远，就从而否定民众所共同认可的世俗价值。

当我还在阅读江湄所分析的"出世法"和"世法"的区隔的过程中，我感到非常惊讶，因为我觉得这种说法与刘小枫和甘阳一再推介的列奥·施特劳斯的理论几乎是一模一样。再往下读的时候，竟然发现，江湄在最后也提到了章太炎和列奥·施特劳斯的相近之处，而她所引述的也正是我所读过的甘阳的同一篇文章，这让我感到非常欣喜。我突然想到，三十多年前读到一本香港散文家思果所翻译的《西泰子来华记》，西泰子即利玛窦。书中提到，利玛窦问一个中国士大夫，你们不信神吗？士大夫回答，孔夫子说："未能事人，焉能事鬼？"又说："未知生，焉知死？"我们只关心人世间。利玛窦又问，可是你们的老百姓都拜神？士大夫回答，他们当然要拜神，这有什么关系，利玛窦大为不解。我觉得，这位士大夫并不是一位"愚民论"者，他认为，士大夫和平民可以有两种信仰、两种生活方式，两者并不冲突。他其实和章太炎一样，也是一个"齐物论"者，只是他不自觉而已。我又想起我高中的时候，由于接受学校的现代教育，相信的是科学，认为拜神是迷信，因此在拜拜的时候常跟父母吵架。我用学校教我的那一套来衡量父母的行为和观念，觉得他们真是无法形容的落伍。进入三十岁以后，我才逐渐感觉到，父母以前批评我"书白读了"真是一点也没错。不管我的看法对不对，我怎么能要求父母改变他们从小在农村所接受的一些习俗和观念。以前所累积的生活经验，让我立刻就能接受章太炎的"齐物论"。列奥·施特劳斯也说，几乎任何政治社会的"意见"都不可能是"真理"，而现在的政治哲学家却从他们所谓理性的角度来衡量一切历史传承的道德、宗教与习俗，这只能称之为"意识形态化的政治"，现代政治学和社会学的弊病都导源于这一根本的认识上的错误，这种说法跟章太炎的理论真是不谋而合。

这只是就"出世法"和"世法"的关系而言。如果只论人世间各种社会的"世法"，那么，更可以肯定，所有的"世法"都是相对的，因此也都是平等的。如果有一个"世法"竟然敢宣称它自己是"普世价值"，那只能证明它的无知，而那些信从的人当然也就是无知之徒。西方自启蒙运动以来，好称人生来都是平等的，但这只是从启蒙的价值观而言，人都是平等的。人如果没有经过启蒙，那就不是完全意义上的人，直白地讲，那是野蛮人。野蛮人要经过文明人（经历启蒙的人）的教育，才是完整意义上的人。所以当西方人远涉重洋而殖民的时候，西方人就必须承担起教化那些远方土著的责任，而这据说就是所谓"白种人的负担"。这样，西方的启蒙的价值观就上升为"普世价值"了。从章太炎的"齐物论"来看，再没有比这种自以为是更可笑的了。

现在我们再来回想一下1792年的《乾隆皇帝谕英吉利国王敕书》。按一般的说法，这一封敕书最能表现自居于文明中心的中国人的傲慢，但很少有人留心到，其中有这么一段话：

> 若云仰慕天朝，欲其观习教化，则天朝自有天朝礼法，与尔国各不相同。尔国所留之人即能习学，尔国自有风俗制度，亦断不能效法中国，即学会亦属无用。

我们必须承认，中国皇帝视英吉利为番邦，文明比不上中国。但中国皇帝也告诉英吉利国王，"尔国自有风俗制度，亦断不能效法中国"，中国皇帝并不希望英吉利"从风向俗"，这对英吉利没有好处，因为英吉利自有风俗习惯，不可以随意地效法中国，即使效法也是没有用的。我们还要再一次强调，那时候的中国人自高自大，是俯视英吉利的，但他不希望英吉利学中国，不是因为不想让英吉利学，而是中国皇帝很清楚，派人来中国学习，再回去教英吉利人，这种做法对英吉利人是没有好处的。这也就是说，中国人并不急于向番邦推销自己的文明价值，跟西方人急于教化各种土著，这两种态度之中，以今天的眼光来看，请问是谁比较文明？

其实自古以来，中国虽然以文明中心自许，却一直对周边的少数民族采取这种态度：可以接受朝贡，但不急于同化别人，所以孔子说，"远人不服，则修文德以来之"。意思是，不要强迫别人来服从自己，要让他们心甘情愿地学。中国历代王朝对边疆地区，凡是愿服"王化"的，就设官治理，凡是不服"王化"的，就由他去，他不犯我，我不犯他。所以清朝末年，台湾牡丹社的少数民族杀了漂流到台湾南部的琉球人，日本政府要求赔偿，清朝政府最早是这样回答的：牡丹社属于化外（清朝在台湾划分"蕃"、汉界线，"蕃界"内不设官，"蕃人"自理）。实际上，这就是按照中国的文明观来回答，而不是按照近代民族国家的逻辑来回答。如果中国的国势始终比西方民族国家强大，这种文明观有什么落伍的地方呢？中国一点也不必屈服于别人的逻辑。

以上举了利玛窦和乾隆皇帝的例子，就是要证明，不论就"出世法"与"世法"的关系而言，还是就各种"世法"的关系而言，章太炎的"齐物论"深深植根于中国的文明传统，是对中国文明特质的简明的理论化。这种理论，远比西方"后现代"的多元价值论要高明得多，因为正如甘阳所指出的，现代西方的多元价值论充满了西方中心的偏见，像我们前面所分析的西方人的启蒙价值观一样。

与此相关的是章太炎"六经皆史"论所涉及的深刻意义问题。"六经皆史"论由章学诚提出，由章太炎所继承，五四以后成为疑古学派的主要思想资源之一，章太炎因此被推崇为五四以后科学整理国故一派学者（以下简称"国故派"）的重要先驱之一。但是，国故派都知道，章太炎与传统经学从未彻底划清界限，他们责备章太炎没有将"六经皆史"说推至极致，即六经只能作为古史研究的一种资料，而且其可靠性还需加以质疑。国故派其实是企图以自己的想法去衡量章太炎，而章太炎根本从来就没有这样解释过"六经皆史"说（如果有的话，也只限于清末参加革命的一小段时期）。应该说，很少有人真正地从章太炎的思想发展过程去厘清他的"六经皆史"论的真相。

按照江湄的分析，章太炎对《春秋》与《左传》性质的看法虽然经历了一些变化，但他始终认为孔子是个伟大的历史家。当章太炎在早年还相信《春秋》与《左传》确实寄托了孔子的微言大义时，他相信孔子创制立法的精义就是尊重历史传承而渐变，绝不像康有为所说的"托古改制"，这是蔑弃"近古"取法"太古"的"骤变"。章太炎相信，孔子始终相信历史传统，他的学说是在继承与尊重历史传统之下发展出来的。到了晚年，他更加确信，孔子不是以"王道"绳"乱世"的理论家和理想主义者，而是一个历史家和现实主义的政治家。他善于对时势做出准确判断，把握一定的时势下的人心向背，明察可能的历史走向，然后因势利导，依据现实提供的条件求得治理的方略。这个时候，章太炎认为孔子删定六经绝非简单的"存古"，而是在其中贯穿着他的卓越史识与史意，我们必须从这个角度去探求孔子的"删定大义"。

章太炎对孔子与六经的关系也许显得太过尊重传统，但他说孔子是个尊重传统的人，这是绝对正确的。孔子就说过，"吾述而不作，信而好古"，如果章太炎不把孔子删定六经讲得太玄妙，他的说法基本上是可以接受的，所以他的"六经皆史"说绝不像国故派所说的那么简单。

我在读张志强的书时，发现张志强也对章学诚的"六经皆史"说非常重视。张志强认为，通过黄宗羲，章学诚把作为一种独立的义理学的心学，逐渐化入以史学为代表的专家之学，从而成就一种性命与经史合一的新学问。在章学诚看来，这种学问还是"儒学"的，是因为可以从"三代损益"的历史中推想而得"可推百世"的经义。也就是说：

> 由于历史是有起源的，因而历史是有主体的，而儒学则正是从这样的历史中"推"而得之的。

这等于说，儒学是一种尊重历史的学说，它所要追求的"理"是从历史的、长远的传承中体会而来的。孔子自己就说，"殷因于夏礼，所损益可知也；周因于殷礼，所损益可知也；其或继周者，虽百世可知也"。由此可见，章学诚的"六经皆史"论绝对不是只想把六经作为史料，因此可以知道，章太炎更能够体会章学诚的深意。

张志强还讨论了蒙文通的"儒学"观。他认为，蒙文通对儒学的最后见解可以归纳如下：

> 作为思想系统的儒学，本身即是中国文明史展开的动力及其成果，因此儒学是对中国文明史的系统表达，而中国文明史其实就是儒学在历史中的展开。

我觉得，从章学诚到章太炎，从章太炎到蒙文通，他们对儒学的看法有相通之处，即儒学的基本认识方法是"历史性的"，"理"只能从历史过程加以认识，同时也只能在历史过程之中展现。这样的思想其实和黑格尔及马克思是有类似之处（但早于黑格尔和马克思两千年），但它并不包含明显的目的性。章学诚的"六经皆史"论，让晚清至现代笃信儒学的人，在面对中国有史以来最大的"世变"的时机，深切地了解孔子如何在世变中考虑历史的变化和文化的继承问题，同时也能深刻地体会到，不论历史如何变化，文化传承是不可以也不可能"骤然"断绝的。在中国悠久的历史传承中，以及儒家长期影响中国人心的文化传统中，你不可能相信也不可能接受历史是"断裂"的（这是西方后现代最喜欢使用的术语之一）。从这个角度讲，章太炎是把章学诚的"六经皆史"论第一个进行"现代转换"，并想以此把儒学传统继续传承下去的人。我认为，江湄的文章已经把章太炎这种用心揭露出来了，虽然在表达上好像还不够简明、完美，但非常富于启发性。按照江湄的诠释，章太炎确实是晚清思想家中努力想进行中国传统的"现代转换"最具创意的人，值得我们想要反思传统、重建传统的人好好研究。

再进一步而论，章太炎这种"六经皆史"说，和"齐物论"是彼此相关的。"六经皆史"说表明，孔子是个深明历史变化的思想家，他的思想模式是儒家思想的基础，只有在这个基础上才能理解，每一族群的文化和习俗都是历史的产物，除非用暴力毁灭它，要不然是不可能以外力骤然加以改变的。就是因为有这种深刻的认识，所以儒家和中国皇帝虽然觉得自己文明较高，却从来没有想以自己的力量强迫蛮夷改变他们的生活习俗。我觉得，这种对待蛮夷的态度，应该是受孔子的历史认识方式所影响的，因此章太炎称赞孔子是一个伟大的历史家，是恰如其分的。也因此，章太炎才能同时提出他的独特的"齐物论"和"六经皆史"说，因为这两者的基础都是孔子所开发出来的、对人类历史发展有深刻理解的历史认识论。（写到这里，我不禁回想起，司马迁早就把孔子诠释为伟大的历史家。"究天人之际，通古今之变，成一家之言"，这是司马迁的自我期许，也是他对孔子的最高赞美。）

为什么在那么早的时候，孔子就会从历史的角度考虑文明问题？如果再把这个问题列入考虑，那就只能说，中国文明发展到孔子的时代，已经过了非常长远的时间，只有在这种长远的历史经验底下，才可能产生一个站在历史角度思考文明问题的人。孔子在那么早的时候就出现，这就能够证明中国文明的成熟。以希腊的苏格拉底来说，当他在希腊城邦面临危机时，他最为关心的、最常跟人家讨论的，就是什么是最后的真理。这是西方人的思考模式，他们要求马上得到最后的解决，想一下子就要找到"普世价值"。孔子所开创的儒家就不是这样思考文明问题，这两种思考模式的对比是很有意思的，值得我们深思。（孔子虽然说，"虽百世可知也"，他说的是一代一代会知道"如何损益"，而不是说，历史就在周朝达到尽善尽美了。只有"普世价值"论者，才敢于宣称历史已经"终结"了。）

四

五四激进的反传统倾向，后来分裂为两大路线，即西欧式的自由、民主和苏联式的社会主义革命。社会主义革命在 1949 年获得成功。从 20 世纪 80 年代开始，自由主义在大陆重获生机，相反的，社会革命路线备受质疑。90 年代以后自由主义的声势逐渐减弱，同时批判激进主义、要求回归传统文化的呼声日渐兴起。一般而言，主张回归传统文化的人，不太会以挑战的口吻全面否定社会革命以后所建立的秩序，相反的，自由主义者在理论上是无法接受现行体制的；从这个角度讲，你可以说，想要回归传统的人比自由主义者"保守"。但江湄说得好：

> 今天的这个"大共同体"，并非是中国历史的简单恶性遗传，而是晚清以来经过血与火的斗争历史而重新凝聚的"政治重心"，这个"重心"丧失，并不能展开一片"社会"和"个人"健康成长的沃土，而是回到"国将不国"的晚清局面。
>
> 当代自由主义在否定革命史这一点上，不但犯了"激进主义"的错误，还明显具有他们力图避免的整体论的思想模式和"借思想、文化以解决问题"的思维方式。

这两个基本前提我都是非常赞成的。不过我觉得，回归传统论者可能要面对的最大问题，并不在自由主义这边，而是在社会主义革命的具体过程及其所造成的既有现实。

就像江湄所说的，现在这个国家，这个"大共同体"，是晚清以来无数中国人经过血与火的斗争重新凝聚而成的。如果我们不能理解这个凝聚过程何以会成功，何以会造成目前的问题，我们将不可能把目前这个"大共同体"与中国传统文明重新联结起来。我和江湄、张志强都相信，晚清以来这个"大共同体"之所以能够重新凝聚起来，除了要归功于共产党的领导作用之外，这也是中国文明再生能力的一种表现。我们如果不能理解这一段革命史，同时也不能理解中华文明，当然更不用谈到传统的重建了。这其实才是更加艰巨的工作，但也是值得我们全力以赴的工作。孔子说："其为人也，发愤忘食，乐以忘忧，不知老之将至云尔。"张志强曾告诉我，在他们这个年龄层，有同样想法的人还不少，这么说来，我这个老头子，只要能够随时看看他们思考和研究的成果，也就够快乐的了。

2013 年 8 月 8 日

（江湄：《创造"传统"：晚清民初中国学术思想史典范的
确立》，台北：人间出版社，2014 年 3 月）

台湾乡下人与中国古典

——颜昆阳《古典文学论集》序

去年（2015）9月我还在重庆大学客座的时候，突然接到昆阳的一封信，说他正在编辑两本自己的论文集，希望我为其中一本写序。他还说，关于古典文学他还可以编出五本，预定在他七十岁退休前完成。看到这封信，我非常惊讶。我只记得，自从1991年的《李商隐诗笺释方法论》之后，我好像就没有看到过他的学术专著了。我当然知道，他常常在各种学术研讨会或学术期刊发表论文，他的论文一直很受重视，但是我对于他的古典文学研究一直没有总体的印象。接到他的信，我突然有一种愧对老朋友的感觉。

昆阳和我同一年进大学中文系，他读师大，我读台大，我们大概在博士阶段就彼此知道，但一直没有机会交往。后来我认识了蔡英俊，而英俊原来是读师大的，硕士班转读台大，他在师大时和昆阳，还有龚鹏程、陈文华都很有交情，我是通过英俊才认识这几位同辈朋友的，因为我们都研究诗词，交往起来比较没有隔阂。1982 年我到台湾清华大学任教，和英俊成为同事，我跟昆阳等人的交往也就更密切了。说起因缘，还要谈到 20 世纪 80 年代中期英俊和我在台湾清华大学月涵堂按月举办的中国文学批评讨论会。经常参与的，除了我、英俊、昆阳，还有黄景进、柯庆明、龚鹏程、郑毓瑜、廖栋梁等人。人数虽然不多，但确实可说是盛会。尤其是会后的聚餐，六品小馆的红烧黄鱼和狮子头，至今仍让我怀念。可惜好景不长，英俊到英国读书了，老龚当官去了，我的兴趣逐渐转移到台湾文学，这个会也就散了。当年我们曾经想要编写一套中国文学批评术语丛书，也只有老大黄景进完成了，其他人都"黄牛"了。

后来昆阳从"中央大学"转到东华大学，在台北出现的机会不多，而我在清华被政治立场问题搞得心力交瘁，我们就只能"相忘于江湖"。2004 年我终于能够退休，离开清华，转到淡江大学。没想到再过一年，昆阳竟然也从东华退休，跟在我后面来到淡江了。不过，他每周只在淡水两天，我们见面机会不少，但只能打打招呼，开开玩笑。如果说，我们两人在淡江建立了一点功业，那就是我们先后主编《淡江中文学报》，终于把这份学报搞进"国科会"人文核心期刊中了。这件事从来没有人表扬过，所以应该提一下，因为昆阳办事的认真负责，我终于认识到了。

2014 年我从淡江再度退休，昆阳特别出席，还主持了我的退休茶会，并做专题演讲，让我深为感动，你说，我能够不为他的论文集写序吗？不过，也就在那一阵子，我们比年龄大小，原来他生于 1948 年 11 月 1 日，八天后我才出生。我们早就知道我们两人都是流氓气很重的嘉义人，虽然他只大我八天，毕竟比我年长，我尊他为老大，也不算过分。老大有事交办，我当然奉命唯谨，花了很多工夫准备。这篇序不一定写得很长，但确实很用心构思，不是随便写的。

我同意写序后，昆阳立即把收入本书中的所有文章分批传给我，我打算一有空就开始逐篇阅读。读了两篇以后，我发现必须尽可能地全面理解昆阳的著述，才能为本书找到定位，因此我要求昆阳提供完整的著作目录。这份目录我很仔细地阅读了，甚至读了好几遍。此前昆阳出了十本散文集，一本短篇小说集，一本古典诗集，可谓多矣。如果扣除他所写的通俗性的古典文学著作（诗词赏析之类），以及他的硕、博士论文，严格的学术论著只有《杜牧》（1978）、《古典诗文论丛》（1983）、《李商隐诗笺释方法论》（1991）和《六朝文学观念丛论》（1993）四本。那么，我们是否可以认为昆阳主要是个作家，其次才是学者？我想昆阳是绝对不会同意的，而且，学界基本上也认定他主要是个学者。如果加上今年要出的这两本，以及未来三年内预定出版的五本（已有大量稿件，只有少部分需要补写），昆阳至少也有十二本古典文学及美学的论著，再加上他写过的大量的通俗性的作品，我们可以说，昆阳绝对是我们这一辈，甚至我们这一辈以后所有比我们年轻的学者，关于中国古典文学及美学著作量最大的一位（著作量唯一能超过他的是龚鹏程，但老龚的著作种类繁多，不好把他限定在古典文学及美学上）。为什么在台湾政局多变、思想混乱、"本土意识"兴起、中国文化备受歧视的这三十年，昆阳还坚持当一个古典学者，著述量一直在增加，越老学术越臻成熟呢？我从来没有意识到这一点，等到看了昆阳的著作目录，以及他信中所述及的未来的出版计划，我才完全了解到这个现象。老实说，我很好奇，也有一点不能理解，为什么昆阳可以无视时代的纷杂扰人，默然自主，傲然独立，成为三十年来台湾学界古典文学研究的"鲁殿灵光"呢，为什么？

别人不好说，就拿我自己来作为对比好了。我跟昆阳一样，选择进大学中文系，就立志要搞古典研究。但到了七八十年代，却被当代台湾政治所吸引，对于现实问题过度关切，终于搞起台湾现代文学研究，其后又为了跟"台独"派赌气，坚持跟他们唱对台戏，这样一搞就是十年。等到我离开清华，才幡然悔悟，终于决定回到古典文学。综计我前后写的古典文学学术文章（通俗著作不算），全部编辑起来，也不过三四本，比起昆阳来，实在是差多了。

不过，这十年的时间也并没有白白浪费掉。因为"台独"派极端藐视中国文化，我反而意识到中国文化是我的立身之本，我必须以一种全新的方式来审视中国文化，并重新肯定中国文化的价值。为了这个目的，我不断地购买大陆所翻译的西方历史书籍，特别是被视为西方文明之起源的希腊和罗马方面的书籍。经过长期地阅读和思考，我终于能够看出西方文明的弱点，从而也就理解中国文明的长处。其次，当重新回来阅读我一向熟悉的中国诗词时，我又有了另一层的体会，十年前我觉得中国诗词太过闭锁于个人失意之余的内心世界，由于我自己非常可笑的参与政治的经历，我终于能体会到古代的中国文人完全不是我想象得那么浅薄与狭隘，反而应该说，我进入壮年期时人生经验还嫌不足，是我看错了他们。错的是我，而不是他们。因为这样的反省，我比较能够更深层次地理解古代中国文明所培养出来的那种文人的完整的生命世界。到现在为止，我重新出发而写的古典文学论文虽然篇数还不多，但我自以为跟以前的相比，多少还是有一点进步的。

我这种重新阅读与思考，是以亚里士多德的《诗学》开其端的。我发现亚里士多德所说的诗学理念，跟中国《诗大序》《诗品序》和《文心雕龙》一脉相承的诗学理念根本是两码事，如果要比较，只能说这是从两种完全不同的社会形态所产生的两种诗学。从这一点出发，再去读希腊史，我又发现了修昔底德《伯罗奔尼撒战争史》所描写的希腊城邦内战和《左传》所叙述的春秋列国争霸，差异实在是太大了。因此我只能得出这样的结论：每一个社会自有其系统，有其产生的因缘，有其演变的模式，如果要比较，只能从其差异入手，而不能以某一社会的体系为价值标准去衡量另一社会体系。我们所习惯的、以西方衡量东方的方法一开始就错了，我们必须在西方的对照下了解中国独特的模式，再进一步了解这一模式下的文学，这样才能看到中国文学真正的特质。阅读西方历史和文学作品，最好从古希腊开始，相对而言，阅读中国也要从先秦重新出发。这就是甘阳所说的，"拉开距离，两端深入"，一个是西方的古代，一个是中国的古代，从这两端深入阅读，你会觉得，你看历史和人类社会的眼光会完全不一样。

自从 2004 年我离开清华，逐步放弃台湾文学研究，重新开始调整自己以后，我就决定：不再申请"国科会"计划，不主动发表论文，尽可能不参加学术会议，让自己在半封闭状态中自由发展。基本上我也不关心台湾的学界动态，虽然我跟昆阳同处于淡江，但老实讲，我并不知道他的研究状态。有一次昆阳在台大的一场研讨会上发表《从混融、交涉、衍变到别用、分流、布体——"抒情文学史"的反思与"完境文学史"的构想》这一长篇论文，并指定我讲评。文章的题目实在太长了，而且包含太多名词，很难理清彼此的关系。不过，我大致能体会，当时王德威借用了沉寂多年的"中国抒情传统说"（这跟高友工、蔡英俊、陈国球和我都有关系），创造了中国抒情文学史一整套的理论，正受学界瞩目，昆阳因此有感而发。我已经忘记如何回应了，我只觉得，为了反思抒情文学史，似乎也没必要把论述的方方面面铺展得这么大，这种企图心似乎超过了他想批判的对象，以至于我都不知道怎么说才好。昆阳做学问是有气势的，但这一次似乎想要笼山罩海，准备通吃了。我有这种疑惑，但不敢说出来。

还好在写这篇序之前，我跟昆阳要了他的著作目录，他同时也寄来了他的学生郑柏彦对他的专访文章《开拓中国古典文学研究的新视域——颜昆阳教授的学思历程》。两相对照，我终于恍然大悟，原来昆阳正走向一条很奇怪的道路，而其目标竟然和我的有点接近，至少同处于一座山头上——只在此山中，是不是同一座庙还不能肯定，同一座山肯定是无疑的。这实在太奇怪了，昆阳怎么会跟我走在一起呢？不，不，我怎么竟然跟昆阳走在一起呢？

我这样讲，并不是往自己脸上贴金，也不是厚诬昆阳，是有充分根据的。我们且来看昆阳2003至2014年所申请的"国科会"研究计划：

    1. 论"文体"的"艺术性向"与"社会性向"及"双向共体"的关系

    2. 从历代文章分类析释"类体互涉"关系及其在文体学上的意义

    3. 文体规范与文学历史、文学创作的"经纬图式"关系

    4. 从反思中国文学"抒情传统"的建构论"诗美典"的多面向变迁与丛聚状结构

5. 重构中国古代“原生性”的文学史观

6. 中国古代“诗式社会文化行为”的类型

7. “诗比兴”的言语伦理功能及其效用

这些研究计划执行完成之后，大多已写成论文在学术会议或期刊发表。我个人认为，从这些题目可以看出，昆阳已经构造出一套完整的中国文学论述体系。因为这一套体系是他长期思索出来的，既有的术语与批评架构无法表达，所以他创造了很多名词。这些名词可能会让人难以捉摸，但现在我已经可以“看题识货”了。

首先，我相信这里所说的“原生性”的文学史观，应该就是前面已提及的、他的另一篇文章所谓的“完境文学史”，其意为：我们应该在完整的中国文明的系统下认识中国文学，不应该以后来传入中国的近代西方文学概念与系统来论述中国文学。譬如（以下是按我的意思发挥昆阳想法，不一定对），在中国传统中，一个文人所能获得的最高成就，就是能够帮皇帝撰写“制诰”（知制诰），或者进入皇家历史档案馆整理国史（直史馆）。文学之士在中国传统社会具有多方面的地位与功能，不是我们现在的文学观念所能笼罩的。我们如果不能掌握中国文学在古代中国社会中的“原生性”（或者完境），我们对中国古典文学的理解很难做到恰如其分。

再说到“诗式社会文化行为”，昆阳后来在发表文章时更常用“诗用学”这一概念，其意是：作诗在中国古代社会是一种常见的社会行为，宴会要写诗，送别要写诗，同游（譬如同登慈恩寺塔）要写诗，皇帝作有一首诗，你也必须奉命唱和。当然，你被贬官，心情郁卒，也要写诗。前者是一种社会行为，后者好像是个人行为，但也必须在中国士大夫的仕宦环境底下去了解这种个人行为，这绝对不是西方近代才出现的浪漫主义的个人行为。

从这两个例子，就可以理解昆阳为什么不能接受中国抒情文学史观这样的讲法，因为这跟中国古代文学"原生性"的社会环境距离太远了，譬如好像视力不济的人用手随便摸摸大象，偶然摸到鼻子，就说大象是鼻子，这未免太可笑了。而这，基本上就是我们目前用西方概念看待中国古典文学的方式。

除了抒情文学史观之外，昆阳对现在流行的论述，还有一点很不以为然。从鲁迅开始，大家流行说，魏晋以后是中国文学"自觉"的时代，好像文学从此开始就有了"独立性"。我曾经几次听昆阳说，这种讲法根本不通。我很赞成他的看法，很希望他早日写文章谈论一下，现在看他的著作目录，才发现他在 2011 年已经写了一篇《"文学自觉说"与"文学独立说"之批判刍论》。正如前面已经说过的，作诗在中国传统社会是社会活动的一环，在这种情况下，文学如何能够"独立"？再举例来说，从东汉以后，墓志铭这种文体开始产生，至唐宋而达到高峰。墓志铭的产生有其社会原因，墓志铭受到重视，自然就成为文人必须熟稔的文体，唐代的韩愈和宋代的欧阳修都因为擅长墓志铭而在文坛享大名，并且有着丰厚的润笔。从墓志铭，还有诗文中的许多次文类，都可以看出，中国文人的写作行为和中国古代的社会价值体系密切关联，请问文学如何独立法？文学独立的观念是西方浪漫主义以后的产物，现在流行的文学的定义"想象的、虚构的作品"是 19 世纪以后才开始形成的。以这个定义来书写中国文学史，传统所认定的文学作品至少有一半以上不能列入，这样的文学史真是中国古代的文学史吗？昆阳有一篇论文是《论"文体"的"艺术性向"与"社会性向"及"双向共体"的关系》（2005），我没看过他这一篇论文，但可以想象，他对于中国文体的"社会性向"是非常了解的，他当然无法同意"文学独立"这种难以成立的荒唐概念。

再进一步说，文学的美学功能和伦理功能难道是可以分割得很清楚的吗？从昆阳的另一篇论文《"诗比兴"的言语伦理功能及其效用》（2016）又可以看出，他早就意识到这个问题了。中国的儒家和道家都有各自的人生观和伦理观，这种人生观和伦理观自然就孕育了美学观，本书中的前两篇就在说明这个问题，他是无法接受所谓的"独立的"美学价值这种说法的。按我个人的看法，西方近代的美学观不过是个人主义的价值观的反映而已，这种美学观不但不足以衡量以儒、道为思想核心的传统的中国美学，恐怕也不能据以否定西方所产生的基督教的美学观。独立的美学、独立的文学，都是近代资本主义独立的个人主义价值观的投射，并不是可以放诸四海的真理。

以上都是我以自己的想法去诠释昆阳的研究计划及论文所蕴含的深意，昆阳未必如此论述，但我敢肯定，方向是差不多的。我的感觉是，昆阳对目前学界论述中国古典文学的许多模式越来越不满意，长期累积之余，终于"忍无可忍"地想要创造一种新的体系，以便把他对中国古典文学真实的感受呈现出来，不是好立新说，是不得已也。可能有些人会对他"喜立新名"表示困惑，但我是深知其意的，因为他一时也只能这样表达。

在构思和写作的过程中，我总有一种异样的感觉，这种感觉逐渐由模糊变得清晰。我终于想通了，原来昆阳已经成为中国古典文学——扩大来讲就是中国古典文明——的传承者与诠释者。他信中跟我说，"这个年纪，学术正臻成熟"，我认为这种话不只是自负，还蕴藏了一种使命感与成就感，他的生命跟中国古典文学研究息息相关，而古典文学也将因他而得到"孤明独发"。原来昆阳到底还是中国传统文化培养出来的正统的知识分子，诠释与发扬中国传统文化最终还是成就了他生命最重大的意义——在目前的台湾，我们是要赞许他，还是要嘲笑他？所以我才说，我没想到昆阳所要达到的目标跟我是在同一座山头上。

说来也真奇怪，昆阳和我都是台湾南部偏僻农村出身的乡下人，我们共同的特色就是自小喜爱中国古典，而最终研究中国古典也就成为我们一生最重视的一件事。昆阳要我写这篇序，我花了时间准备，没想到得出这样的结论，姑且提出来供大家参考。

昆阳说，在七十岁退休时，他将整理出版五本书，《诗比兴系论》《中国古代文体学系论》《中国古代文学史观系论》《中国诗用学系论》《文心雕龙学系论》，你看看，这是什么样的气魄？我期待着，我相信大家也都会期待着。

2016 年 2 月 18 日

（颜昆阳：《诠释的多向视域：中国古典美学与文学批评系论》，台北：台湾学生书局，2016 年 3 月）

艰难的探索：孙歌的学问之路

——孙歌《把握进入历史的瞬间》序

　　这是孙歌在台湾出版的第二本书。2001 年在陈光兴的安排下，巨流出版社出版了《亚洲意味着什么？》，再加上前后几年之间，孙歌来台湾好几趟，这让她在台湾知识界有了一些知名度。孙歌先是在日本成为知名学者，然后逐渐为中国大陆、韩国所知，最后才被介绍到台湾。我最近五六年才认识孙歌，对她的为人与学养极为佩服，承蒙她的信任，让我放手编这本选集，并允许我撰写这篇序言。我也有责任谈一下我对孙歌的理解，以说明我们为什么要出这本书，以及这本书可以对台湾读者产生什么参照作用。

　　孙歌于 20 世纪 80 年代初毕业于吉林大学中文系，因为成绩优异，毕业后分配到中国社会科学院文学研究所。到文学所不久，她的才华即引起注意，有某一位研究员想收她为硕士生，她却婉拒了。其后，她被派到日本进修，日本的中国现代文学教授劝她留下读博士课程，她又婉拒了。我们可以说，孙歌一开始就为自己选择了一条注定坎坷的学术道路。她不想按现有学科规范走，这就注定她在现有学术升迁道路上不可能平顺，然而，她并不怎么在乎。她讲这一段经历时，讲得平心静气，让我这种"功名心重"的男人听得有点目瞪口呆。

20世纪80年代中期，中国大陆和日本的中国现代文学研究，旧的规范非常稳固，孙歌心里并不认同。同时，新的理论、新的风潮开始席卷大陆，孙歌也无法接受。这个时期的大陆，由于改革开放，思想界生气蓬勃，宛如万花筒一般，而孙歌对这些热闹景象似乎也没有什么共鸣。事实上，这就把她推上了一条自己也不是很清楚的探索之路。她无法走现成道路，无法轻易接受流行风尚。孙歌说过，她在吉林大学的同学、在社科院文学所的同事，不少人到80年代末已成为全国知名的知识分子，而她还不太清楚自己想干什么。

就在这个时候，当她第一次在日本进修的时候，她"遭遇"了日本的近代思想家，特别是竹内好和丸山真男。竹内和丸山那一代日本思想家，年轻的时候碰上了日本侵华战争和太平洋战争，其后又面对日本战败和美国"统治"日本，他们的内心充满了挣扎和痛苦，急着为近代化的日本找到一条出路。是他们求索的艰难的足迹触动了孙歌。因此，可以说，是竹内、丸山那一代人的遭遇和孙歌内心的需求产生了共鸣。就这样，她走入了日本近代思想史。

据朋友跟我说，孙歌的竹内好研究"复活"了这一位思想家。当日本逐渐成为经济上的资本主义大国后，许许多多的日本人忘记了他们过去的痛苦，因此，作为这一痛苦印记最深的竹内好的思想也逐渐被淡忘了。孙歌重新爬梳了竹内好的资料，从这些尘封的文字中重新建构出竹内好苦心焦虑的思想痕迹。她的重构打动了日本的知识界，赢得日本知识界对她的尊重。

孙歌成为"知名学者"以后，也许有些人会想从她的著作中学得某种"理论"，或者某种"知识架构"，我以为这是枉然的。孙歌喜欢说，"与思想史人物遭遇"，又说，要"把握进入历史的瞬间"。与其说，孙歌是在进行学术研究，不如说她是借着与思想史人物的遭遇，寻找一种进入自己生活于其中的历史的真切的方法。每一个知识分子如果诚实地面对他的时代、面对他自己，就不可能不经思索地循着既有的思路（不管是哪一种思路）前进。在我们的一生中，总会产生困惑，发现既有的思路不能解决问题，在不安和焦虑中我们总要探索。孙歌最可贵之处在于，在她进入学术单位以后，她就没有安于任何一套成规。事实上，在做所谓学术研究时，这就恰如走入荆棘丛林中，从无路中走出一条路来。我相信，很少有学者在学术生命一开始就敢于这样走（我自己在过了55岁以后，才下定决心这样走）。

那么，我们要如何阅读孙歌的著作呢？当然，可以从她的成名作《竹内好的悖论》开始，这是她"与思想史人物遭遇"的代表作。以大陆标准来说，这只是十八万字的薄薄的"小书"，但我却读得满头大汗。由于孙歌紧紧跟踪着竹内好思索的历程，密切注视着他的每一个阶段的矛盾，整本书似乎成为一个活生生的灵魂的拷问，阅读起来，就像被裹胁进入竹内好的精神纠葛，一直在长长的黑暗的甬道中爬行，真是异常地艰辛。为了不至于对孙歌望而却步，最好不要从这里开始。

不过，由于孙歌是在与思想史人物的遭遇中开始她的学术探索，她由此养成一种习惯：任何问题，她都会努力把它"历史化"——任何问题，她都会把它摆在问题之所以发生的历史时刻，追问在什么情况下他这样看问题并且他为什么这样理解这一问题、这样解决这一问题。当她做完竹内好研究以后，"历史化"已成为孙歌的一种学术探索的习惯。当她面对一个既成问题时，她就用"历史化"加以解构，并且追问：我们为什么要谈论这一问题。

最明显的例子是所谓的"亚洲问题"或"东亚问题"。这一问题最明显的特色在于：自明治维新以来，日本学者一直锲而不舍地探问"亚洲是什么"？相反的，中国却几乎不关心这个问题，为什么？为了解决这一问题，孙歌写了《亚洲意味着什么？》这一长文，文章一发表，立即引起了注意。后来，她把这篇文章扩大，篇幅增加了将近一倍，这就是收入本书的《历史中的亚洲论述与当下的困难》。在这篇更长的文章里，她追溯了自冈仓天心和福泽谕吉以来，一百年来日本学者对这一问题的思索。这一问题关系到对西方文明的看法，也关系到亚洲近代化的前途，同时还关系到日本近代化以后的自我定位问题，内容非常丰富。在阅读这一篇超级长文时，我无形中随时以中国的现代化问题作为参照，真是获益不少。

表面上看，孙歌似乎像一般学者一样，通过梳理史料，描述了近代日本亚洲论述的演变历程。其实，远远不是如此。由于她时时刻刻留意每一个阶段亚洲论述的时代性，从不把日本的亚洲论述当作既成理论加以接受，而是把它问题化、把它当成历史问题来看待，因此最终把握了日本近代亚洲论述的核心，她说：

> 至少在浏览了从福泽谕吉开始的亚细亚主义心路历程之后，可以理解近代日本人亚洲情结中所暗含着的一个矛盾。这就是相对于与中国自古以来的不对等关系，日本希图在近代

的"华夷变态"过程中取代中国而成为与西方抗衡的主体。

这种亚洲论述的最大困难在于如何面对中国，因此，孙歌又说：

> 日本的近代化和脱亚的过程其实一直是围绕着从中国的支配下独立出来的方向进行的。当日本确立了它的近代国民国家性格的时候，当日本在近代以来对中国一次次侵略的过程中，日本的自我认同始终是围绕它与中国的紧张关系深化的。

逼到最后，孙歌终于提出致命的质疑：

> 如果把思想史中确定不移的"亚洲"前提与其他几种关注历史和地域多样性的研究类型中对于亚洲这个前提的质疑和忽略放在一起，一个潜隐着的问题便会浮出水面——亚洲，假如它无法构成一个先在的前提，那么，它如何进入学术和思想生产才是有效的？

这样，孙歌就把日本近代的亚洲论述"历史化"了，从而瓦解了它的知识体系。

作为这一长文的补充，我们还可以阅读她的《东亚视角的认识论意义》。在这篇文章里，孙歌从现在比较流行的各种"东亚"或"亚洲"概念开始，分析它们是否成立。接着，作为对照，她又分析了苏联与美国的"远东"和"亚太地区"概念，也提到中国很少使用"亚洲"概念，更喜欢使用"亚非""亚非拉"或"第三世界"这些概念。这样的对比，立即把现在日本、韩国和中国台湾地区部分学者流行的"东亚"或"亚洲"概念相对化、历史化了，从而对这些概念的认识论意义提出疑问。

孙歌之所以这样做，并不是出于学术上的"好战"姿态，而是出自她天生的无法接受学术成规的性格。20世纪80年代，就是由于自觉上她不能和大陆的主流思想气氛产生共鸣，她才转向日本近代思想史，想从这里入手，寻找更好的途径，以求认识这个世界。现在她似乎又到了一个临界点，她已经看出了日本近代思想的"问题"和"界限"，恐怕不得不再次选择另一次探索的突破口。

就在这个时候，沟口雄三先生突然去世了，给孙歌带来很大的冲击。他们曾在"亚洲共同体"这个论坛上合作过几年，彼此有深厚的交谊。沟口作为前辈学者，几乎像平辈一样尊重孙歌。竹内好借由鲁迅来探讨近代日本的命运，丸山真男直接面对日本近代思想史，而沟口主要是一个中国思想史专家，想借由中国思想来探索，在西方近代之外，是否还有另一种近代化的可能。孙歌并不研究中国思想史，但以她和沟口的交情，她于情于理都不能不写文章悼念沟口，这就产生了本书中另一篇重要文章《送别沟口先生》。我个人认为，这可视为孙歌另一个探索的开端。

如果说，日本的亚洲论述，是以日本为中心，去面对西方的近代化，那么，沟口就是以中国为中心，想去解构西方的近代化。日本的亚洲论者，有的也想挑战西方的近代化，却找不到使力的途径。沟口由于长期研究中国思想史，对中国历史非常熟悉（二十四史读了一遍半），终于能够把"西方"从"绝对真理"拉平到"相对真理"的位置，并且把一向被视为"落后"与"不发展"的中国抬高到可能高于"西方"的历史位置，这样，最终摆脱了以西方为中心的世界史观。孙歌在写这篇文章前，通读了沟口的重要著作，为我们描述了沟口的思想轨迹。如果说，孙歌与竹内好相遇，呈现了她艰难求索的一面，那么，她这一次意外地系统性地重读沟口，就有可能让她找到一条更宽广的道路。毕竟在21世纪的世界里，很少有人可以不面对中国，以孙歌敏锐的历史感，她不可能不意识到这一点。这样，孙歌从中国走向日本，最后又可以走回中国了——当然，孙歌绝对不可能是一个狭隘的民族主义者，如果她走回中国，也只是再度从中国出发，去进行另一次新的探索。

何以见得呢？这只要读她两篇有关冲绳的文章，就可以充分意识到。《从那霸到上海》，可以看到第一次的冲绳经验对她的强烈冲击;《内在于冲绳的东亚战后史》，是她在初步了解冲绳之后，对于东亚近代史的反思。应该说，"西方的近代"把冲绳逼迫到任何亚洲地区都难以想象的历史位置。由于它被迫纳入日本帝国，作为日本帝国的门户，在"二战"结束前一刻，它经历了前所未有的牺牲，而这场战事，根本与它无关。从冷战以后，它又成为美国在亚洲最重要的军事基地，成为美国控制亚洲最重要的据点，而冲绳从根本上就反对扮演这一角色，却一点也不能自主。冲绳的命运充分显示了历史的无情。孙歌对冲绳人民的同情是毫无保留的，这证明，她具有最广阔的人道主义的精神。也就是由于这种精神，她很难接受"机制化"（不论是民族主义，还是所谓的"自由、民主"，还是其他）的集体感情。也就因此，她很难接受学术成规，而不得不走上艰难的探索之路。我希望读者可以在本书的一些短文中读出这种精神，我认为这是孙歌作为一个人、作为一个学者，最为可贵之处。

2010 年 12 月 9 日

（孙歌：《把握进入历史的瞬间》，
台北：人间出版社，2010 年 12 月）

横站，但还是有支点

——王晓明《横站》序

王晓明教授生于 1955 年，1966 年"文革"开始时，他正读小学四年级。1972 年中学毕业，但中间几年他其实很少有机会在教室好好学习，正如他自己所说的，是在"街道、车间和农田里读书"的。中学毕业后，他下工厂当钳工，一直到"文革"结束。1977 年恢复高考，考进华东师范大学中文系，第二年招收研究生，随即转读中国现代文学硕士，1981 年毕业后留校任教。

1978 年之后招收的前几届研究生，毕业后不久就成为大陆学术界的中坚，然后也顺理成章地成为各学科的带头人。因此，很久以前我就知道王晓明教授是上海中国现代文学研究的"重镇"之一。

要知道1978 年以后招收的研究生年龄极为参差，有的人生于 30 年代末期，已经年届四十，有的人生于 40 年代中后期，已经超过三十岁了。而王晓明教授生于 50 年代中期，那么，"文革"结束时也不过二十出头，差不多等于大学毕业的年龄，在这个时候念研究生，可谓适逢其时，时间上没有受到耽搁。

改革开放的 80 年代，由于极"左"思潮的反弹，知识界普遍倾向于美国式的自由、民主。譬如，比王晓明大两岁的蔡翔就曾坦诚说过：

> 我们把现代化，包括把市场经济理解为一种解放的力量，理解为自由、平等和公正的实现保证。

90 年代当我能大量购买大陆图书时，我常常看到类似的议论，不免为大陆知识分子的"天真"而感到惊讶，最后感到不耐烦，以至于完全不看他们讨论中国现状的著作。那时候我不知怎么搞的，也把王晓明列为上海自由派的代表，虽然买了他的两三本著作，却很少读。后来有一天，跟陈光兴谈起王晓明，因陈光兴跟王晓明已有多次交往，他跟我说，王晓明绝对不是一个自由派，你不应该有这种偏见。后来，我跟王晓明的学生薛毅有较多的交往，发现薛毅最少也可以算是新左派，再跟他问起王晓明，他跟我说，王老师的思想已经有了转变，现在已经不是自由派了。有一次我见到他本人，跟他谈起思想改变的事，他说，我怎么能不变呢？我不变，我的学生也要逼我变。我没想到他这么坦率，从此对他有了好感。

我请王晓明教授编一本选集，在台湾出版，他最后决定只选近十年的文章。这样的选集虽然不能看出他思想转变的历程，却能更清楚地看到他在最近几年集中思考的问题。我一篇一篇地读着这些文章，常常为他的真诚而感动。他毫不逃避地面对当今中国其乱如麻的诸多问题，他不相信美国式的自由经济和民主制度能解决这些问题，他也拒绝回到 20 世纪 50 年代至 70 年代的左倾路线。这样，他就只好彻底摆脱既有的主义与思想，从没有立足之地重新探索。他把自己的这种立场，借用鲁迅的说法，形容为"横站"。这就是说，不采取单执一面的思想来批判，如社会主义或自由主义，这样的思考方式非常无力。有些人为了回避这种困境，只好把言说弄得非常复杂，其实是闪烁其词，不着边际，没有直面问题。这还不如"干脆跳出泥潭，直截了当，怎么想就怎么说，虽然粗暴、简单，却能够拨开迷雾，击中要害"。这样的结果，就会惹来秉持各种"主义"来自不同方向的攻击，于是，你只好"横站"，以便随时面对四面八方的敌人。

这样的探索既需要勇气，还要把持着不掉入虚无之中，其实是非常痛苦的。读过鲁迅的人都知道，这是鲁迅的作战方法，这需要坚强的毅力，和对无法预知的理想的坚持。这只能在茫茫的黑暗中，努力护持着一盏向往着"善"的微弱的灯火。这也是鲁迅给予人的最大的支持与抚慰。

但我们也知道，鲁迅的时代距离现在至少七十年以上，现在的中国毕竟已经不是鲁迅时代的中国。虽然现在的中国让我们大惑不解，却没有哪一个国家敢再派军队入侵；而且，中国再怎么贫富不均，大概也没有人会饿死；即使发生天大的灾害，如汶川大地震，中国至少有一个强有力的中央政府，以最大的人力、物力迅速抢救，这都是 20 世纪 30 年代的中国梦想不到的。我们也知道，这是经过七十多年的磨难，以千千万万人的牺牲与奉献换得的。虽然代价极为惨重，但也不能不说是一种成就，这恐怕是很难否认的。

其次，我们大致也可以肯定地说，中国目前所面临的种种问题，是不能用西方式的自由市场和民主体制来加以解决的。譬如，要是把土地私有化，可以自由买卖，不但沿海城市的房子很少有人买得起，而且，广大的西北地区和农村地区会越来越少人居住。难以想象，百分之八九十以上的中国人口全部集中在沿海的城市，中国会变成什么样子。又譬如，像大陆这样各民族聚居的情况，如果按台湾的方法举行各种地方选举，也按台湾的选举那样诉诸族群矛盾，能够想象大陆会不闹乱子？中国大陆不能亦步亦趋地走西方道路，除了越来越少的僵硬的自由派之外，大概也可以算是大多数人的"共识"了吧？

最后一点，最近二十年的经验，也很难不让人对西方资本主义国家的价值体系大起怀疑。如果他们真的是讲究人权，难道他们就可以为了几个"流氓"，进而肆无忌惮地轰炸阿富汗、伊拉克、南斯拉夫、利比亚，炸死许许多多无辜的平民，这也是为了维护人权，谁相信呢？美国金融出了问题，负债累累，既无力改善，也无力还债，就不负责任地大印钞票，把问题丢到别人身上，这叫自由经济，谁服气呢？

再说远一点，凭仗着优势的航海技术与武器，走遍世界各地，到任何地方，杀人抢土地，掠夺物资，还把千千万万的人掠卖为奴隶，并声称这是西方文明的伟大成就，那么，所谓文明也不过是赤裸裸的"恃强凌弱"的代名词。所谓个人主义的成就，不就是有能力的个人的集合到处杀人越货所获得的大批的战利品吗？在人类史上，以战争决胜负确实是人的生存法则之一，但像西方文明这样强调"唯强为尊"的，恐怕当数文明史上的特例。

再说，当西方还远远落后于伊斯兰国家、印度和中国时，他们可以随意地学习、吸收这些地区先进的技术，而这些地区从来就没有知识产权的观念，从来就没有想到跟西方人要版权收益；

现在反过来，当西方人统治全世界时，他们的每一种新发明、新技术都严加保护，并且要付上极大的代价，才能用上这些技术，买到这些产品。人类文明的成就本来是互相流通的，而西方人却以为真正的文明只有他们才能创造出来，你要这种文明，就需要跟它"购买"，这大概就是自由主义和个人主义的伟大成就吧。这样的文明理念，我们可以再相信吗？

再进一层推论：假如我们相信这种文明理念，并且假如中国已经成为世界的一等强国，我们可以像美国人那样，享用全世界最大的财富吗？美国只有两亿多的人口，而中国却有十三亿，如果将来中国的每一个人，都要像现在的美国人那样地消费，你能想象中国人要耗费多少世界资源？二十多年前，不怀好意的西方人还常常说，中国人要吃光世界的粮食，就是按照他们消费的逻辑推论出来的，因为两三百年来他们就是这样"啃光"世界资源的最大部分的。这种资本主义的逻辑，不能在中国强大后由中国继续推行下去，是谁都一眼看得清楚的。因此，西方这种建立在尽可能满足人的欲望之上的经济逻辑，绝对不是人类文明的持盈保泰之道。

所以中国现在的发展问题，不只是中国本身的问题，而是人类的文明能否继续维持得下去的问题。王晓明教授说，中国人现在还感受到，"那种难以把握国家和个人命运的茫然的神态，甚至那种不远处正有巨大的动荡向我们逼来的不祥的预感"，我觉得正是中国被卷进全球资本主义体系以后中国人所感受到的笼罩全人类的危机感。因为，中国如果也按照这个逻辑发展下去，那就不只是中国毁灭，人类文明也会跟着毁灭。中国的崛起正碰上世界资本主义体系发展的歧路口，更正确地说，中国的崛起也许可以改变西方资本主义那种霸道文明横行全世界的局面，从而将人类引向另一种文明方向，这就是中国发展问题的复杂性。

王晓明教授是深切了解这些的，这从本书第二部分"中国革命的思想遗产"中的各篇文章可以清楚地看出来的。这些文章谈论的是中国现代早期的思想家，如康有为、梁启超、章太炎等人，在面对西方列强的侵逼时，如何思考中国以及人类的前途问题。这些人在思考中国人如何面对"三千年未有之变局"时，出人意料地视野开阔，让我们感到惊讶，似乎预见式地为我们提供了现在应该思考的方向。以下我想引述王教授从中得出的最核心的看法：

1. 眼睛是这样地望着世界，当规划未来中国的强盛蓝图的时候，现代早期的中国思想，就特别警惕霸权式的"强国"欲望和侵略性的"民族主义"……几乎每次展开这一类的论述，这些思想家都要提到"被压迫者"的身份和记忆，要大家躬身自问，过去和现在，我们中国/汉族人是怎么被压迫的！正是这样的"己所不欲勿施于人"的常人心理，成了他们举出的最大理由。确实，一个始终记着自己如何因为力弱而遭遇欺凌的人，不大可能理直气壮地想象将来挥着粗大的胳膊去欺负别人。

2. 在这样的视野里，"解放"不会凝固在某一个层面，总是会往更为宏观和微观的方向扩展，压迫和被压迫的角色，也因此可能甚至必然互换，或者一身兼二任，一面承受强者的压迫，一面也压迫更弱者，借用章太炎的话来说，是一面为真，一面为幻。不用说，这样的总是从变动和辩证的角度来理解革命目标的思路，是比后起的那些单向尊奉被压迫者的理论，更能表现这一时期中国思想的被压迫者立场的强固。它不但具备譬如佛学式的世界无边、众生平等的宽阔情怀，更有一种从切身感悟中生长出来的反省之心：昔日傲然自居为天下中心，现在却整体上居于劣势，被洋夷倭寇压迫得抬不起头，从这样的经验起点走出来的思想，怎么可能止步于"彼可取而代之"式的健忘与狂妄？

看到这样的话，我不禁为晚清思想家的博大与深微而叹服，并且佩服王教授从他们那里找到了克服西方资本主义逻辑的最大支点。

除了孙中山的"济弱扶倾"之外，我以前很少注意到中国早期现代思想家在这方面的看法。当我考虑中国强大以后会如何面对世界时，我总是想起古代的汉族和周边的少数民族是如何由冲突而和平相处而相融为一的过程，我也常想起古人所说的"远人不服，则修文德以来之"。既然古代的中国都知道不要强迫"蛮夷"服从你，那么近代沦为弱势者、如今再成为强者的中国人，更不应该以强者的姿态让别人屈服。看来，这样的想法，中国早期现代思想家不但已经想到，而且已经想得很周到很深刻了。

令人感慨的是，中华民国建立以后，由于国势日危，中国知识分子已经丧失了传统文化培养出来的胸襟，变得一无所有，甚至自鄙自贱，认为只有跟着人家亦步亦趋，才能自我解救。自由主义的西化派不用说了，甚至社会主义革命派都有这种倾向，和中国一向的文化并不是同质的。譬如说，中国传统的"大同"思想，如"货恶其弃于地也，不必藏于己；力恶其不出于身也，不必为己"，说的是一种天下为公的精神，而并没有诉诸严密的制度设计，因而显得更富于人性。

王教授把中国的现代分成三个阶段：一、19世纪80—90年代到20世纪40—50年代；二、20世纪40—50年代到80年代；三、20世纪90年代以后，我觉得有相当的道理。90年代以后，中国不但从综合国力的增长上得到自信，而且在思想上终于逐渐摆脱五四以后唯西方是尚的倾向，开始回归中华文化，并且想要从中华文化之中寻找克服西方资本主义文明的途径。回归的方法之一，就是像王教授这样，从中国早期现代的思想家中去寻找灵感——因为他们还有传统文化的底子，还没有丧失对传统文化的信心，在面对西方文明的挑战时，还有"对峙"的雄心。现在我终于了解，最近二十年来大陆学界的晚清热是有道理的，因为，经由这一条途径，最容易反思传统。

再度回到传统来寻找未来中国甚至全人类的出路，这样的思想倾向，在大陆已经相当普遍，而且，遍及各个世代的知识分子。从20世纪40年代中后期出生的那一代算起，以后每十年算一个世代，至少在我认识的人中，一直到70年代出生的人。所以我认为，现在这种探索虽然还十分艰难，虽然还是"横站"，虽然还不能说有一堵墙做后盾，但至少总还有两三个可以凭靠的支点，这是不用怀疑的。我看了王晓明教授这本书的许多文章以后，越发有这个信心。

2013年2月2日

（王晓明：《横站：王晓明选集》，
台北：人间出版社，2013年2月）

我们需要这样的异质思考

——蔡翔《神圣回忆》序

我所交往的大陆朋友，年纪与我相近的，大都小我两三岁，少数比我大一点，他们可以说都是跟着新中国一起长大的。他们都有完整的"文革"经历，也就是说，他们都下乡种过田，其中有的离开农村后，还当过工人。非常奇怪的是，除了一位之外，他们很少全面批判"文革"。后来我曾加以归纳，发现他们都不是出身于知识分子家庭，而例外的那一位恰好出身于知识分子家庭。

"文革"结束前后，他们先后进入大学，读了研究生，有的还读了博士，现在全部是教授兼博士生导师了，在社会上有稳固的地位。一般来说，他们很少谈政治，但并不表示他们对政治没兴趣，如果你跟他们谈，他们也乐于跟你谈，而且很坦白，不会有任何保留。

我发现，他们对当前大陆政治、社会的看法并非一成不变。毕竟最近三十多年大陆的变化实在太大了，真是令人目不暇接，思想没有任何改变是不可能的。如果要在其中选择一位，从他过去的文章中追寻他思想变化的痕迹，并且寻找他变化的原因，我以为蔡翔是可以考虑的。我们之所以选择出蔡翔的选集，正是想让台湾读者通过这本书，大致窥探一下思想变化之后所隐藏的社会变化，从而对当代大陆社会有比较具体而深入的理解。

蔡翔出身于上海工人家庭，也就是他所说的中国"底层"社会。蔡翔自己说：

> 对我这一代人来说，本没有什么"两个三十年"，有的只是"六十年"，共和国六十年。后来发生的一切，可能都已隐藏在一种共和国的记忆之中。而这一记忆，被反复唤醒，并被形式化。(《代序：流水三十年》)

对于一个工人子弟来说，这是很自然的，毕竟共和国诞生在对社会主义理想的追求上，而这种理想正是底层社会的人所共同向往的。但是，社会主义理想的追求最后却导致"文革"。蔡翔又说：

> 对十年"文革"的记忆，这种记忆推动我们投入到 80 年代的思想解放运动中，追求人的自由和解放，追求一种个人的权利，直到今天，我还觉得这种记忆是一笔宝贵的财富。(《底层问题与知识分子的使命》)

但是，这一次的思想解放运动却又造成了另一个想象不到的后果，就是：

> 我们把现代化，包括把市场经济理解为一种解放的力量，理解为自由、平等和公正的实现保证。但到了 90 年代之后，

我们才突然发觉，这样一种社会的发展模式，实际使我们的理想和追求化为梦想。（同上书）

这样，蔡翔又重新想到社会主义理想：

> "阶级"这个概念，在 80 年代一度少有人提及，我们当时很天真，以为阶级是可以被现代化，甚至被市场经济消灭的。但是，在 90 年代，我们重新看到了阶级。阶级这个概念的复活，实际上也使我们许多的记忆，包括某些理论，也复活了。比如马克思主义，直到今天，它也仍然是值得敬仰、值得重视、值得研究、值得继承的思想遗产。（《底层问题与知识分子的使命》）

但这并不表示，蔡翔想走过去革命的老路，他很清醒地意识到：

> 对于底层问题，我们既要考虑底层的生存现状，又不能走极端。因为这是有教训的。（同上书）

所谓"有教训的"就是指十年"文革"，革命的纯洁性异化成蔑视个人尊严的专制主义，这种错误是绝对不可以再犯的。

以上我用最简单的方式，很粗略地勾勒了蔡翔思想的轨迹，循着这样的轨迹，就可掌握蔡翔大部分文章的思路。

也许有人会问，难道我们需要读这样的文章吗？大陆的经验跟我们如此不同，我们有必要去了解他们这三十年的社会是怎么变化、人们的思想是怎么改变的吗？其实，人类的整体反省，不只包括不同时间的历史，还包括不同空间的社会，如果没有对人类整体行为的好奇心，实际上也就说不上关心人类社会了。

退一步说，即使从最功利的立场看，蔡翔的书也是值得我们阅读的。现在台湾社会日渐贫困化，很多人的中产阶级梦想已经破灭，正是在这样的时期，蔡翔的思考历程，以及他作为一个知识分子的责任感，尤其值得我们深思与反省。

蔡翔有一段话，让我特别感慨，引述如下：

> 整个的底层都进入了一个梦想。他们认为通过占有文化资源，也就是读书，就能改变自己的生存状况。这种梦想同时意味着，底层已经接受了来自统治阶级所给予的全部的意识形态和道德形态。就是说，他们不仅要改变自己的经济状况，还要改变自己的生活方式和社会地位。他有一个明确的目标，就是进入上流社会，起码是中产阶级。这无可厚非，但是如果把它意识形态化，就会造成这一个后果：底层永远不会再拥有自己的代言人。这是目前中国最大的一个隐患。一旦知识分子进入这样一个利益集团之后，一切就都与底层划清了界限。(《底层问题与知识分子的使命》)

这一段话让我想起台湾的教改。台湾的教改就是让每一位想读大学的人都有大学可以读，而底层的老百姓也认为，只要他的儿女读了大学，就可以改变社会地位和生活方式，至少使自己的子女进入中产阶级。事实是，从底层能够进入中产阶级的，到底是少数。因此，大量的大学毕业生失业了，教育投资的浪费姑且不说，社会还累积了一大堆无事可做、游手好闲的人。所谓的教改，实际上是台湾的统治阶层对底层所进行的大规模的欺骗行为，而底层对此浑然不觉。

更糟糕的是，台湾的知识阶层完全呼应统治阶层的做法，没有独立的思考能力，看不出真相。他们的利益其实是和统治阶层暗中相连的，而他们连这一点自觉都没有。台湾的底层老百姓早就没有自己的代言人了，没有人告诉他们，他们的利益如何受到忽视。即使台湾经济已经萎缩到目前的状态，近40%的家庭月收入达不到三万五千元新台币，而中间的公务员薪水阶层背了沉重的税负，还是很少有人从整体上批评台湾社会的不公正。台湾的媒体常常喜欢谈论大陆严重的贫富不均，好像台湾就不是这样。其实就台湾社会来说，其贫富悬殊的严重程度也已经够令人惊心的，却很少有知识分子意识到这个问题。与其说台湾社会比大陆公正得多，倒不如说，台湾的知识分子严重地缺乏底层思考。

蔡翔出身于底层，从来没有忘记底层人民的生活，同时也时刻提醒自己，作为一个知识分子，一定要防止自己成为和政治权力、经济权力三位一体的利益共同者。这是他的文章特别动人之处。因此我建议，对本书有兴趣的读者，一定要先读收在书中的前四篇文章，即《底层》《神圣回忆》《1970：末代回忆》和《底层问题与知识分子的使命》。我想从中举一段例子让大家看一看。

1977年大陆恢复高考，正在工厂当工人的蔡翔毫不知情，是他的工人朋友告诉他的。他不太想考，不少工人朋友催促他去考，他终于"吊车尾"考上了，成为知识分子。后来，他那个厂倒闭了，工人失业了，还住在陈旧的工人住宅区。他这样描述工人的生活状况：

> 工友们都失业了，拿着低保，曾经都出去找过工作，但又都回来了。有的，就在家里的水表、电表和煤气表上动了

点手脚，表走得很慢，钱省了不少。他们说，交不起啊，物价涨得太快，这点钱不够用。又说，我们这些人现在是真正不要脸了。说他们生活得很凄惨，也不尽然，看怎么过，女工都是很会过日子的，一口家常饭总还是有的吃。都早早地盼着快老，可以拿国家的退休工资。现在，许多人到了年龄，拿到退休工资了，日子也比以前好过一点，他们说，这是毛主席给的。(《1970：末代回忆》)

这就引发蔡翔的思考，难道社会的发展需要以一个阶级的尊严做代价吗？难道，这就是改革的宿命吗？他说，"想到我那些工友，总还是心有不甘"。如果一个社会的发展，虽然生活普遍好转，但是，还有 78% 的产业工人、农业劳动者、城乡无业失业半失业者，以及商业服务业员工都属于这种没有尊严、没有社会地位的"底层"，难道这样的发展不需要反省吗？这样，蔡翔就从 80 年代的思想解放运动中跳脱出来，重新思考"社会主义社会"到底应该如何完成的问题。

以我个人的接触，目前像蔡翔这种类型的知识分子，在大陆占有相当的比例。他们并不认为，80 年代的思想解放运动错了，他们只是觉得，走到目前这种状态，思想必须调整，不然，整个社会的发展结果必然和他们当初的理想背道而驰。90 年代中期的时候，我还对大陆知识分子过分迷信现代化和自由化不以为然，我没想到他们调整得这么快。许多大陆知识分子毕竟是看到"现实"的，在冷酷的现实面前，他们不得不调整自己。坦白地说，我觉得他们在这方面的能力要比台湾知识分子强多了。

即使就这一方面而言，蔡翔的思考也比别人更具"辩证性"。

现在还有一些大陆知识分子将共和国的六十年，分为前三十年和后三十年，其中的自由派说，前三十年是不好的，后三十年是好的，而极左派则反过来说，前三十年是好的，后三十年是不好的。正如本文在前头所引述的蔡翔的话，他认为，共和国的六十年是个整体。他一直从这个整体感出发，从革命后的"社会主义社会"在面对现实问题时，不断产生危机，又不断克服危机这一"动态过程"来加以观察和反省。这样的反省方式，是实事求是和面对现实的，而不是一厢情愿地想象"假如没有五四运动、没有发生革命"，中国会比现在还好。历史是一个复杂的辩证过程，我们必须力求清醒地认识这个过程，并且吸取以前的教训，以便以后更少犯错误。蔡翔的这种历史认识论很精彩地表现在《社会主义的危机以及克服危机的努力》这一篇长文中。如果对大陆近六十年的历史和文学有比较多的知识，就可以体会到这一篇文章有多深刻。如果还比较缺乏这种背景，我建议放在后面阅读。

跟这篇文章思想方法相类似，但涉及的论题比较小，因此也就比较好阅读的，是《何谓文学本身》。这篇文章分析了"纯文学"的概念如何在 20 世纪 80 年代建立起来，如何在当时对现有体制产生强大的颠覆作用，又如何逐渐狭窄化，成为逃避现实的借口，并为现有体制所接受。这一篇文章很清晰地论证了，一个概念，包括这个概念所包含的意识形态，都是具有历史性的，必须把它放在一个历史过程中加以观察，它可以是最具革命性的，但也不过二十年，它又成为最具保守性的。这篇文章充分显现，蔡翔的现实关怀让他能够很敏锐地看到文学的政治性。所以，他不止一次地说，"在文学性的背后，总是隐藏着政治性，或者说政治性本身就构成了文学性"。

蔡翔就是从这样的敏锐认识来评论文学，因此他的分析常常既出人意表，但又非常深刻，这一点尤其值得台湾的文学研究者仔细体会。在这方面，我建议优先阅读两篇文章，《酒店、高度美学或者现代性》和《旧时王谢堂前燕——关于王朔及王朔现象》。后一篇文章把王朔的"痞子文学"和改革开放后失势的干部子弟联系起来，然后再说明这种现象如何被商品化大潮后的大众所接受，分析得极其精彩。前一篇涉及台湾研究者非常有兴趣的"城市空间美学"，只要稍一阅读，就可以发现，蔡翔和那些套用西方现代性美学的人是多么不同。他既了解西方的现代性理论，又深刻意识到这种理论移用到中国来所产生的变形作用，并且也充分意识到这种理论所遮蔽的一些更严重的社会现实问题。也许有人会说，蔡翔不算是一个文学评论家，只能算是一个社会评论家。读了这两篇文章，就可以了解，一个关怀现实、密切注意现实变化的人可以成为多么深刻的文学评论者。这一种特点，特别值得台湾的研究者学习学习。

蔡翔的书，在现在台湾的许多读者看来，也许是相当"异质"的。但是，这是对台湾的文化气候非常有针对性的异质，可以救治我们一向的思想偏枯。在台湾社会走到最低潮的现在，他的文章尤其值得思考台湾前途的人参考。所以我不嫌辞费，写了这么多。我最终还是希望，这本书能够在台湾找到一些知音。

2012 年 4 月 4 日

补记：蔡翔的文章在大陆语境下容易理解，反过来说，在台湾语境下就比较不容易理解。以上的序文主要是为台湾读者而写，希望为台湾读者找到一条接近蔡翔的道路，因此有些意思并没有完全发挥，希望在这里补充一下。

新中国的前三十年，是为建设一个社会主义的理想社会而进行实验，在 20 世纪 80 年代的思想大解放。经过后三十年的另一种实践，知识分子又发现，整个经济虽然发展得很快，但距离他们心目中的社会理想好像越来越远。这样，就产生了两种截然不同的思考模式。第一种认为，中国之所以还存在那么多问题，就是因为中国文化的传统包袱太重，现代化还不够彻底，也就是还没有像西方那样的市场化和民主化，这也是很多西方人，还有很多台湾人对大陆的批评方式。第二种却完全不一样。基于前三十年的社会主义理想，他们发现，像后三十年这样是有问题的，最终他们质疑的是西方资本主义的文明模式，他们认为这种模式必须重新反省。当然他们并没有想要回到前三十年的做法，但他们也不认为后三十年的实践应该继续走下去。第二种想法的人现在在大陆越来越多，一般笼统地把他们命名为"新左派"。其实他们内部思想的差异很大，不过可以说，他们都在进行现实与思想的探索，看看能不能走出一条新路，蔡翔就属于这种人。

如果我们重视法兰克福学派以降西方各种"反现代性"的理论，如果从 19 世纪末以来西方就不断有人质疑启蒙思想，为什么我们就不能重视大陆方兴未艾的各种"新左派"思想？基于新中国六十年来的历史经验，他们也许可以提出另一种"反现代性"的思考。如果我们这样看问题，我们就不能漠视大陆现在已经具有强大力量，而在台湾还很少有人注意的这一股所谓的"新左派"潮流。因为他们反省的绝对不只是中国经验，而是整个资本主义的文明模式。说不定他们的想法将来可能超越西方现存的许多"反现代性"思潮，而为人类社会的发展提供一种新的想法。

2012 年 4 月 5 日

（蔡翔：《神圣回忆：蔡翔选集》，

台北：人间出版社，2012 年 4 月）

关心现实与关心历史

——王中忱《作为事件的文学与历史叙述》序

花了整整四天的时间把本书所有的文章从头到尾仔细读了一遍，阅读每一篇文章都带给我许多的乐趣，这四天过得很充实。每一篇文章涉及的题材，我都知道非常少的一点点，在阅读的过程之中，我了解了很多我不知道的事，这是一种获得新知的乐趣。我更感好奇的是，对于我自认为已经熟悉的题材，作者除了让我知道我其实了解得很少，他到底还想说什么？——他写这篇文章的目的何在？这让我产生侦探式的乐趣。

其实在阅读本书之前，我已经把目录看了好几遍，几乎可以背诵了。我不知道作者为什么要把表面上毫不相关的、相距非常遥远的题材收集在一起。这里面谈到晚清文化生产场域的新变化，谈到中国现代作家被日本所接受的一些特殊现象，还包括 20 世纪50 年代的亚非作家会议，80 年代丁玲复出文坛不为人知的一些背景；最奇怪的是，还谈到佐尔格、尾崎秀实的间谍案，以及现代两个著名的历史学家傅斯年和顾颉刚对中国边疆问题的强烈关怀。

我们可以说，作者的兴趣非常广泛，而且对每一个兴趣都有独到的看法，但我最为好奇的是，作为一个专业的中国现代文学和中日比较文学的研究者，他为什么会有这么复杂的兴趣？为什么要写这么多表面上彼此不相关的文章？

我真正的困难是，必须为这本书写一篇序，而本书的作者是我交往十多年的老朋友，交情非同一般，这篇序需要好好写，要言之有物，不能虚应故事。那么，我应该如何写呢？我在阅读本书之前，早就了解这个困难，在读完本书之后，我还是没有找到解决困难的方法。最后我想到了作者为本书所拟的书名《作为事件的文学与历史叙述》。说实在的，开始我觉得这个题目太长，而且拗口，我很想建议作者改个名字。但后来转念想到，作者取这个名字一定有他的用意，不如从这里推测一下本书的用心之所在。就这样，我好像找到了解开谜题的钥匙。

按照这一书名，作者似乎认为，文学叙述和历史叙述不只是"叙述"而已，这些叙述还会形成"事件"，也就是说，譬如，当台湾的"台独"派构建一种关于"二·二八事件"的叙述时，他们那一种独特的叙述本身就是一种政治事件，为他们企图达到的政治目标而服务。按照马克思理论，每一种叙述都暗藏了作者潜在的意识形态，即他的阶级属性所自然形成的偏见，可以是不自觉的。可是，若是一位作者不只是无意识地流露他的偏见，而是按照他的偏见有意识地形成一种叙述，并且想要借此叙述来影响他人，以达到他设定的目的（这种目的通常具有政治性），那就不是意识形态，而是"事件"了。因为表面只是一种言辞，其实是蕴含了一种行动，这不是"事件"又是什么呢？

最能够说明这一问题的是佐尔格和尾崎秀实的间谍案。这两人组成的间谍网1941年10月14日被日本特高课侦破，但一直要到1942年6月16日才由日本司法省对外正式公布。司法省把这个间谍网定位为"接受共产国际总部"指挥的赤色谍报组织中的一个环节。但实际状况并不是这样，因为佐尔格供称，自从1929年夏末以后，他和共产国际的关系就中断了，他现在的直属上级是苏联红军。当时《苏日中立条约》还在有效期内，如果佐尔格只是苏联红军的间谍，以当时苏、日并非敌对关系而言，涉及这个间谍案的人不可能被判死刑。因此司法省的公告，完全没有提到苏联，只强调"共产国际"。"只有强调其'共产国际'身份，并把'共产国际'解释为危及日本'国体'的组织，才可能援用《治安维持法》延长对佐尔格、尾崎秀实等人的拘留审讯时间，并以'颠覆国体'罪定以重刑乃至极刑。"其实早在1935年共产国际已在第七次代表大会上声明，为了建立广泛的反法西斯统一战线，共产国际已经不再号召在各国推翻现有政权、实现"无产阶级革命"，佐尔格小组的活动重点主要放在阻止日本发动对苏战争，跟"危及日本国体"没有关系。日本司法省对此完全清楚，但仍悍然不顾，将佐尔格和尾崎秀实处以极刑，并于1944年11月7日俄国共产革命二十七周年的纪念日当天凌晨执行绞刑。我们可以说，日本司法省站在右翼军国主义立场，深文周纳，"枉法"审判，以达到消灭异己的目的。司法省公告的那一种叙述方式，已预先决定两人的死刑判决。

谁也没想到的是，日本司法省处心积虑地把佐尔格定位成"共产国际间谍"，到了战后美、苏冷战局势逐渐形成以后，却又被麦克阿瑟重新界定为"苏联间谍"，佐尔格、尾崎秀实等人又变成企图颠覆西方民主世界的帮凶。这时候，谁都不愿想起，当年佐尔格等人曾经窃取了日本军方偷袭珍珠港的情报，并将此一情报通过苏联告知美国罗斯福总统，只是罗斯福不知什么缘故并未采取对策，以致让日本"奇袭"成功。说起来，佐尔格跟尾崎本来就是反法西斯的英雄，但在战后由于美国为了围堵苏联，反过来跟日本右派合作，佐尔格和尾崎不但未在战后恢复名誉，反而经由美国《威洛比报告》的公告，变成了民主世界的潜在破坏者。我们只要对比一下战争时期日本司法省的公告和战后美国的《威洛比报告》，就会觉得，这两种官方叙述好像是对真实历史的讽刺。

其次谈到关于傅斯年和顾颉刚那两篇文章。傅、顾两人都是中国现代学术史上的大人物，影响很大，一生的行事也常常充满争议。但出乎意外的是，作者谈论两人的出发点，却是他们两人的学术和他们强烈的民族意识之间的看似矛盾的复杂关系。傅斯年的史学信念深受德国学者兰克的影响，相信史料考辨就是史学研究的核心，他认为"历史学不是著史"，"近代的历史是史料学"。但"九·一八事变"以后日本窃据了东北，而且还声称"满洲"（日本对东北的称呼）从来不是中国的土地。傅斯年深受刺激，花了一年的时间写成《东北史纲》，在书中反复强调，东北各部族与中国关系密切，受中国文化濡染至深，以至其礼俗习惯皆类同或近似汉人。谁也无法否认，《东北史纲》是傅斯年民族义愤喷涌而发的作品。顾颉刚也有类似的状况。他的史学出发点也是考据，他以考据的方法提出中国古史"层累造成说"，认为这些古史是后代逐层累积造成的，不可靠。他疑古的信条是，"打破民族出于一元的观念"，"打破地域向来一统的观念"。有人批评他，这种讲法会破坏中国人的团结，但他坚信他的疑古精神和通过学术研究激扬民族主义并不矛盾。但"九·一八事变"以后他也同样受到刺激，怀疑他在《禹贡》杂志上所提倡的那一种考证性的史地研究是否有价值。其后，他花了很多时间帮助谭惕吾进行边疆考察（主要针对蒙古），对这一过程，作者通过顾颉刚的日记及其他资料进行了详尽的梳理，以此证明这是顾颉刚在国难当头时的一种心理需求，而不是因为他跟谭惕吾有儿女私情。

这两篇文章都是有针对性的，作者对某些学者以过于简化甚至扭曲的方式谈论傅斯年和顾颉刚并不满意，因此有感而发，这种针对性我就不一一挑明了（作者的用意其实就是针对这些"有意识"的论述）。我觉得作者所提出的另外一种对比，更值得我们注意。白鸟库吉和内藤湖南被公认是研究中国很有成就的日本学者，白鸟库吉也跟顾颉刚一样，以最严格的考证精神来批评中国的古史传说"荒唐无稽难以置信"，但他对日本的古史传说却全部相信，可见他的疑古态度是内外有别的。内藤湖南就更有意思了，在辛亥革命爆发后，他建议未来的中华民国放弃满蒙地区，1914年他在《支那论》里又说，"无论蒙古、西藏、满洲成为谁的领土，都无碍汉人的和平发展……支那的领土问题，从政治实力上考虑，现今是应该缩小的"。这真是太有意思了，他"善意"劝导中国，既然实力不足，就应该放弃满、蒙和西藏，这样中国就可以"和平发展"。我们只有在中、日两国学者的仔细对比之下，才能对中国现代学术人物的学术与人生进行公正的评价。事实上，傅斯年《夷夏东西说》《周东封与殷遗民》等古史文章，顾颉刚古史"层累造成说"，都对后来中国古史观的重建产生极大的影响。没有他们，以及其他许许多多学者的努力，也就不可能形成现在大家已普遍认同的、中国文化"多元一体论"了。作者这两篇文章让我们充分理解，中国现代的历史研究是和近代中国的苦难史及中国现代国家的形成息息相关的。回顾来看，我们应该以感同身受的态度来理解傅斯年、顾颉刚等人不平凡的一生，而不应该以自己既定的立场，把他们的某一面向夸大，以此论定他们。

在中国现在的环境里，所谓的学术，如果仔细辨析，常常会发现，其实只是在宣示某种立场。譬如，所谓的陈寅恪研究，几乎都在诠释陈寅恪所坚持的"独立之精神，自由之思想"，三联书店出版的《陈寅恪集》就把这一句话印在每一册书的封面上。更加奇怪的是，不论哪一家出版社，只要印行陈寅恪的作品，都一定采取繁体竖排的方式，似乎暗示陈寅恪本人的立场就是如此。我不知道这是家属的要求，还是无意形成的"传统"，实际上这非常不利于陈寅恪著作的流传。陈寅恪是比傅斯年、顾颉刚更为重要的历史学家，他的复杂性远远超过傅、顾两人，他的民族主义情怀和传统文化倾向可能也要超过钱穆，其实是很值得研究的，但他一直被简化成自由主义学术的代言人，真是太可惜了。因为王老师这两篇很有启发性的文章，我忍不住就多讲了几句。

在中国现代文学的研究上，也有一个很奇特的例子，值得一谈，那就是丁玲，不过，这是从反面立场来加以否定的。一般都只是以简单的方式论定，丁玲在"文革"结束以后还坚持左派立场，所以是落伍的，不值得注意的。王老师是著名的丁玲专家，本书收了有关丁玲的五篇文章，其中两篇是为丁玲"辩诬"的。说是辩诬，也许并不精确，其实只是陈述一些大家都不知道，或假装不知道的"事实"。譬如，1975 年，丁玲以前的死对头周扬、林默涵都已被解除监禁，"四人帮"被逮捕之后不久，他们即恢复工作，"当时文学界'拨乱反正'的'正'，标准主要是 1957 年反右斗争之后到'文化大革命'之前的体制。在这样的体制建构中，一些被后来的文学史家们称为'地下文学'或'民间写作'的群体，如围绕《今天》杂志形成的青年诗人和作家，首先被坚决排除。五六十年代遭受批判的作家，特别是'胡风集团'和右派作家，也被阻拦在门外。阻挡的方法，是把这些当年被批判者和'四人帮'扯上关系"。老实讲，这种分辨，要不是王老师指出，我到现在还不清楚。一直要到 1978 年 4 月 5 日中共中央批准了《关于全部摘掉右派帽子的请示报告》以后，"右派"分子才开始被改正。即使如此，丁玲平反的历程还是比一般"右派"分子来得艰困，7 月间她的"右派"问题解决了，但由于她还有一些"污点"，所以还必须留在太原，也不能分配工作。丁玲为自己身份的清白奔走奋斗的过程，这里就不详细叙述了，总之，一直到 1979 年 7 月以后，她才开始发表作品（《杜晚香》《在严寒的日子里》《牛棚小品》），10 月她才恢复党籍和组织生活，1984 年 8 月，也就是她逝世前一年多，她的历史问题才彻底解决。"丁玲是一个被迫的迟到者，是被'新时期'重新组织化的文坛放置到边缘或后卫的人物。"我觉得，讨论复出后的丁玲的人，都应该记住这个结论，才能客观地讨论丁玲新时期的创作和她的文艺立场。我个人不一定赞同王老师为丁玲"'左'的文艺立场"辩护的方式，我只想指出，在 80 年代急速右翼化的中国文坛，丁玲坚持她 30 年代左倾以后的文艺立场，毋宁说是坚持她一辈子的写作理想，至于是否"落伍"，那也就不必由别人说三道四了。就以周扬来说吧，延安整风的时候，他紧跟着党走，或许可以说是"忠于党的事业"；但 80 年代以后，他的思想解放却一发不可收拾，几乎跟当时的自由派同一口径，以至于连胡乔木和林默涵都不以为然，这到底是进步还是跟风，不免让人困惑。比起来，丁玲的固执不知变通，也许更可爱一些。在 50 年代，她是"右派"，在 80 年代，她是左派，每一次都"不合时宜"。把周扬和丁玲两人加以对比，不是判然有别吗？

读了王老师有关丁玲的几篇文章，我更加感觉到，当代的主流论述的确是一种鲜明的"事件"，虽然它表现为客观的"叙述"，其实它是时代潮流的产物，是呼应时代变化的，而且也是推动时代变化的。王老师本书中所有的文章，并没有举起鲜明的旗帜，来反对这种潮流，但隐隐然是以这个潮流作为质疑的对象的。这在本书的第一篇文章中就表现出来了。在文章的开头，他就提到美国新批评家所大力抨击的作者"意图谬见"，同时也提到罗兰·巴特的《作者之死》，这两派都极力要把文学从历史语境中脱离出来，进行"纯粹"的文学研究。王老师在讨论晚清文学和文化的几篇文章中，清楚地告诉我们，这种纯粹性的研究根本无法掌握到晚清文学一些本质的问题。

王老师提到，梁启超在戊戌变法失败、流亡日本后，首先受到日本华侨冯镜如（冯自由之父）、冯紫珊（冯乃超祖父）兄弟的帮助。冯氏兄弟接触到现代欧美的印刷业，自己也经营印刷业务，因此，他们有能力也有资金协助梁启超创办杂志，进行政治宣传。后来发挥极大作用的《清议报》和《新民丛报》，都受到冯氏兄弟热情的支持，梁启超由此也了解到现代印刷术和现代报业的重要性，这虽然可以证明他善于掌握时代潮流，但是冯氏兄弟的媒介作用仍然是功不可没的。无独有偶的是，商务印书馆的首批创办人，也是出身于现代西洋印刷业的印刷工人。这些人由于无法忍受英国经理的歧视和辱慢，决心自己经营印刷所。当然，商务印书馆后来由于高级知识分子张元济等人的投资和接办，一跃而成为近代中国最重要的出版社。我从王老师的这些文章中，第一次充分了解到，在西洋商社中学习到现代印刷技术的工人，由于他们知识的提升，由于他们深切感受到西洋人的歧视，他们深深感到新知识的重要性，他们对晚清以后的启蒙运动有其不可磨灭的启导之功。我以前所阅读的著作大多只就高级知识分子立论，基本上忽视了晚清首先接触到现代西洋印刷业的中国工人的贡献，这个历史画面是极不完整的。王老师这一组文章，让我更具体地意识到，晚清逐渐形成的新型"文化生产场域"远未得到充分探究。同时，从这种新型文化场域的生成过程中，我们也可以清楚地看到，以纯粹的文学性来研究晚清文学会是多么地苍白无力。

说到晚清以来中国新型文化场域的形成，我们必须承认，日本对我们的影响极其深远，因为日本在 1894 年打败了我们，又在1905 年打败了沙皇帝国，被我们的新知识分子引为现代化的模范，大批留学生到日本去取经。我们一向重视的是，为什么日本的现代化那么成功，而我们的现代化却受尽挫折？日本研究中国思想史的学者沟口雄三曾经说过，这是以短时段来衡量中、日两国现代化的得失，而中国的历史常常要以更长的时段来衡量，譬如，拿 1840 年来对照 1949 年，或者拿 1900 年来对照 2000 年，这样一对比，中、日之间孰得孰失，恐怕是难以下定论的。我读本书中的第三组文章，就有类似的感觉。当 1945 年日本战败，举国残破不堪，人民生活无着，再看看 1949 年中国重新统一，未来希望无穷，两相对照，能不让有心的日本知识分子徘徊不已？最近二十年，我从大陆所翻译的日本鲁迅专家的论著，才稍微了解鲁迅几乎已成为日本现代文学不可或缺的一位外国作家。第三组文章中论堀田善卫的一篇，尤其让我感动，因为，堀田善卫所得之于鲁迅的，跟我的几乎一模一样，都是来自"绝望之为虚妄，正与希望相同"这当头棒喝的一句话。同样一个鲁迅，竟可以让历史境遇相差如此之大的中、日两国的某些知识分子得到相同的启示。如果再拿中、日两国的现状来加以对比，同时思考当今日本右派政客对待中国的态度，我们就会更加感慨系之。对此，王老师在《〈改造〉杂志与鲁迅的跨语际写作》一文做了非常曲折而又深意无限的表达。1933 年至 1936 年间，鲁迅受邀在日本的《改造》杂志上发表了四篇文章，其中一篇的中文标题是《我要骗人》。当时日本正在加紧侵略中国，鲁迅文章的标题实际上是暗示性地宣告，他不可能对日本人说出真心话。但其中有一段，今天我们中国人读起来恐怕真要感慨万千：

> 要彼此看见和了解真实的人，倘能用了笔，舌，或者如宗教家之所谓眼泪洗明了眼睛那样的便当的方法，那固然是非常之好的，然而这样便宜事，恐怕世界上也很少有。这是可以悲哀的。

中国在日本军国主义的长期侵略下，真是受尽苦难，今天我们稍微可以过一点舒心的日子，但在日本右派的眼中，我们竟然成为潜在的侵略者，需要他们日本联合美国来加以扼制，这真不知道要让我们说什么。王老师这篇文章是作为演讲稿在日本宣读的，在文末他就以上面所引的鲁迅的那一段话作结，而且还引用竹内好的话，"鲁迅晚年曾用日语写作。那些文章全都具有向日本民众发出呼唤的形式和内容"。接着，王老师以下面一句话结束全文——"其中，《我要骗人》里'用血写添几句个人的预感'，无疑是最为令人震撼的呼唤"。然而，这种呼唤真的能发生作用吗？当然，任何中国人都希望中、日两国人民和睦相处，不要再有战争，对于曾经留学日本、在日本有许多好友的王老师来说，他的期望比我们更热切。我在这里读出了一个中国学者的善良愿望，为之低回不已。最近我在台湾电视上看到一则报道，说日本人最不喜欢的国家是中国，真不知道要说些什么。日本人常以西化的优等生自许，高谈"脱亚入欧"，相对于中国牛步式的现代国家建设，到底孰优孰劣，值得我们做中、日比较研究的人好好思索。

我已经说过，本书中的每一篇文章都能引发我极大的阅读兴趣，以上所说的几点，不过是我读后想到的部分。其他我想不用再一一缕述下去，免得变成本书各篇文章的提要。不过，即使只就以上所说的，就可以看出王老师文章的两大特色。首先，他是有极强烈的现实感和历史感的人，他所谈论的每一个话题，都是他在现实中所关心的，而他对他所关心的每一点，都尽力地去了解其所形成的历史过程。对他来说，现实是历史形成的，而历史的发展就成为我们今天必须面对的现实问题。这样一来，他就不是一个书斋型的学者，他是从他深切关心的现实出发，去找寻"学术问题"，并从这一问题的历史形成过程去思考更完满的解决之道，或者至少了解问题的复杂的关键点，并让我们思考，这些问题并不是可以用简单的方法加以解决的。

这样，就可以联系到王老师文章的第二个特点，他从来没有接受简单的教条，譬如说，只要接受了某种普世价值，问题就可以迎刃而解。从教育背景来说，王老师可以说是属于20世纪80年代的人，但他从来没响应80年代以来各种流行的论述，他从来不相信，根据这些论述中国就可以轻易走上阳关大道，更不相信，如果不遵行这些论述中国就将崩溃。他只是默默地按照他的经验、他的阅读、他的历史意识，尽他的能力把问题搞清楚。他之所以取了这么奇怪的书名，似乎也在表明他对一些流行论述的不同意见吧。

但是，他也不是一个插旗帜、登高而呼，鲜明主张这个而反对那个，要人随后景从的人。但他也有他的信念，他始终遵循这个信念去找问题，去做学问，去做事。我相信，他也不在乎他是不是一个中国现代文学研究专家，或中日比较文学专家，还是一个杂家。作为一个当代中国知识分子，他只是尽他的本分，从他的关怀点出发，实实在在地去思考，去写文章，如此而已。

我不由得想起，他以前跟我提过的一件往事。1989 年时，他正在日本读书。他和一些同学感到很茫然，就去请教一位他们很尊敬的日本老左派。这位前辈语重心长地告诉他们，现在的形势扑朔迷离，你们又能判断什么？你们现在是到日本读书，你们的责任就是读书，读好书才有能力做事，到了某一段时间，你就会知道应该怎么做事了。王老师跟我讲了很多过去的事，这一件让我印象极其深刻。我认为，王老师就是按照这一原则做事、做学问的人。

每一个历史时机，大概都会有一个更紧迫的任务，等待热情的人投身其中。我觉得在现在的中国，最缺乏的就是不盲动、有热情、肯努力、愿意长期默默工作的人。我觉得王老师就是这种人，他的这本书也充分印证了他的个性，所以我才能满怀欣喜地一一读完，并且得到极大的收获，不只在为学方面，还在整体的人生思考方面。

2016 年 3 月 12 日

（王中忱：《作为事件的文学与历史叙述》，

台北：人间出版社，2016 年 6 月）

沈从文的爱欲书写

——解志熙《欲望的文学风旗》序

将近十年前，我在台湾的大陆书专卖店看到一套新出的《沈从文全集》（太原：北岳文艺出版社，2002 年），其中的文学编共二十七册，我立刻整套搬回家。当天晚上大致翻了一遍，非常满意，觉得可能是目前中国现代作家全集编得最好、印刷和装帧最精美的一套。后面还有五卷《物质文化史》，收录的是沈从文文物研究的成果，每卷的定价几乎都将近前面二十七册的总定价，但第二天我还是全部买了下来，以表示对全集的策划者张兆和女士和收集整理未刊稿（约 440 万字）的沈龙朱、沈虎雏两位先生的感谢和钦佩之意。

在翻阅二十七册的文学编时，我发现，张兆和女士似乎努力将沈从文所遗留下来的一切作品，包括所有能找到的书信、日记和未刊稿全部收集在内。事实上，这种做法对沈从文是不利的。将来如果有人仔细地阅读这一套文集，一定会发现，一些既有的对沈从文的诠释是值得怀疑的。譬如说，沈从文在 1949 年以后受到严重迫害，以致不得不停止文学创作。可是，从全集的一些资料就可发现，这种讲法是说不通的；当时沈从文的心态实际上很不健全，可能需要另外解释。这些张兆和女士其实是很了解的，但她还是决定把这些资料收进去。显然，她心里一定认为，沈从文是什么样的人，就应该如实呈现，以便后人研究，这是她的责任。她的这种心胸真是令人佩服。我对沈从文并没有特殊的偏见，我所反感的，是那些毫无保留的吹嘘者。如果按照他们的讲法，沈从文几乎就是圣人了，而他的文学成就或者可以和鲁迅并驾齐驱，或者还要超过鲁迅。这实在很难让人接受。其实，沈从文的人格是有一些值得探索的地方，远比一般人想象的复杂，绝非完美无缺；沈从文的作品写得最好的时候，确实很迷人，但也有严重的缺点，他在中国现代文学史上的地位恐怕还有争论的余地。因为这一套全集的出版，我一直期待恰如其分的沈从文研究能够出现。但我等了将近十年，情况好像没有什么变化。没想到就在此期间，我偶然认识了清华大学的解志熙教授，在跟他一起抽烟、喝酒聊天之余，竟然发现，他对沈从文的看法不但和我相近，而且还比我深入得多，我非常高兴。解教授跟我说，他原来是崇拜沈从文的，后来越读越发现问题。他可以说是入乎其中，深知底细的，不像我只是浮面的感觉。

我们就从沈从文作品中最成问题的"性"开始谈吧。我读他的《阿黑小史》《柏子》和《从文自传》中关于性与女人部分时，总不由得感觉沈从文态度轻浮，趣味低级。对这一点我还不太敢自信，后来发现，非常推崇沈从文的赵园教授也有类似感受。她说：

（沈从文的）男主人公所以被认为"洒脱"，只因了他们渔色猎艳的那份本领。在这样的一种"人性观察"中，女性作为现代意义上的"人"的命运，甚至完全不在作者的兴趣范围之内。(《中国现代小说家论集》，台北：人间出版社，2008 年，第 152 页)

　　赵教授说，"我应当承认，我读这些作品（按，赵教授提到的作品，和我前文所说的不完全相同）时不能不怀着厌恶"(《中国现代小说家论集》，第 152 页)。解志熙当然也注意到这个方面。他花了大力气去探索这个问题，最后发现，这是沈从文的人格和艺术的根本问题。他以最谨慎的态度，花了两年多的时间，写成了《爱欲抒写的"诗与真"》这一长达 170 页的长文，几乎就是一本小书了。我敢以最肯定的态度说，自开始有沈从文评论与研究以来，这是最有分量的一篇文章。

　　解志熙首先谈到沈从文的"文学标准像"，他说：

　　　　一个有点保守而又非常可爱的"乡下人"进城后用文学守望人性、收获事业与爱情双重成功的故事，已成了学界以至世人津津乐道的美好传奇……经过许许多多文学史论著的反复论述，这样一个"乡下人"沈从文的"文学标准像"，已成为深入人心的存在和无可置疑的定论了。

　　解教授出身西北农民家庭，本来也是这个"文学标准像"的崇拜者，大学本科毕业论文写的就是沈从文。但是，随着阅读的深入，他终于发现，沈从文并不是这个样子：

直到上世纪 80 年代末，读到沈从文的一些重要自述文字如《水云》《从现实学习》等，我才多少意识到这个流行的沈从文"文学标准像"或许只是一个表象。进入新世纪以来，不时地拜读新出版的《沈从文全集》，并且不断地有缘接触到沈从文的一些佚文废邮，把它们与《沈从文全集》中的相关文本反复校读，使我越来越深切地感觉到，在"乡下人"沈从文的"文学标准像"背后，其实还存在着另一个更多苦恼的现代文人沈从文。

从这个地方就可以看出《沈从文全集》的贡献，如果没有这一套全集可以随时供研究者前后对照着查考，有些问题并不那么容易显现出来。同时，因为有了这一套全集，解教授和他的学生才能据以发掘尚未收入全集的佚文（共三十余篇），并从中看出更多的问题。

解教授《爱欲抒写的"诗与真"》这一篇长文，是文本细读（包括沈从文所有的作品）、作者传记（沈从文的生平经历与文学发展）与文学史背景（现代文学流派及思潮）的综合研究成果，功夫细密，考证精详，文笔生动，很难撮述要点。我这篇序文主要是想吸引大家阅读这篇文章，因此，我大量摘取原文，将它们串联起来，以便大家更方便地掌握其要点。为了使文章通畅易读，我就不注出每一小段的出处了。

一、沈从文在文学的学步阶段感受最为深切的问题，也正是当时一般文学"新青年"的典型问题——"生的苦闷"与"性的苦闷"，尤其是后者。不难理解，怀抱着备受压抑的爱欲，新文学青年沈从文深受吸引的文学理论，便不能不是当时因鲁迅等人的介绍而成为文学青年"圣经"的厨川白村的文学理论——那种"生命力受到压抑而生的苦闷之象征"的文艺主张，只是以当时沈从文的才力，他还无法把自己"受压抑无可安排的乡下人对于爱情的憧憬"以象征的形式表现之，而只能采取直抒胸臆的主观抒情方式来表达。也因此，年轻的沈从文从生活上到创作上都愿意模仿的资深作家，便不是以冷静客观地描写乡村社会见长的鲁迅，而是以自叙传的形式表现时代青年"生的苦闷"尤其是"性的苦闷"的郁达夫了。诸如此类以"郁达夫式悲哀扩张"表现自己"受压抑无可安排的乡下人对于爱情的憧憬"的自叙传作品，沈从文在20年代中后期实在是写了许多许多。这些作品大多很粗糙，后来研究者大半不予重视，因此几乎无人注意到早年的沈从文从创作到生活其实都"郁达夫化"了。

二、在新月派的徐志摩以至胡适眼中，沈从文那些"郁达夫式悲哀扩张"之作，其实不过是照猫画虎的模拟，主张文学的节制与健康的他们，并不赞赏沈从文亦步亦趋地模拟"郁达夫式悲哀扩张"的感伤与衰飒作风，比较而言他们更欣赏的乃是沈从文对乡土生活、军中生活的浪漫描写，他们敏锐地发现这类作品才会让沈从文的创作更有个人特色，而聪敏的沈从文不久也发现，他其实同样可以在这类作品中寄寓其浪漫的爱欲想象。于是，青春的"爱欲"就这样在乡土浪漫传奇叙事里得以转喻，这对沈从文来说真是柳暗花明、峰回路转的新开端。沈从文这种象征性抒情的"爱欲传奇"，这种另类的浪漫抒情，无疑投合了北平学院知识分子亦风亦雅的美学趣味，所以受到了学院文人学者的普遍赞赏。

三、30年代的沈从文还从周作人以及鲁迅那里，领会到了节制的抒写和低调的抒情之好处，尤其是周作人散文之平和冲淡的抒情格调，实在潜移默化了沈从文的写作风格，使他的小说不再倾情宣泄、一览无余，而逐渐变为含蓄隐秀且略带忧郁和涩味了。沈从文还从周作人所介绍的蔼理斯（哈夫洛克·蔼理士）的文艺理论，了解了文学艺术乃是"爱欲"借以"排泄与弥补"的象征表达形式。此时沈从文所谓的"人性"实际上仍以他先前念兹在兹的"爱欲"为根底，只是如今经由周作人的影响，而吸取了蔼理斯理欲调和的人生观和艺术观，并以朴野而又优美的乡土叙事来加以寄托，由此产生了30年代的一批杰作，特别是《边城》。沈从文说，他的作品都在"为人类'爱'字作一度恰如其分的说明"，这就是他的"人性"观，其实，这里的"爱"在很大程度上还是集中于人类在"爱欲"上的矛盾、纠结与挣扎。至于乡土题材还是都市题材，则都不过是寄托爱欲的背景、借喻风情的风景而已。

沈从文从初次发表作品到出版《边城》总共花了十年的时间（1924—1934）。解志熙对沈从文这十年文学历程的分析就如以上所简述的：从鲁迅译的厨川白村加上郁达夫，到胡适和徐志摩，再到周作人和周作人介绍的蔼理斯。可以看出沈从文确实既认真又善于学习，他能够在写作上出人头地，绝不是侥幸的。不过，虽然写作上不断地精进，但基本核心始终不脱"乡下人在城市受压抑的爱欲"这个焦点。应该说，对沈从文发展的阶段性构图，没有比这个更清晰、更具说服性的。解教授谈到的郁达夫和蔼理斯对沈从文创作的影响，尤其发人之所未发。解教授还借此厘清了沈从文所谓"人性"论的秘密，让人眼光为之清朗。我终于了解，为什么沈从文的作品老是弥漫着令我为之不耐的"性"问题。

当然，这样的节要只见其骨架，遗失了很多细节，但也无可奈何。作为弥补，我想再举一个简单的例子，说明解教授这篇长文值得细读：

> 沈从文 20 年代后期一度到上海借自曝苦闷的自叙和都会
> 情色书写来获得市场销路以换取生活之资的行为，也与海派
> 作家的作风如出一辙。就此而言，20 年代的沈从文毋宁更像
> 个海派作家。也因此，沈从文 30 年代对海派文学的批评，在
> 派别对立的表象之下，其实暗含着自我扬弃的意味。

这一分析透露了沈从文早期作品水平低下而又能卖得出去的
秘密；同时，也指出了沈从文地位稳固以后，为什么蓄意攻击海
派作家。解教授说，沈从文这样做是为了"自我扬弃"，真是厚道
之言；换个角度，不妨也可以说，沈从文借攻击别人来"自我漂
白"，以便让别人忘了，他也曾是个海派。像这样的分析，忠心耿
耿的沈从文迷是说不出来的。

1931 年 8 月，沈从文经徐志摩推荐，到青岛大学任教；1932
年暑假，沈从文到张兆和家求婚，得到张家应允。就在这段时间，
沈从文的写作艺术日趋成熟，可谓事业、爱情均有所成，此后应
该是一帆风顺了。但恰恰就在这个时候，"性的苦闷"却以料想不
到的方式又跟他碰了头。这一次却是都市知识女性高青子扰乱了
他的心。解志熙说得好：

> 尽管沈从文创造了翠翠、萧萧、三三等美丽善良的乡村
> 少女形象，但进城后的文艺青年沈从文其实也难免"见异思
> 迁"，他真正心爱的恐怕并非翠翠、萧萧和三三那样的乡村少
> 女，而是女学生张兆和、女职员高青子、高校校花俞珊等现
> 代的都市知识女性。自然了，这后一类女性同时也就成了沈

从文的烦恼之所在。

这就更加说明，关键是沈从文无法抵抗现代知识女性的诱惑，善良的乡村少女只不过是他借以排遣的"乡土寓言"而已。

人们一般都误读了沈从文著名的城市情爱小说《八骏图》，以为是在讽刺都市男女知识分子之间混乱的爱情关系，很少有人想得到，这根本是在影射高青子一类的知识女青年如何吸引了沈从文的注意，最后导致沈从文终于"上钩"。应该说，这篇小说的客观化处理非常成功，没有人会往这方面怀疑，要不是沈从文自己泄了底，恐怕就要莫白于天下了。解教授这篇长文一开头就提到，1934 年的某一天，沈从文如何找到林徽因，跟她倾诉他正深陷于情感危机而备受煎熬。应该说，如果这件事在当时的文坛有所流传，也是由于沈从文自己沉不住气。但这到底并未留下文字记录，不足为凭。有趣的是，后来沈从文自己把这件事行之于文，这就是于 1943 年首次发表的《水云》。《水云》以一种极为缥缈的、充满梦幻似的抒情笔法综合描述了他的几次婚外恋情，将《水云》与《八骏图》对照着读，就完全能体会，《八骏图》其实是夫子自道。我第一次跟解教授见面，他跟我谈到这一点，我回台湾后仔细阅读了《水云》，真是大大地吃了一惊。不管我以前如何想象沈从文，我都不可能想到，沈从文竟然会在订婚与结婚的这一空档期发生这样的事情，只能用"不可思议"去形容。

更不可思议的是，《边城》就是沈从文在新婚不久的妻子与他极为迷恋的情人高青子之间纠缠痛苦时候的艺术产品，我们不能不佩服，这时候的沈从文真是把蔼理斯的文艺理论实践到极致了。解教授长文的第一节就是要证明这一点，我就不再做摘要了，有兴趣的读者请自行阅读。

现在大家都会承认，沈从文的创作生涯是以《从文自传》（1932）、《边城》（1934）和《湘行散记》（1936）为最高潮的。但是很少有人意识到，也就是在抗战前夕，他的创作力开始走下坡，当然是缓缓地走下坡，所以很少引起注意。解志熙说：

> 事实上，到30年代后期沈从文的乡土抒写已陷于进退两难的困境：继续优美愉快的理想人性加理想乡土之抒情吧，那差不多已是写无可写，所以写了也是重复——原拟写十个《边城》的计划不能不搁浅，就是为此；进而按照"文学的求真标准"来开展对乡土社会的批判性写实么，那又面临着主观上的不忍心及不善于驾驭长篇和客观上的出版检查之困难（这个困难是存在的，但显然被沈从文及一些沈从文研究者夸大了，其实发表和出版总是"有机可乘"的，否则就无法解释在40年代的国统区何以出版了那么多比《长河》更严厉批判农村社会现实的中长篇小说了），于是他只好放弃——《长河》创作的半途而废，就是缘于这主观和客观的原因。

我完全同意解教授的看法。1937年沈从文写《小砦》（计划中的十个《边城》的第一部），写了"小引"和第一章，就因抗战爆发而停笔。抗战初期（1938）写《长河》，受到检察官的删削，勉强写完第一部，第二部就不写了。抗战后期，写《芸庐纪事》（1942—1943），由于第三章只准刊登一半，也就不再续写了。诚如解教授所说，出版检查确实妨碍沈从文写作，但也没有那么绝对。主要还是，湘西那一块乡土，再也激发不出沈从文创作的新动力了，所以只要客观条件一出现困难，就轻易放弃。解教授在他的长文的第四节谈到沈从文 30 年代乡土抒写的得与失，就明白点出，就在沈从文的创作高潮，人们已能清楚看出他的缺陷——人物个性太善良单纯，缺乏变化，不深刻，多读几篇就有重复感，这一点，连一向推崇他的李健吾（刘西渭）也终于发现了问题，忍不住要委婉地流露不满之意。

30 年代中期沈从文和高青子的婚外恋，沈从文终于靠着他旺盛的创作力（《边城》《湘行散记》以及同时期一些精彩的短篇）而勉强克服了危机。三四十年代之交，沈从文又碰到一次更严重的婚外恋，而这时他正处于创作低潮，因此这个危机就一直延续到 1949 年新中国的成立，然后才被迫面对客观现实，从而有了他的完全不同的后半生。这就是解教授这篇长文最后两节所要挖掘和探索的、到目前还极少人知道的沈从文一生中最隐秘的一段历程。

沈从文的这个秘密，在学术界一直被另一个焦点问题所蒙盖住。1948 年 3 月，郭沫若在香港的《大众文艺丛刊》第一期发表《斥反动文艺》一文，其中严厉批判沈从文的《摘星录》和《看云录》（按，当作《看虹录》）是"桃红色"文艺的代表作。如今的学者大多批评郭沫若以政治力压迫沈从文，从而导致沈从文在 1949 年承受不了而自杀。只有少数研究者，努力追踪沈从文据说在 1944—1945 年出版的小说集《看虹摘星录》，想要通过文本追求真相。应该说，这个问题最后是由解教授和他的学生裴春芳共同解决的。关于这个问题纷乱到什么程度，以及解教授和他的学生如何找到真正的《摘星录》，请参看本书第 115 至 124 页解教授细密的分析。解教授长文的第五节，就好像侦探查案一样，经过层层地抽丝剥茧，终于揭开谜底，真相原来是，沈从文迷恋上了他的小姨张充和，而那篇一直被隐藏起来的真正的《摘星录》才是破案的关键文本。

应该说沈从文对张充和的爱欲纠葛终于导致他一生迷恋爱欲危机的总爆发，并且影响到他的艺术创作——他的纯朴的乡土故事写不下去了，他的"新爱欲传奇"（《摘星录》和《看虹录》）受到当时许多人的批评。正是在这样的时刻，1949 年的巨变发生了，这个客观的历史改变了他的后半生。大家都认为他主要是受到政治压迫而放弃写作，非常同情他，殊不知沈从文却因此摆脱了他在感情和写作上的困境，一方面别人完全忽略了那一段非常严重的婚外情，而另一方面沈从文又在文物研究上取得了另一种成果。他的迷情大家没看到，他的另外一种努力的成果，大家都看到了，而且事过境迁，他的早期的文学成就也受到极大的吹捧，实在是"幸运"极了。我这样的说法好像是在讲风凉话，但请大家仔细参阅解教授长文的最后一节，再想想我的说法是不是有道理。

解教授这篇长文从开始准备，到撰写完成，总共花了两年多，态度极其慎重。他以极严谨的考证和文本分析来论证沈从文三四十年代之交开始的精神危机——这个精神危机一直延续到 1949 年沈从文自杀时——其根本就在这一段非常严重的婚外恋。他以学术研究的态度证明了沈从文一生中最不为人了解的一段秘辛，我个人觉得，这是解志熙和裴春芳在沈从文研究上的重大贡献。对于这个问题的探索，绝对不是揭发隐私之举。所以务必请读者仔细地考察解教授的论证过程。

解教授这篇长文我很仔细地从头到尾看了两遍，关键处还反复看了几次。解教授希望我提出一些批评，因此最后我想谈一点看法，希望将来解教授有机会能够解决这个问题。这个看法来源于我读完全文后的感慨：为什么当时看过《摘星录》与《看虹录》

的人，包括许杰、孙陵和吴组缃（他们都可以说是开明派）都对这两部作品不以为然，吴组缃甚至批评说："他自己（指沈从文）更差劲，就写些《看虹》《摘星》之类乌七八糟的小说，什么'看虹''摘星'啊，就是写他跟他小姨子扯不清的事！"语气非常不屑，而沈从文却坚持认为自己写的是艺术作品。如果说，沈从文在写《边城》时，从正面把蔼理斯的理论发挥到极致，那么，他在写《摘星录》和《看虹录》时，就完全误用了蔼理斯的理论，他已经分不清艺术和暴露个人（性）隐私的界限了。从五四时代提倡个人解放（包括性解放），推崇个人真情的抒发，最后怎么会导致很有艺术才华的沈从文"滑入"性暴露、并且还坚称这是艺术呢？如果现在有人据此而推崇沈从文是中国现代"情欲文学"的鼻祖，那就是沈从文后期艺术理论的必然归趋。这一点值得维护文艺的最后道德底线的人好好思考——从五四的个人解放怎么会导致沈从文的艺术迷失呢？这就好像，从个人主义立场，怎么会推导出"民族大义"是统治者的道德观，个人可以不用在意，如抗日战争时期的周作人所认为的那样？解教授已经对周作人问题有了极精彩的论述，我很希望他能为这篇极具重量的沈从文研究，补上一个更具理论性的结尾，让全文趋于完美。

本书还收入了解教授辑录、考订沈从文佚文的七篇文章，可以看出他丰富的历史知识和严密的考订。就因为有了这种扎实的功夫，他才能据以写出我们一直在讨论的那一篇长文。在这七篇之中，《"乡下人"的经验与"自由派"的立场之窘困》尤其重要，因为他说明了表面上坚持艺术自主性的沈从文其实是有鲜明的政治立场的。

关于张爱玲的一篇长文，其重要性完全不下于论沈从文的那一篇，我想多讲两句，解教授对张爱玲最核心的看法，我以为是下面这段话：

> 她 1944 年前的创作饱含同情地描写乱世——末世凡夫俗子的命运与心性……可是进入 1944 年以后，张爱玲的心态急转直下，她觉得破坏连着破坏的乱世没有尽头，个人即使等得及，时代是仓促的，所以孤独无助的个人，与其在不可抗拒的乱世中无望地守望和等待，还不如本其生物性的求生意志、尽可能地追求个人的生存与发展，而且要"快，快，迟了就来不及了，来不及了"。于是，在乱世里但求个人现世之"自由，真实而安稳的人生"的人性——人生观和文学——美学，便成了张爱玲 1944 年之后为人与为文的主导思想。

解教授围绕这一点展开讨论，先追溯张爱玲的家世、遭遇，再探讨她早期成名作的艺术特质，最后分析她与胡兰成的交往，以及此后他们在日伪时期的行为，这样就看出了张爱玲从她一开始的艺术高峰迅速往下滑落的根本原因。我想接着讲一句，20 世纪 50 年代，张爱玲接受美国人的资助，写了《秧歌》和《赤地之恋》这两本"反共"小说，就证明了她作为艺术家的彻底堕落（张爱玲在 1949 年后还留在上海一段时间，因此她很清楚，她在这两本小说中是违背事实说话的）。所以可以说，张爱玲的"现世主义"，正如沈从文的"迷恋个人爱欲"，都太过于在意自己，从某种意义来讲，也就是太过"自私"，才造成了他们艺术生命的致命伤。

综合解教授对张爱玲和沈从文的评论，就可以看出他作为一个学者和批评家的特质。他相信作家的人格特质和世界观会影响

他的人性论和美学观，从最宽泛的意义上来讲，他相信艺术上的
"美"最后还是要跟道德上的"善"统一的。现在很少有人敢坚持
这一点，这正是他不可及的地方。尽管本书中的沈从文论文已经
足够单独出书，他仍然希望在这本书中同时收入沈从文和张爱玲
的评论，因为他不是要写作家论，也不只是要对一个作家进行褒
贬，他真正想表现的是一种批评家的态度。这一点我完全能体会，
所以也就不在乎这本书远远超过页数。我想告诉读者的是，你是
花一本书的钱买了两本书，这不是从经济上来讲，这是从价值上
来看。

2012 年 9 月 14 日

（解志熙：《欲望的文学风旗：沈从文与张爱玲文学行为
考论》，台北：人间出版社，2012 年 10 月）

第二辑

洪子诚《阅读经验》序

从现代社会重视实用与利益的观点而言，以文学为对象的工作者是非常奇怪的人。在这一类别的人物里面，文学评论者和研究者的角色，比起文学作品的生产者还更显得怪异。文学作品的生产者，我们称之为作家，起码还是一个创造者，他创造了可供阅读的作品；一个文学评论者却只谈论作品，而不事生产，这种人何以能够存在呢？他对社会有什么可能的贡献吗？

这个问题好像有两个答案。一种说，文学可以改造人的心灵，所以文学家是人类灵魂的工程师，文学评论者作为工程师的助手或指导者，重要性自不待言。不过这种看法目前已不流行。另一种回答是，文学具有独立的艺术价值，这一价值不因政治社会的变化而有任何改变，这种精神性的价值代表了人类心灵的最高创造。按照这一讲法，从事相关工作的人当然是人类社会不可或缺的。其实，这两种看法有其相通之处，因为都相信文学在人类精神上的作用绝对不容忽视。

我自己也是属于这一工作范围的末流，从业已超过四十年。刚开始受流行观念的影响，认为自己的价值根本不用怀疑。可是，随着工作经验的累积，我越来越怀疑世俗的看法。其实，一般人也只是接受前人的既有观念，他们对此也未必深思熟虑过，说坦白话，他们对文学工作者恐怕是一边尊敬、一边怀疑，两者兼而有之吧。就我自己而言，既然工作已经习惯，而且在大学教书又有了生活保障，何必自寻烦恼，费尽心思去论证自己的存在价值呢？

说实在的，这个问题之所以会成为问题，是因为我们内部两派的论争而引起的。灵魂工程师派强调文学的社会影响，文学自主派强调文学的独立价值。这样的论争其实自古就已存在，但自近代资本主义兴起以后，两派的论争趋于白热化，彼此互相攻讦，彼此否定对方的价值，因此看起来，好像双方都没有价值了。

我跟本书的作者洪子诚教授交往好像有十年左右，他比我大九岁，是长辈。但他为人谦和，从不以长辈自居，所以我在他面前也就常常没大没小。我们彼此喜欢开玩笑，而争论的焦点就是文学的本质问题。他是文学独立派，我是工程师派，我们彼此嘲讽，而交情却越来越深厚，这让我的学生颇感奇怪。其实我认为，这种理论上的对立对别人而言可能是根本性的，但对我们两人而言，似乎就变得不那么重要。我没有仔细考虑过我们两人的观点和我们两人的交情的关系，因为我模糊地觉得，交情好像比观点还重要。也许我们两个都不是理论上的极端分子吧。

洪老师是一个生性严谨的人，不论教学，还是指导学生写论文，都非常认真。他曾经帮我三个博士生写过评审意见，我看了以后，大为叹服，深深感觉到我作为一个博士生导师，跟洪老师比起来，真是差得太远了。洪老师退休后，心情稍微放松，写起文章也比较不重视学术规范，这本书就是他最近几年所写的有关阅读经验的文章。作为学者，洪老师认为，论文不能有太多主观成分，至少也要把主观成分客观化，所以他的论著比较不具个人感情色彩。相比之下，这些阅读经验的文章，就流露了较多个人生活的轨迹，反而有一种异彩，非常迷人。我读这些文章的时候，突然领悟到，其实我们两人都是真正的文学爱好者，我们的观点让我们对某些作家和作品的评价有了差距，但我们都不否定文学，我们心里都承认文学有其不可或缺的价值，这大概就是我们可以谈得来的原因吧。

我想先推荐大家读《"怀疑"的智慧和文体：契诃夫》这篇文章。在这篇文章里，洪老师谈到了他年轻的时候如何喜欢上契诃夫这个作家，同时他也知道，他对契诃夫的喜爱和当时组织上对契诃夫的推崇方式并不合拍。那时，他只能按照官方标准选讲契诃夫，而把他真正喜欢的契诃夫隐藏起来。他读了很多契诃夫的作品，也读了很多契诃夫的评论，其实已经可以算是契诃夫专家了。七八年前，他参加了一篇博士论文的答辩，对其中某些看法，凭着自己以前的阅读经验，说出自己不同的印象。事后，为了印证自己的印象是否正确，他又一次重读了契诃夫。这样，他不但再度肯定自己的印象，同时也承认学生的看法并非全无道理。

在这篇文章中，我们看到洪老师严谨的为学风格，他几乎把他能看到的契诃夫作品及相关评论都读了，而且还不止读一遍，而契诃夫并不是他的专业。但我最佩服的是，他先是知道左派如何评价契诃夫，这种评价和他的喜爱又是如何不同；在新时期以后，年轻的博士生以另一种角度评价契诃夫，他虽然也不很认同，但再度阅读以后，还是觉得学生未必没有道理。我觉得这篇文章充分证明了，生活的复杂性和伟大作家的复杂性是同时并存的，不同时代、不同生长背景、不同年龄层的人都可以喜欢契诃夫，只是喜欢的方式不一样而已。这不就证明了伟大文学作品的永恒价值吗？但这也同时证明，对这个永恒价值的看法，也是可以存在差异的。这不同时证明文学的独立性和文学的社会性是可以同时存在的吗？我们又何必在两者之间强分轩轾呢？在感人的具体作品之前，理论问题好像已经不那么重要了。

对洪老师而言，契诃夫在他心中好像具有举足轻重的地位。他说：

> 在契诃夫留给我们的遗产中，值得关注的是一种适度的、温和的"怀疑的智慧"：怀疑他打算首肯，打算揭露、批判的对象，但也从对象那里受到启示，而怀疑这种"怀疑"和"怀疑者"自身。这种"怀疑"并不是简单的对立、否定，因而不可能采取激烈的形态。它不是指向一种终结性的论述，给出明确答案，规定某坚硬的情感、思维路线。

接下来的文字也都很精彩，我就不再引述了，请读者自己阅读。我在读这段文字的时候，就仿佛进入了洪老师的心灵世界，我能够理解他为什么这么喜欢契诃夫，因为契诃夫的作品完全契合他对生活世界的看法，以及他的处世态度。契诃夫的艺术世界，成了洪老师生命的支点，他为自己的存在找到了最雄厚的基础。

洪老师的另一篇文章《一部小说的延伸阅读：日瓦戈医生》，也让我感到既惊讶又佩服。《日瓦戈医生》是西方非常推崇的小说，西方以此证明苏联的美学判断是多么政治化，多么扼杀文学的纯艺术价值。我根本没想到，有自由主义倾向的洪老师，会对这本书展开细致的阅读与复杂的反思。对这篇文章的种种优点，我不可能讲得比李云雷更深入，下面就直接引述他的描述：

在这里，值得关注的不仅是您在不同时期认识的变化，更值得关注的是在这些变奏中不变的因素。我想有以下几个方面：一、对"革命"的理解与态度的主题；二、对（自由主义）知识分子在历史中的价值与作用的思考；三、对文学的"独立性"或"非政治化"的关注；四、对当代中国精神语境变化的自觉，以及将之与作品相联加以考察的思考方式。在这里，我们可以大体辨识出您的自我认同及问题意识，即您更认同于（自由主义）知识分子的"定位"，更强调文学（相对于政治）的"独立性"传统，但这一认同却又是开放的、复杂的、"相对化"的，有着暧昧的边界与微妙的变化。在这篇文章中，您以核心问题的关切为中心，在渐次递进中呈现出了问题的不同层次与不同侧面。

从左派的观点来说（李云雷和我都算左派），洪老师的论述无疑为阅读经验的历史特殊性做了一次非常精彩的"历史唯物论"式的解析，让我们完全首肯。这同时也说明了，洪老师完全不是一般意义上的自由主义者。

洪老师对历史的宏大叙事保持极大的警惕性，认为它压抑了个体经验的"小历史"的价值，粗糙的左派评论家确实常犯这种毛病。不过，自由主义其实也是一种有关历史发展的宏大叙事，同样也会忽略不合此一标准的其他"小历史"。我们应该说，洪老师对于这种自由主义也是非常警惕的。

这样，会不会掉入一种历史主义的相对化之中，从而形成无是无非的多元主义呢？我不知道洪老师会不会有这种担心，但我认为洪老师的"阅读史"恰恰相反，由此肯定了一种独特的人生态度和美学态度。在这方面，吴晓东也讲得很好，我也想引述他的话：

> 我从您的新著《我的阅读史》中其实也可以感受到您对文学的某种信心。这种信心既来自您对历史的洞察，也来自于您的个人的生活经验，但我也多少感觉到文学对您也是信仰之类的存在。而对我来说，文学研究的动力也应该说是基于某种对"文学"的与您相类似的"信仰"。对我这种不信神的人来说，如果想信点什么，那可能就是文学了。

文学成为生命中不可或缺的部分，其价值已经和信仰相近，我前面说，契诃夫已经进入了洪老师的心灵，构成他心灵中的有机成分，其实也就是这个意思。

洪老师知道，我并不很喜欢契诃夫。我最欣赏的西方小说家是巴尔扎克和托尔斯泰，这是标准左派的评价，但我喜爱的原因倒也未必是他们两人的作品合乎左派的理论。最近十多年来，我更喜欢中国的诗人陶渊明、杜甫和苏轼，我也很喜欢《论语》和《庄子》这两本书，我越来越觉得中国的智慧远超过西方。但这也只是我近二十年寻求精神寄托的一种结论，以前我也许更喜欢西方。这也就是说，对生命的追求，常常伴随着对文学的追求；反过来说，当我们真正喜欢某种文学，其实也就是我们对生命已经有了特定的看法。文学的品位可能随着时代而转变，个人对文学的喜爱，也必然千差万别，但是，每个人如果真心实意地寻找自我生命的价值，常常就需要某些特定的文学作品来作为这种价值的依托，这一点应该大家都是一样的。不然，我们无法解释，为什么人类文明开始发展以来，这种貌似无用的文学一直没有间断过。

就此而论，虽然洪老师喜爱的文学和我的未必一致，但我们仍然有相同之处，我们都把我们的人生体验和某种伟大的艺术世界结合在一起，从而为我们的生命找到一种寄托。这就是文学和艺术的伟大之处，这是我们共同肯定的东西。有了这种肯定，其他差异就显得不怎么重要了。

从学术上来讲，洪老师是大陆重要的当代文学研究者，他的《中国当代文学史》已经成了研究中国当代文学的必备参考书。这本书已翻译成英文和日文，还即将翻译成韩文和俄文。但是我觉得，如果要更深入了解洪老师的研究，特别是他深厚的文学素养，以及他那种充满怀疑精神的思考模式，那就绝对不能错过目前这本书。

2015 年 1 月 15 日

（洪子诚：《阅读经验》，台北：人间出版社，2015 年 2 月）

赵园《中国现代小说家论集》序

　　本书作者赵园教授，为中国社会科学院文学研究所研究员。赵教授先攻中国现代文学，著有《艰难的选择》（1986）、《论小说十家》（1987）、《北京：城与人》（1991）、《地之子》（1993）。最近十余年，转而研究明、清之际思想史，已出版《明清之际士大夫研究》（1999）、《易堂寻踪》（2001）、《制度·言论·心态》（2006）。另有散文集《独语》（1996）、《窗下》（1997）、《红之羽》（2001）等。赵教授两个专业范围的著作，在台湾均有不少读者，为台湾学术界所熟知。

　　本书为《论小说十家》的修订、改编本，关于修订、改编的说明，请参阅赵教授为本书所写的后记。为了让台湾读者更具体地了解赵教授的治学历程，本书另附有《赵园自选集》（1999）自序。

　　在赵教授所著四本现代文学论著中，本书是较为特殊的一本。其他三本书均为宏观的专题研究，本书则为作家论的合集。在文学研究中，作家论是基础，最容易看出一个学者的功力。如果一个学者对某一个作家没有敏锐的感受，没有独特的诠释，没有深入作家生命精神的体会，那就很难期望，他的宏观研究不会建筑在抽象的沙滩上。

读过赵教授著作的人，均会对她独特的视角印象深刻，譬如论明、清之际的士大夫，她谈到当时士大夫的"戾气"，谈到他们的"生死观"，也谈到他们对"失节"的忧惧，以及在"故国"与"新朝"之间的复杂矛盾心态。这些论文的题目既不是按照传统学术习惯拟定的，也不是模仿某一种流行理论得来的；她大量阅读原始文献，从其中理解明、清之际士大夫的"生命"问题，从线装书发黄的纸面中，她触摸到了四百年前许多读书人的生命处境，由此产生"悸动"，而论文的题目也就自然地浮现。很多人读了赵教授的著作，常会既佩服而又不知如何学习。可以说，如果没有赵教授那种在书本中与历史人物真诚互动的奇异"交往"，就不可能产生这些研究。因此，可以说，赵教授的"研究"其实是她自我生命历程不可分割的一部分。

赵教授独特的研究气质，实际上是源自她的历史遭遇。她把自己之成为学者，称之为"遭遇学术"，说明她深切明白，自己是在一种特殊的历史情境中走进学术领域的。她的第一本书叫作《艰难的选择》，"选择"表面上是个人自主的行为，但这行为却必须在自己无法选择的"历史条件"下进行。赵教授从自己的历史处境出发，去体会中国现代作家如何艰难地在历史的道路上找寻自己的生命，她就这样因自己而关怀中国现代知识分子，因而走进学术之中。她现在已把视野扩展到四百年前的明、清之际，但其原始出发点却是"现代中国"，因此，我以为，她的现代文学研究更应该受到重视。

1978 年，赵教授和许许多多的知识青年一样，从全国各处的农村和偏僻地区重新进入学术殿堂。"文化大革命"之初，让他们经历了一种历史上从未有过的"集体沦落"，十年后，他们回到原本早该属于他们的位置上。由于体验了相同的大起大落，这些"新研究生"们（也是目前大陆学术界的中坚），理所当然地具有相似的时代关怀和精神追求。这里面，凡是从事现当代文学研究的，由于必须面对与自己相关的最近期的历史，更容易表现出近似的精神面貌。一般似乎以"回归五四"和"新启蒙"来加以称呼。这样的现当代文学研究，在20世纪80年代，也就成为大陆知识分子思想解放的极重要的一环，成为时代潮流中极明显的一个大浪潮。

这样的文学研究，由于与时代密切结合，有它的优点，自然也就有它的缺点。一个读者，从遥远的位置，自己并未身处其中，仔细阅读这些著作，虽然可以感受其热情，但由于"事不关己"，有时也会感觉到，这些热情所关注的问题太具有一致性，太急于把一些具体的时代问题"理论化"，反而显得有一些单一化了。

从这个角度来看，我个人觉得，赵教授的现代文学研究是颇为突出的。虽然她跟许许多多的现当代文学研究者一样，具有强烈的时代关怀，但她较不偏重"一般倾向"的论述，而更重视一般倾向中的"具体个案"。譬如，在讨论五四时期的作品时，除了综论"五四精神"外，她还讨论这一时期各种知识分子的面貌，讨论他们的婚姻爱情问题，他们和宗法封建家庭的关系，等等。她并不只是把"五四精神"和自己的时代关怀"打成一片"，她还想分析"五四精神"在当时的小说中表现出多少复杂性和问题性。也就是说，她最终能够把自己的时代和五四时期区别开来，并且以一种历史学家的眼光去审视五四知识分子的许多生命个体。

一个学者，既能从自己的时代关怀出发，把热情投注到另一个时代；又能够及时抽离自身，比较客观地去看待另一个时代许多具体的生命，我认为，这才是真正地理解个人生命的"主体性"，理解个人即使淹没在强大的历史潮流中，仍然还是一个"具体的个人"。如果强调的是个人主体性，结果仍然把一个时代论述成只是一个"重视个人主体性的时代精神"，而看不到许许多多的一个一个的特殊人物，这样，所谓个人主体性归根到底还是不存在的。

反过来说，为了强调个人主体性，因此选择了一个只是时代潮流边缘的人物，论述了他的"特殊"，我相信，这也不是完全合适的途径。当时代潮流席卷了几乎所有的人时，这个"特殊"的个人居然几乎不被时代潮流所"冲击"，这样的生命就不能说具备了"主体性"——有"主体性"的人，怎么会不知道世界发生了什么变化呢？

我们在看待一个时代时，既看到了时代对几乎所有人表现出的残酷的命运，但同时也看到了每一个面孔在剧烈挣扎时表现出的具体不同的表情，我觉得这样比较接近"研究"。如果只是把自己在这时代中的想望投射到另一个时代，把另一个时代"现代化"了，说它具有某种精神，那只能说是一种特殊的"表达自我"的方式而已。当我读赵教授的论文时，我突然领悟到，她的"研究"和许多现代文学的宏观论述的区别在哪里（当然我不是说，在所有大陆现代文学研究中只有赵教授是这样的）。

我觉得，赵教授在讨论个别的作家时，最能表现这种研究气质。以赵教授的学养，她当然深切了解每一个作家所生活的时代氛围。即使大部分的作家都会"呼应"这个氛围，但每一个具有个性的作家自然会有不同的"呼应"方式；即使是想抗拒这一氛围的少数派作家，只要他们是有成就的，一定也会有不同的"抗拒"方式。这样，她既能进入一个大时代，同时也能够尽力去体会这大时代中每一具体作家的特殊性。她不只重视"一般"，也重视"一般中的特殊"，而这"特殊"又不会因其"特殊"，而抹去了大时代中的"一般"。因此，对于她的现代文学研究中的四本论著，这本作家论的合集是我较为偏爱的。

我想举本书中也许是最短的、论张爱玲的一篇作为例证，以说明赵教授对个别作家的敏锐感受。张爱玲是很难讨论的作家，厌恶的和崇拜的各走极端，除了傅雷在张爱玲初出道时所写的一篇书评，我很少看到令我佩服的评论。夏志清在《中国现代小说史》中所写的那个专章，只能说非常努力地尽到介绍者的责任，还说不上深入的分析。长期以来，由于"张迷"的疯狂吹捧，我反而不愿再读她的作品。赵教授这篇相当简短的文章让我大开眼界，让我第一次真正了解，张爱玲是一个怎样的作家。

赵教授开篇就说，张爱玲的小说描写的是上海、香港那个俨然封闭的"洋场社会"，生活在其中的人，似乎被时代忘却了，自己也忘却了时代，但是这种生活，仍然是近现代中国史重要的侧面。短短的一段话就让我豁然开朗，突然意识到，我基本上忘记了：在中国现代化的过程中，令我厌恶的"洋场社会"确实是近现代中国史不可分割的一部分，忽略了这部分，就不能说已了解近现代的中国。同时，我也突然了解，厌恶和崇拜张爱玲两派，基本上就源于他们对"洋场"文化的截然不同的态度。中国香港、台湾和海外的"张迷"特别多，因为这是 1949 年以后中国"洋场"文化的基本地盘［相对于"革命后"的中国大陆（内地）］。赵教授一针见血地点明了张爱玲作为一个现代中国作家的"特殊性"，这样的论断，我似乎是第一次看到。

但赵教授并不只是对张爱玲的小说加以"定性"，她还从这一基点出发，进一步对张爱玲小说的艺术特质及其限制做了更详尽的分析：

> 在擅写沪、港上流社会、洋场人物的小说家中，张爱玲确属矫然不群，更深刻也更完整。构成张爱玲小说的基本矛盾的，并非准确意义上的"新"与"旧"（因为其中并无所谓"新"），而是资本主义性与封建性。矛盾，渗透在小说创造的整个艺术世界，由人物的生活情调，趣味，以至服饰，到精神生活，到婚姻关系。

在综述了这些要点以后，她以大量的小说引文为据展开论证。她的"社会定性"与"艺术判断"是从她对张爱玲小说文本的细致感受中得来的，而不是直接从粗糙的社会阶级分析中推想出来的，这样，就使她有别于左、右两派批评家。从历史、社会观点出发的批评，常忽略了作家个人的艺术特质，而重视作家个性的学者，又常会说出一些异想天开、难以令人苟同的主观判断。作为一个批评家，赵教授能够把一个作家的世界观和他作品中的人物、社会关系，以及作品的文字风格，三者紧密地配合在一起分析，这是一般学者难以达到的境界。

本书中其他文章的特点，这里就不再一一详述。我只想特别跟读者推荐论老舍、沈从文、萧红的三篇。在这三篇里，赵教授以完全不同的论述方式呈现了三位小说家的人生遭遇与艺术特质，可以看出她的论文写作方式是由被论述的作家所"决定"，而不是事先想定一种结构方式再来进行写作的。可以说，当我们还没有完全熟悉一个作家，还没有对他的作品有特殊的体会时，我们是不可能事先知道要写什么的。当我们先接受了一种理论或方法，再用这种理论或方法来阅读一位作家，我们是不可能读出这个作家的特质的。我们先要了解一个时代，才能真正了解一个作家，但了解一个时代，并不意味着抹杀这个作家的个性，应该说，只有充分了解一个时代，才能知道这位作家的个性表现在什么地方。所有这些，我觉得，都可以在赵教授的具体论述中看得到。

赵教授愿意让这本书出台湾版，让我们非常感激。我个人觉得，台湾这几年的现代文学、台湾文学研究简直陷入了一种人云亦云、不知所云的困境，一种不知道流行理论与自己社会到底具有何种关系的痴人说梦，许多论文实在让人无法阅读。我们出这本书，意在提供另一种"样本"，以供台湾的青年学者参考。因此，我个人不惜佛头着粪，写了这么一篇累赘的序言，希望对读者有所帮助。同时也感谢赵教授的宽容，允许我说了这么多原本不需要说的话。

2008 年 4 月 20 日

（赵园：《中国现代小说家论集》，

台北：人间出版社，2008 年 10 月）

陈建华《革命与形式》序

　　我和陈建华兄独特的交往经历，建华在台湾版后记略有叙述，这里就不再重复。我们失联的那几年，我一直注意他的著作的出版，先后买到《革命的现代性》《帝制末与世纪末》《从革命到共和》，对他的多产与多才备感惊讶与钦佩。今年（2011）4月终于在香港重逢，又承他赠送《革命与形式》，更为惊喜。首次见面时，我之所以对建华感到亲近，是因为他个性直爽、经历坎坷，也因为他做学问的喜好与我有些相近，《革命与形式》这个书名就完全表现了我们共同的兴趣。

　　20世纪八九十年代以后，由于时代的重大改变，现代文学研究的趋势也大为改观。有人高喊"告别革命"，有人不屑于研究与革命有关的一切现代文学。"告别革命"，我并不反对，如果从鸦片战争和太平天国算起，中国已经过百年以上的骚动，应该从此进入和平发展的时期，谁也不想再搞革命。但要说以前的一切革命都不对，一遇到革命作家或赞成革命的作家就加以讥讽，而凡是对革命冷淡的作家就大力赞扬，也实在令人起反感。这就好像，以前红的都是好的，现在白的都是好的，我很难接受这样的"研究"。建华就不是这样。他对革命和不革命的文学都很熟悉,谈起来头头是道,他的立场和我并不完全一样,但他谈的话题我总是有兴趣,我不太常碰到,对中国现代文学这么兼容并包的人。

在我成长的阶段,台湾还处在"戒严"时期,绝大部分的现代文学作品都属于禁书。能自由地购买和阅读这些作品时,我已经过了四十岁,所以不敢再跨行研究中国现代文学。不过,在将近三十岁时,我对卢卡奇的小说理论产生了强烈的兴趣。我买了所有卢卡奇著作的英译本,以我勉强能阅读的英文能力,花了许多工夫读了其中一些。当我开始评论台湾小说时,我暗中使用了卢卡奇理论。后来开始指导研究生写论文,我希望我的学生能够研究中国现代文学,以便为台湾培养几个人才。很幸运的,我碰到非常用功又肯听话的苏敏逸。她的硕士论文写老舍,到博士阶段,我就希望她能够应用卢卡奇的理论研究中国现代长篇小说形成的过程。她用了极大的力气,完成了这篇博士论文。以她当时的程度,我对这个成果是相当满意的。但由于当时台湾的学风极为排斥这种做法,敏逸的论文没有得到应有的评价,为此我颇感不平。

最近几年,我常有机会想起卢卡奇的理论和中国现代长篇小说的关系,慢慢意识到,不能把卢卡奇的理论套用到中国小说上。两年前我把一些零碎的想法,写成一篇随感式的文章。这篇文章,有几个朋友表示赞许,这就对我起了鼓舞作用。我很想累积更多的阅读,以便将来写出一篇更正式的文章。就在这个时候,我惊喜地拿到了建华的《革命与形式》。他的思考方向,正是我要摸索的。我们的共同问题是,中国独特的现代经验,如何在长篇小说中找到适当的表达形式。建华以茅盾为例,论证茅盾从《蚀》到《子夜》长期的摸索过程。建华的论述对我启发很大,我不由得将

《蚀》从头到尾再仔细阅读一遍，希望能对我正在形成的论述产生更大的促进作用。

卢卡奇讨论长篇小说最重"整体性"，他认为，小说家对他所描写的社会"整体性"的掌握与描绘的能力，是小说成败的关键；而"整体性"的核心则是"阶级矛盾"，越是能够呈现社会的"阶级矛盾"也就越伟大。在这个基准下，他特别推崇巴尔扎克与托尔斯泰。苏敏逸在写博士论文时，我们曾讨论过"整体性"这个观念如何应用在中国现代长篇小说上。我们都认为，"阶级矛盾"这个观念不能看得太死，因为像老舍、茅盾、巴金的作品，就不可能全用这个观念加以分析。所以，当时我们就把"整体性"加以软化、扩大化，用以指作家对当时社会的"整体性"看法。譬如，老舍是从市民阶层的弱点来看中国问题，而巴金则把大家庭制度所反映的"封建礼教"视为中国的大病，他们的视点不同，由此而形成的小说写作形式也就截然有别。

但是，这样还是把问题看得太浅了。譬如，苏敏逸这几年研究丁玲，她最感兴趣的是，丁玲怎么会从《莎菲女士的日记》这么重视年轻女性的个人情绪，最后转而写出《太阳照在桑干河上》这种集体性的土改小说。扩大来讲，五四时期比较看重个人的倾向，越到后来越被民族、社会的问题淹没了。这个大问题，看来才是中国现代长篇小说真正的"整体性"问题。也就是说，中国现代长篇小说关心的，最主要的还是国家、民族的大问题，以及在这个大问题下的个人处境问题，而不只是个人在社会的阶级矛盾中所面对的问题。譬如老舍的《骆驼祥子》，写一个出身下层的青年奋力要往上爬升。从西方小说的传统来看，这是阶级小说，是中产阶级兴起的产物。但老舍却不这样写。老舍最后让这个好强的、体力好、私德好的祥子彻底堕落，因为他要以祥子的堕落为例，说明任何一种主张个人好、国家就好的看法完全不适于现代中国。小说隐含的主题是很明显的：中国必须彻底改造。这样，《骆驼祥子》成了一本寄寓国家前途的寓言式小说，完全不同于西方的阶级小说。他对祥子的心理描述，和巴尔扎克对拉斯蒂涅和司汤达对于连的描写截然异趣。

现在有不少学者认为，中国现代小说这种发展是不自然、不正常的，这种看法并不公平。中国新文学从一开始，就与中国人对现代中国的梦想和期望密不可分地结合在一起。当一个古老的文明国家面对亡国的危机，很少有新文学家只想描写个人的希望和挫折、梦想和情绪。每一个重要的小说家，都想借着小说这一更宽泛、更自由的形式，表达自己对于中国现状的种种批评。相反的，西方近代小说兴起时，国家已经产生向外扩展的动力，而个人则在国家与社会中力求发展，个人的欲望也就成为小说描述的重点。而且，根据萨义德的看法，这种欲望还跟西方近代向海外殖民拓展大有关系（很多西方近代小说都有其例证，我在两年前的随笔中曾举巴尔扎克为例）。西方小说对个人欲望的重视，最后发展成极复杂的个人心理分析（意识流是其极致）。相反的，在现代中国，这种状况根本不可能出现，连国家都可能会不存在了，个人的焦虑就逐渐随着亡国危机的扩大而被吸纳进去了。中国现代小说中的个人，往往在民族的危亡与个人的前途之中纠缠不清，小说家不可能把焦点全部集中在个人身上。这是中国的历史现实的自然表现，不是几个"革命派"作家蓄意扭曲而形成的，也不是政治现实的产物。因此可以说，中、西近代小说的发展走着完全不同的道路。

从这个观点来看，茅盾的小说就非常值得探究。跟后来的革命社会小说来比较，《蚀》显得非常异类，因为它对年轻女性的描述显然充满了欲望。你可以说，茅盾从男性的角度"窥视"着女性，但也可以说，女性在1949年后完全发散着以往被束缚的生命力。五四运动所释放出来的个人力量，在女性身上表现得最明显。但这样的女性，却被大革命的时代潮流所卷袭，不由自主地投身其中。像孙舞阳、章秋柳这样的女性，她们身体的解放和社会革命紧密相连，就完全不同于《娜娜》和《嘉莉妹妹》那样凭女性身体而追求个人享受或个人前途。现在一般的批评意见可能会认为，如果从个别的女性角度来看，每一个女性都没有得到充分发展；如果从社会小说的角度来看，女性的个人面又写得太多了。这似乎是一种矛盾。建华的《革命与形式》以充分的资料告诉我们，我们正是以不同时代的眼光来看待茅盾，才会得出这样的批评。如果从当时的社会情境去看，毋宁说，茅盾的写法是极具时代感的。茅盾在大革命后，之所以对大革命的失败感到困惑，正因为他充分感受到，五四运动和五卅运动后释放出来的各种社会力量是很难加以掌控的，这在《动摇》里表现得尤其明显。因此可以说，大革命是谁也不了解的一种混沌状态。大革命失败后，由瞿秋白领导的激进路线茅盾是不赞成的，但他也不知道要怎么办，这才产生他的"矛盾"和《蚀》。相对于《子夜》明确的社会见解，《蚀》可以说是从五四的个人解放过渡到未来的社会革命小说的中间作品。《子夜》的出现，证明中国的社会形势在革命派那边已逐渐得到澄清。据我看来，《子夜》的思想逻辑和毛泽东的《新民主主义论》已经相距不远了。如果再进一步思考，《子夜》和老舍的《骆驼祥子》在精神上也有其相通之处，它们都强调社会（或者说国内、外的诸种矛盾）大于个人，个人的命运绝对无法摆脱国内的阶级矛盾和国外帝国主义的侵略。不久后抗战爆发，这种形势有增无减。所以，可以说，《蚀》是过渡作品，《子夜》是开展新型社会革命小说的第一部作品。自此以后，中国小说的社会性日渐加强，个人性日渐减弱，直至改革开放，这种形势才逐渐改观。建华这本书掌握了这一关键，对理解中国现代小说（甚至全部现代文学）做出了重大的贡献。

建华的《革命与形式》让我更清楚地意识到我的思路应如何发展，他也许不同意我对他的论著的诠释，但这正是我读完他的书最重要的感想。因为时间比较匆促，我没有从头到尾仔细阅读他的著作，而我个人对中国现代小说的阅读也还很有限，就只能讲这些，实在很抱歉。

2011 年 11 月 8 日

（陈建华：《革命与形式：茅盾早期小说的现代性展开
1927—1930》，台北：人间出版社，2012 年 1 月）

倪伟《民族想象与国家统制》序

倪伟的《民族想象与国家统制》有两项非常明显的优点，任何人只要稍加翻阅，马上就可以看得出来。长期以来，国民党的文艺政策及其实践，以及文学作品，很少受到严肃学者的重视。坦白讲，绝大部分的现代文学专家都认为，在讲述中国现代文学时，这是可有可无的一个部分，没有也无所谓。但是，客观地看，国民党毕竟当政二十多年（1927—1949），要说它的文艺政策完全不值得重视，也是不对的。问题是，谁愿意耗费极大的时间，去从事这一项也许价值不大的研究工作？

倪伟在他的初版后记中说："当我日复一日地面对那些枯燥乏味的作品，重温前人光华暗淡的思想言论时，我常常绝望地想：这一切是否值得？"我非常同情，因为我绝对不肯去干这种工作。同时我也非常感激，因为他已经做了，我只要读他的书就可以了。他把这个工作做得极为出色，以至于别人也许不用再做了。他又说，"记得在南京图书馆查阅旧报刊的那些寒冷而漫长的日子里，每天面对那些半个多世纪没人翻过的发黄变脆的纸页，常常会感到一丝伤感。那些凝结着作者心血的文字，倘若不是遇见我，也许还会在图书馆的某个阴暗角落里继续沉睡下去"。事实确实如此，没有倪伟竭泽而渔式地认真阅读资料，别人就必须再做一次。倪伟帮所有现代文学研究者做了一项非常了不起的服务工作，每一个人都应该感激他。

倪伟书的第二项特点是，分析深入，文字流畅易读。这本书并不缺乏理论辨析，但倪伟并不刻意假作高深，引用许多别人看不懂的理论来加以装潢，而只是平平实实地分析。事实上这是很难做到的，因为难以做到，所以许多学者更愿意把文章写得让人看不懂。下了大功夫，又把全书写得这么清晰，这本书的价值很容易让人认定，不需要我再多费言辞。

我想借此说一些好像题外又好像题内的话，是我一直想说而没有机会说的。倪伟在书中谈到，文学史研究首先应是历史的研究，必须把文学作为整个社会系统不可分割的一部分，要探讨特定的社会历史语境里，文学是以何种方式实现其生产和再生产的，又是哪些因素决定了这种生产和再生产的方式。我完全赞成这种说法。不过，倪伟又似乎假定了文学要有一种主体性，所以他对党派性的文艺政策有一种先天的反感。对于他的这种倾向，薛毅已经提出他的批评，倪伟也把薛毅的批评附在他的书中。不同思想倾向的人可以借此澄清自己的立场，并以更清醒的态度来阅读这本书，关于这方面，我也就不再多说了。

我想提出来的问题是，为什么左翼的文艺理论和倾向表现了那么鲜明的党派性，却还吸引了许多支持者，而国民党却做不到？这个问题，似乎很少有人从历史语境中来加以探讨。

首先要澄清一点的是，有不少知名的文艺界人士是（或曾经是）支持国民党的，如胡适、闻一多、梁实秋、朱光潜、沈从文等，但在意识形态上他们属于自由派，并不支持国民党的文化政策和文艺理论。知名的文艺界人士，认同国民党的文艺理论的人，似乎一个也找不到。对于一个统治全中国的政党来讲，这实在是一件很尴尬的事。

我以为这要从民国时期的社会形态和知识分子群体这两方面来加以讨论。从晚清以来，知识分子认识到，教育是救国的重要工作之一。此后中国的教育就日渐普及化，以至于原来无力接受教育的社会阶层的子弟，也可以想尽办法让自己得到教育。但是由于家庭经济的限制，他们的教育不可能很完整；同时由于他们的社会地位，他们在受完教育后，也很难找到好的职业（可以想象一下民国时期的混乱）。于是，中国就出现一大批上不着天、下不着地的贫困家庭出身的小知识分子。由于他们的家庭出身，也由于他们自己的遭遇，他们对于社会的不平等和农民的苦难，有深切的感受。对他们来讲，只有大革命才能解决普遍贫穷的问题，也只有大革命才能达到普遍的平等。这就是他们宁愿选择共产党，而不愿意选择国民党的原因（国民党在当权后连孙中山的"平均地权"都做不到）。如果我们以量化的方式去探讨支持共产党的小资产阶级知识分子的家庭出身，我相信，一定可以印证我这种出于直觉的想法。

当然也有许多出身较好的知识分子选择共产党，因为他们认为，只有共产党才能救中国。这样，就有各种不同出身的人支持共产党，出身贫困家庭的小知识分子绝对是共产党中不可忽视的一股力量。

薛毅说，"假如我们把文艺政策、意识形态都综合在文学生产方式中来观察，那么我们确实有必要重新想象'文学'，重新定义'文学'"。这话我完全赞成。我们只要回顾一下18世纪法国资产阶级革命准备阶段的启蒙主义文学，或者俄国大革命之前的俄罗斯文学，就可以了解，在现代世界史中，文学如何变成意识形态战场的主要角色。资产阶级在取得政权前，以及在取得政权后，对文学的态度是截然不同的，这一点也值得我们深思。

我想说的只是，文学在现代社会具有非常不同于传统的角色，至于如何判断每一部作品在文学上的终极价值，那是另一个问题，这里就不便多谈了。从这个角度来看，倪伟的书是一个开放的文本，可以让任何立场的人重新思考他自己的问题。譬如我自己到现在还不能解决文学的意识形态角色和文学本身的价值之间的矛盾。倪伟也在繁体字版后记里谈到他思想的转变，但这一点也不影响本书的价值。一本书如果写得好，它本身就具有开放性，这也是薛毅和我愿意坦诚讲出我们意见的原因，倪伟是能理解的。

2011 年 7 月 20 日

（倪伟:《民族想象与国家统制：1928—1949 年国民党的文艺政策及文学运动》，台北：人间出版社，2011 年 8 月）

江弱水《中西诗学的交融》序

　　中国现代文学受西方文学影响，至少需要读有关西方作品，才可能对中国现代文学的得失、成败有中肯的评论。很多人研究中国现代诗，却不读 19 世纪以降的西洋诗，实在很难理解，他们如何点评中国现代诗。现代文学之所以难于研究，就因为，先天上这必须是一种比较文学的研究，而台湾的中文系多倾向于保守，不读西洋书，这就如跛足走路，实际上是不良于行。

　　再进一层而言，中国本身具有深厚的历史、文化传统，五四作家虽号称反传统，实际上他们自小就读古书，古典涵养极深，这不可能不影响其创作。五四以降的新文学，是近代中国文化接受西方文化强大冲击、不断调适、寻找出路的产物。从中国现代文学曲折复杂的发展道路，可以看出中国文化再生的艰难历程，这是文化史上的大事，没有这种历史眼光，研究不可能深邃。

两年前我在一篇短文里写下了上面这两段话，那时，我刚好进入孔子所说的"耳顺之年"（虚岁六十），不免有一点感慨，知道自己有心而无力，因此稍稍装作老大，把希望寄托给"后辈"。没想到，一年多以后，我认识了浙江大学的江弱水教授，承他送我这本书。我很快读了一遍，非常兴奋，因为我发现，我所设定的理想，江教授早就"提前"完成了一部分。我立即建议他出繁体字版。

现在我把本书绪论的要点撮述于下，以证明所言非虚。

中国新诗发展的核心问题，始终是中西诗学的融合。本书所论列的七位诗人——徐志摩、闻一多、戴望舒、卞之琳、何其芳、冯至与穆旦，正是通过中西艺术的"结婚"，成就了中国新诗首批最出色的产儿。由于西方诗歌的强有力的催化，短短三十年中，中国现代诗就从幼稚的初期白话诗，走进了这样一片令人"瞠目而视的天地"。

若论现代性（modernity）的深刻与精微，在中国新文学的所有文类中，要数新诗的表现最为突出，尽管其总体的成就也许比不上小说。仅仅在两代人中就完成了与西方诗潮的接轨与同步，这本身就表明中国文化具有了不起的转化与再生能力。

从 19 世纪 80 年代开始，西方现代诗人致力于取消雄辩与宣传（法国象征主义），取消语言的叙述性与分析性（意象派），取消客观逻辑而代之以不连贯的内在心理逻辑（超现实主义），这一切构成了西方现代诗歌发展的大致方向。而与此相应的特征，我们完全可以从中国古典诗歌传统的某些组成部分里找到。中国古典诗歌已经部分地具有某种历久弥新的现代性特质，而且这些特质已经内化为我们自身固有的诗学传统，它们与西方现代诗形成了合力，从而对现代诗歌的写作产生了影响，并使之实现创造性的转换。

以上这些话说得大气磅礴，有理有据，让我为之动容。坦白讲，我对中国新诗的整体成就一直颇为怀疑，对新诗彷徨于西方现代诗与中国传统之间的窘境，又一直以为难以克服。江教授的书让我相信，从正面看，中国新诗既有的成就已相当可喜，再往前看，坦途也许就会出现，他的乐观态度正代表了比我小一两辈的人对中国文化未来发展的自信，让我这个"老人"也不免为之振奋。

江教授今年在台湾待了两个月，我们见过好几次，中间两三次还把酒长谈，真是非常愉快。我知道他大学时代即已开始写诗，还把一些诗作寄给他一向景仰的卞之琳，深得卞先生赏识，特别为文加以推介。我读过卞先生极为称许的《原道行》，这是江教授二十二岁时写的，那种成熟的诗艺真是令人"骇异"。我可以想象，为了写诗，他已把一些代表性的前辈诗人读得滚瓜烂熟，同时，也努力揣摩这些前辈诗人所学习的西方诗人。请看看本书中论卞之琳和穆旦的两篇，江教授几乎是一行行、一段段地把卞、穆两人有得于艾略特、瓦雷里（又译"梵乐希"）和奥登之处——寻找出来，这不是一般的苦功所能做得到的，这里面还可以看出江教授超乎常人的悟性和感受性。

尤其难得的是，江教授对中国古典诗的独到的理解。作为一个现代诗的创作者，他不会像一般古典学者那样尊重传统——墨守成规。他这方面的论文，我读过四篇。我自己在古典诗上少说也花了二十年工夫，但我必须承认，像他这种文章，我是写不出来的。为了让读者了解他在这方面的深厚素养，我说服他把其中两篇收入书中作为附录。

我还问他，读不读西方小说，他说，读过不少，不过，读得比诗快得多。我们又聊起读过的西方小说，他又给我看他所写的一篇随笔——他读苏联犹太小说家巴别尔的感想。这篇笔墨酣畅，挥洒自如，充分表现了他的才情，也收进附录中。

　　我个人以为，一个真正的文学研究者，起码要是一个文学艺术的爱好者，要全面地爱好，不能有偏食症。20世纪三四十年代朱自清、闻一多等人在思考理想的中文系课程时，就主张中、西、古、今并重。很可惜，六七十年过去了，中文系学者还是固守传统的多，像江教授这种具有拉伯雷笔下巨人式惊人胃口的，似乎还不多见。因此，我认为，他是我理想中的比较文学式的中国现代文学研究者。为了这个目标，我甚至觉得，他即使为此扼杀了他的创作灵感都不足为惜。

　　以上说的都是称赞的话，但江教授希望我不只是赞美，还要抬杠，因此下面就发出一些杂音，以便让场面热闹一些，就像我们两人当面喝酒长谈一样。

　　我想提出的问题是这样：一个现代中国诗人，怎么样才能既是"中国"的又是"现代"的？如果只是"现代"，而缺乏"中国"，那就像关杰明批评台湾现代诗人所说的：他们所写的，像翻译成汉语的西洋现代诗，那我们已有了汉译的艾略特、里尔克、瓦雷里，又何必需要他们？反过来说，如果只是"中国"，而缺乏"现代"，那又像"古典中国"的白话翻译版，我们已经有了许多唐诗、许多宋词，又何必多此一举？我认为在这方面，江教授还可以多一点发挥。

　　为了集中论点，我们就以本书中的卞之琳、穆旦为例。江教授对穆旦颇有意见，他的标题下得很重：伪奥登风与非中国性。

言下之意是，穆旦的诗只不过是奥登的仿制品，缺少"中国"味。但在论卞之琳时，他处处证明卞之琳如何受到艾略特和瓦雷里影响，却并不说他"伪……"与"非……"。同样的论述逻辑，却得出相反的结论，让我大感不解。当然我必须承认，他论证了穆旦的意象与语法如何欧化，而卞之琳则是"婉约词与玄学诗的美妙融合"（江教授引用赵毅衡语），但我认为这似乎不是关键。

我的看法刚好相反，我认为，卞之琳的根子骨是"婉约词"，他从艾略特和瓦雷里所学来的"玄学诗风"是一种表面化的现代形式，他是古典的，不是现代的。当然，他的古典是"中国"的，却不是"现代"中国的。反过来说，穆旦表面上非常欧化（江教授说他有意避免古典中国式的修辞和句法，是很精到的分析），但他袭用奥登不少成句所转化而成的感情却是地地道道"现代中国"的。我完全理解江教授这篇文章的苦心，正如解志熙教授说的，"大概是出于近些年跟风哄抬穆旦的浮躁学风的不满，该文对穆旦的批评不免言重了些"，同时江教授也想警告，只有横的移植、没有纵的继承，这种中国现代诗的道路是走不通的；但是，我还认为，江教授也许看错了穆旦，穆旦可能是表面不具"中国"性，而其实是最具"中国"性的"现代"诗人。我跟江教授一样，非常不喜欢文学上的纯西化派、"横的移植"派，但我认为，穆旦绝对是需要仔细分析的一个特殊的例子——也因此，我认为他是少数值得重视的中国现代诗人，他跟艾青刚好是中国现代诗的两个极端。

当然，我的看法不一定对，不过，我说的确实是我阅读卞之琳和穆旦后的真正的感受。这也就证明，如何看待中国现代诗既要在中国土壤上生长，又要吸收外来养分，这确实不是一件容易的工作。江教授已经做了一次很好的开端的示范，因此我也就愿意扮演一个魔鬼的辩护士，希望他再接再厉，为中国文化的转化与再生多尽一份心力。

2009 年 9 月 18 日凌晨

（江弱水:《中西诗学的交融：七位现代诗人及其文学因缘》，台北：人间出版社，2009 年 10 月）

周良沛《中国现代诗人评传》序

本书的作者周良沛先生（1933 年生），可算是大陆文学界的一个小小的"奇人"，他所做的最大的"奇事"，就是编了一套大得不得了的《中国新诗库》，共十巨册，每册从九百页到一千四百页不等，总页数超过一万。可以肯定地说，是目前为止最大规模的新诗选集，共选 101 位诗人，所选诗人限定于 1949 年之前即已成名者。

这一大套选集，前五册 1993 年出版，后五册 2000 年出版（长江文艺出版社），我先后得到编者的赠送。据我所知，获得这种意外丰收的，还有吴晟和施善继两位诗人。

我对现代诗早已丧失兴趣，但心血来潮时，也偶尔把这十巨册拿来摩挲、翻阅，有时为了教学之助，也特地找出来参考。次数一多，终于认识了这一套书的价值。

这套书所选的 101 位诗人，每一人所选的诗，足以构成一个小册子。事实上，原先它就是以小册子形式出版的，如果换成台湾的直排，每个诗人肯定超过两百页，已经不能算小书了。

因此，它可以让你轻易地了解中国新诗风格的巨大差异。譬如，从最口语化、最平民化的左派诗歌，到最欧化、最知识化的西方现代主义诗歌；从最散漫、最散文化的自由诗，到最严格、最拘谨的格律诗；从最含蓄、最简洁的中国古典风到最艰涩、最难以下咽的西洋前卫诗，应有尽有。直到有一天，我终于醒悟，任何一个中国现代诗的研究者，都还没有对这一巨大的反差进行过真正的、全面的反省。

这一套书的另一特色是，编者为每一位诗人都写了两万字左右的"卷首"，实际上是关于这位诗人的生平经历及创作历程的深入的评述。单单这一部分，就已超过两百万字。我曾经对周先生说，不论你写了多少诗、多少散文（周先生出了许多诗集和散文集），将来人家还记得你的，也许就是这一部两百万字的《中国现代诗人评传》（假如它能单独出版）。周先生说，那还用你说，在你之前，不知有多少人说过了，也不知有多少人尝试为我找出版社，但谁也不敢冒险，两百万字的书，不是开玩笑的。

有一天晚上，我连续读了五篇，才更深入地了解这些评传的特色。周先生运用了许多资料，包括诗人的回忆录、诗集的序言，朋友的回忆录与评论，当时文人及之后文人、学者的评述，把这些都融汇在一块儿，为每人裁制了一篇小传。裁制者似乎躲在衣服之后，但又仿佛有他的影子。最奇妙的是，诗人可以从最没有受过完整教育的流浪者，到家世极其显赫的留洋博士。读着读着，我仿佛看到中国现代史上最斑驳陆离的一队人物。如果能够让他们按其最常见的衣着排成一列，肯定会让你大笑不止，但又会让你跌入深思之中。也许这之中就隐含了中国现代史的某种奥秘。

我曾经问周先生，你一个写诗的人对新诗史料怎么那么熟，老实讲，很多研究新诗的博士都没有你熟？他回答，"文革"期间，他们怕我捣乱（我这种无用的诗人，还能捣乱），把我关起来，偏偏找不到地方，就把我和抄来的书（属于"四旧"范围）关在一起，我就睡在书堆上，你想，我还能干什么？就这样，周先生成了新诗研究史上的"奇人"，这也是中国现代史的一个不知道怎么说的部分。

周先生终于找到了一个敢于力行的知音，2006年海天出版社把这些"卷首"集合起来，印成两巨册的《中国现代新诗序集》，大开本，共1146页，可惜只印了2000套。周先生授权给我，要我按自己的意思选，出一本小规模的《中国现代诗人评传》。我左斟右酌，选定二十四位，没想到一排出来，竟然厚达518页。这书要在台湾出版，肯定没有几个人买，因此再删八位，就成了现在的三百来页。这书绝对有价值，看了就知道。如果卖得还可以，台湾读者如果认为有助于了解中国现代诗的发展，我们可以考虑赔本再印第二册。当然，不可能再印第三册了，再印下去，书店恐怕就要关门了。

2009年5月21日

（周良沛：《中国现代诗人评传》，

台北：人间出版社，2009年6月）

赵稀方《后殖民理论与台湾文学》序

　　大约十年前，在北京的一次台湾文学会议上，我初次见到赵稀方。他的发言清晰而简洁，论点鲜明，引人注意。之后我发现，凡是和他初次见面的台湾学者，对他留下深刻印象的都是听了他的发言。

　　在数次交往之后，我买到一本德国文化哲学家狄尔泰著作的中译本。凡是有关狄尔泰，不论是他自己的著作，还是关于他的论著，我是必买的。但是这本书，吸引我的首先是它的译者"赵稀方"。我知道大陆一些中文系出身的学者，外文能力极佳，但不能确认，这个"赵稀方"是否即是我所认识的赵稀方。下一次见面，我问了他，他说，他在英国待过一段时间，英文"还可以"。我就知道他的英文能力相当好，因为狄尔泰并不好译。

　　他告诉我，他对当时在台湾红极一时的某学者的困惑。某学者以熟知后殖民理论著称，而赵稀方却认为，他的某些议论显然不合某理论家的原意。我说，台湾学者常有"故意误用理论"以达到某种目的的企图，未必不了解原著。他说，不是这样。因为他终于可以确认，某学者并没有读过原著，他读的是一个著名的学者对某理论家所写的一段颇长的导言，而某学者可能读得太快，把导言的意思读错了。我知道赵稀方说的是实情。因为我也知道，台湾另一著名学者常常在论文中引用各种理论，但实际上他很少读原著，读的都是外国学者对这些理论的评论，甚至是入门性的评介。赵稀方跟我说，为了研究香港小说，他基本上把后殖民理论的重要原著都精读过了。我相信他的话，要不然他不可能把一些关键问题都讲得清楚。

我曾经花了大约十年的时间，刻苦地读英文本（著或译）的理论著作，最后终于知道，自己只能读懂卢卡奇和巴赫金。我"决定"，理论对我不再有用，此后我就读得很少。但我的功夫没有白费，我能比较容易地认出，别人是否读过原著，他的引用是否正确，他是否以艰涩掩饰他的一知半解。

要把一种理论引到中国（大陆或者台湾），是非常艰难的。首先，如果我们不能理解，西方为什么要讲这种理论，就会迷失在文字的丛林中。西方流行这种理论，一定有他们自己的关怀点。理解了他们的"用心"，就比较能理解他们为什么要这样看问题。其次，西方理论一定有它的"逻辑性"，有它的推理方式。任何推理，一定有它的不足之处。人文学的推理，绝对不可能像数学的推理，达到十分严密的地步。所有的理论辩难，一定是攻击对方的推论弱点，再提出自己的解决之道。第三个再攻击第二个，如此不断地递换。不能掌握每一种理论的逻辑，最后你会完全"不知所读"，如迷失在乱山丛中，连"出路"都找不到。

赵稀方为我们做了一个极好的"服务"。他读过后殖民理论的重要著作，在他的评述中说明他们为什么要这样看问题，留下什么不足，下一个理论家如何攻击上一个，又留下什么问题。从总体上看，整个后殖民理论又有什么问题。人间出版社一个较资深的编辑跟我说，他把赵稀方的稿子从头到尾看了一遍，终于知道，每个理论家在讲什么。我也把整本书看了一遍，也终于了解，为什么我自己不怎么喜欢后殖民理论。因为，如赵稀方所分析出来的，后殖民理论家所关怀的，我很少想要关怀。我的关怀点跟他们不一样，当然对他们兴趣缺缺。

后殖民理论近年在台湾红极一时，但我绝对相信，很少有人知道它在讲什么。如果你想知道，它到底讲的是什么，我认为，在两岸的有关著作中，这一本是最好的。它讲得很清楚，只要你肯用心读，一定看得懂。如果你想"享受"一次看懂理论的乐趣，那就不妨试试看。

2009 年 5 月 14 日

（赵稀方：《后殖民理论与台湾文学》，
台北：人间出版社，2009 年 5 月）

刘小新《阐释台湾的焦虑》序

　　1976 年下半年我服完两年兵役，从军中回到台北，愕然发现台湾社会变得快不认识了。左翼乡土文学潮流盛极一时，"党外"运动的声势一天胜似一天，国民党应付惟艰。第二年，国民党对乡土文学发起总攻击，余光中发表耸人听闻的《狼来了！》，一时风声鹤唳。到了 1978 年，却平安无事地落幕。1979 年"美丽岛事件"爆发，几乎所有"党外"政治运动的领导人都被逮捕。但下一次选举，所有被捕领导人的家属，凡参选的全部高票当选。这两件事证明，国民党已经丧失了掌控全局的能力。

　　正是在这个充满期待的时候，我逐渐感受到两种令人隐忧的思潮正在逐步苗壮。首先是后现代，它先以后设小说及后结构之名出现，提倡文学的后设性及愉悦性，用以解构乡土文学的使命感。其后，后现代之名堂堂出现，大言不惭地声称，台湾社会已超越现代而进入后现代，除了歌颂台湾的进步，还推出多元的价值观，用以分散乡土文学的声音。另一个更令人不安的因素是，具有"台独"倾向的"本土化"思潮日渐崛起，并以抨击陈映真的大中国主义情结来壮大自己。到了 20 世纪 80 年代末，左翼乡土文学的势力已极度萎缩，后现代与"本土化"思潮各据半边天下。

多年后我慢慢了解到，这两个思潮都有人在背后指导，实际上是更大的政治势力运作的成果（详情不必细说了）。再经过一段时间，我又体会到，台湾20世纪70年代左翼势力的没落并不取决于台湾的政治势力，而是国际局势演变的结果。80年代末、90年代初的东欧剧变，导致了世界左翼力量的大消解，注定了90年代是资本主义大复辟的时代。说实在的，当时台湾的左翼表现得也不好，但即使再好，也不能阻挡这种世界的大潮流。

整个20世纪90年代，台湾的政局全由李登辉主导，应该说，"本土化"的思潮是在他主政下壮大，然后才可能导致2000年陈水扁当选台湾地区领导人。如果要回顾90年代的文学思潮，那就是"台湾文学本土论"笼罩一切，而后现代思潮及其各种变体努力寻求对抗之道，至于统左派的声音几乎无人理会，这种情形到了陈水扁第二任的后半期，即2006—2007年，才开始有了松动的迹象。

这也就是说，从1987年"解严"到2007年的二十年间，"本土化"思潮及"台独"的声浪由日渐成长而如日中天，最后开始出现颓势。现代化思潮，以及相关的对抗"本土化"思潮的各种探索可谓五花八门，力求在"台独"势力之外另寻出路，而统左派的声音始终不绝如缕。这大概就是这二十年间台湾文学思潮的大势。

刘小新这本《阐释台湾的焦虑》就是对这二十年间台湾文学思潮的剖析。他主要采取横剖面的分析方式，按照他的思考逻辑，从后现代、后殖民、殖民现代性讨论到新左翼和宽容论述。他把"解严"前就已出现的左翼乡土文学和"本土化"思潮也放在这二十年的语境中加以剖析，因此并没有着重追溯这两种思潮产生的历史与时代背景。这一点请读者务必记得。

除了第七章所论的"宽容论述"我当时并没有注意到，其他关于后现代、后殖民、殖民现代性，以及脱胎于后现代的新左翼，当时确实是极为流行的思潮，并为一般知识分子所熟知。但我还是想说，我读完了相关的各章，还是感到非常惊讶，因为刘小新把每一种思潮的来龙去脉都梳理得非常清楚，许多我原来不够注意的地方，现在才有了进一步认知的机会。应该说，刘小新对资料的整理与分析，都是将来研究这些思潮的人一定要参考的。

但是，我之所以要为这本书写一篇序，并不是要推介这本书，因为根本没有这个必要，任何人只要读完了本书的第一章，自然就认识到这本书的价值。这篇序的主要目的，是要表达我对这二十年台湾文学思潮的看法，并从现在的时间点进一步说明其问题性。

刘小新在本书的"结语"中说：

> 当代台湾知识界引入（当代西方）各种理论资源对"何谓台湾"和"如何阐释台湾"这两个重要问题提出了充满歧义的观点和看法，这形成了一种极其复杂的理论格局，也带来了理论的紧张和焦虑。

在当时的我看来，这些所谓的思潮，不过是借着台湾问题就他们所接纳的当代西方思潮做一种理论上的"演练"，虽然他们自己认为与台湾大有关系，我却觉得根本就是摸不着台湾的边的无的放矢。我前面说，看了刘小新的书，我对当时的现象才有更多的认知，这是我要坦白承认的事实，因为很多文章当时就懒得看，觉得它们一点用处也没有。1988 年 5 月我曾在复刊的《文星》杂志上发表一篇长文，题目是《"现代"启示录——现代性的一则故事》，内容是对于 20 世纪 80 年代以后流行于西方的"现代性"理论和后现代思潮表示怀疑，认为这代表了西方思想的危机。而当时的台湾知识分子却大量使用这些值得怀疑的西方思想，企图解决台湾的定位问题，这不是痴人说梦吗？应该说，那时候我确实是"闭关自守"，把充斥于刊物上的一切新理论排拒在外（当然，这并不是说，我一点也不读西方著作）。

但我对西方后现代思潮的怀疑，也并非一时心血来潮的胡思乱想。当时我先看了一些西方马克思主义的书，发现他们都认为西方工人阶级已经不革命了，因此，他们主张社会"异类分子"的反叛，主要是学生的反叛。这个反叛失败了，然后开始流行后现代思潮。我的直接感想是这样：西方社会已经非常发达，连工人生活都不错（甚至好过落后国家的知识分子），而西方的思想家却连这一点都没想过，他们一点也没考虑到除了欧美社会之外的广大落后国家的贫困状态。这不免让我觉得，西方思想家怎么一点都没有从全球的立场考虑整体人类的前途，怎么一点"民胞物与"的精神也没有？这不证明，他们的思想已经不具有前瞻性，而陷入"富极而无聊"的思想泥淖中了吗？因此，我就大胆判断，西方思想界已经进入了一个整体性的、无能思考的危机时代。

我当时的想法当然没有人会相信，我的那一篇文章没有任何回应，但我一直相信自己的想法是对的。此后，我一直通过大陆的翻译，注意西方学者的思想动态。我主要的注意对象不是思想著作，而是历史著作，因为历史学者比思想人物对时代的变化更具敏感度。在历史著作中，谈到西方未来发展困难的并不少见。最让我感到意外的是，2010 年我买到一本厚达 650 页的大书，里亚·格林菲尔德的《民族主义：走向现代的五条道路》，书的开头她为本书中译本所写的前言就让我欣喜莫名，她说：

> 我们正面临着一场历史巨变。我们敢于如此断言，因为
> 促成这一巨变的各种因素已经齐备，我们只需等待它们的意
> 义充分显露出来。除非那个至少能够消灭人类三分之一的前
> 所未有的浩劫（按，指核战争）降临人间，否则没有什么能
> 够阻挡这一巨变的发生。这一巨变就是伟大的亚洲文明崛起，
> 成为世界的主导，其中最重要的是中华文明崛起，从而结束
> 了历史上的"欧洲时代"以及"西方"的政治经济霸权。
>
> 这一变化只是在新千年到来后的最近几年才开始变得明
> 显……

这也就是说，世界史上的"欧洲时代"（从 16 世纪开始）即
将结束，"亚洲时代"坦白说即是"中国时代"即将来临。格林菲
尔德是一个专业的社会学家和社会人类学家，但同时具有深厚的
经济学、政治学和历史学的素养。从 1987 年到 2001 年，十四年
间写了两本大书，在前面提到的那本书之后，还出版了另一本《资
本主义精神——民族主义与经济增长》。她是一个具有历史眼光的
社会、经济学家，不像我只是一个爱读书的外行人，这证明我在二
十多年前的灵感，并不纯粹是爱国心的表现。

我猜测，里亚·格林菲尔德一定也像我一样，被 2008 年美国
的金融大海啸所震撼。任何人都不可能猜想得到，就在苏联崩溃、
美国独霸全世界之后，以美国为首的西方经济会隐藏着这么重大
的危机。这个危机接着引爆了欧洲的经济危机，到现在为止，没
有任何经济学家敢于断言，西方经济可以恢复到以前的状态。回
顾起来，我们难道不是可以说，西方的后现代思潮正是对于这一危

机的非常敏锐的、有预见性的思想上的回应吗？

再说到台湾。20 世纪 80 年代的台湾，经济上似乎生气勃勃，"台湾钱淹脚目"，大家得意扬扬，认为自己已经从现代进入后现代了。相比之下，大陆还非常落后，几乎还停留在前现代，因此也无怪乎新潮思想满天飞。大家没有想到的是，台湾经济是标准的依附型经济，没有美、日就没有台湾地区经济的腾飞，谁能保证后台老板永远发达呢？当然台湾的知识分子当时都相信，世界永远是美国的世界。

如果我们稍微敏感一点，就能体会到，台湾经济在李登辉的最后一任（1996—2000）已经出现了颓势。陈水扁的第一任（2000—2004）大家并不满意，要不是"两颗子弹"事件，他不可能连任。关键就在经济，因为陈水扁在任四年，只有一次幅度极小的加薪，加上李登辉的最后几年也没加薪，大家都感到收入在减少。现在则非常明显，失业率一直在上升，收入一直在减少，台湾的中产阶级很少有人敢再做梦，台湾的年轻人前途茫茫，这是大家普遍感受到的，根本不需要论证。如果把现在的心情，对比二十年前后现代思潮流行时的欢腾气氛，能不令人黯然？因此我相信刘小新这本书，我们现在读起来，一定很不是滋味。这就仿佛我们已经破落了，却在反顾我们的辉煌时代。不过这种反顾还是必要的，这能够让我们体会到，在历史的长流中不可以太短视，不然受到伤害的还是自己。这是我读刘小新的书所想到的第一点。

我想说的第二点，是本书中第六章关于后现代与新左翼思潮的讨论。刘小新对从后现代产生的新左翼思潮特别有兴趣，这一章长达 122 页，是全书中最长的一章。其中涉及南方朔、杭之和《南方》杂志的"民间社会论"、《岛屿边缘》的"人民民主论"，以及《台湾社会研究季刊》的"民主左翼论"。"民间社会论"的一些主要参与者，大都有"本土论"倾向，恐怕跟后现代思潮无关。《岛屿边缘》和《台社》具有后现代倾向的人我大都认识，我要谈的主要是后面这一群人，尤其是跟我有深交的陈光兴和赵刚。

不管是"人民民主论"，还是"民主左翼论"，都被迫面对一个无法克服的现实问题：台湾最大多数的人口是闽南族群，占台湾人口的四分之三以上，可以说是"人民"中的绝大多数。然而这些"人民"却被"本土论"及民进党所裹胁，成为"民粹威权主义"下的群众，成为20世纪90年代台湾新霸权论述的基础。我自己身为南部闽南族群的一分子，深切了解这本来是南北差距和城乡差距的结合体，本质上是区域差距和阶级问题，但由于国民党长期的不良统治，却形成省籍问题，最后上升为统"独"问题。但我对此无能为力。也因此，我一方面希望让"人民民主论"的人了解，如果不能理解台湾南部的民众，他们的人民民主也就落空了；但同时，我也非常同情"人民民主论"者，因为他们也是"人民"，然而却在占据四分之三人口的主要人民的无形压迫之下，艰难地寻找生存空间。从这方面讲，虽然我不赞成《岛屿边缘》和《台社》主要的思想倾向，却不得不佩服他们探索的勇气。在"台独"派的"民粹威权主义"和右翼的后现代思潮（一味地颂扬台湾的经济和政治成就）之间，实际上只剩下极狭窄的空间，然而，他们坚持不懈地想要杀开一条血路。

我完全没有想到的是，这里面最勇敢的两个人，陈光兴和赵刚，竟然逐渐接近陈映真了，而且终于把陈映真的第三世界论作为他们重新出发的起点，这真是大大地出乎我的意料。这说明，具有左翼精神、想要探求真正的多元价值观（相对于和稀泥的多元观）的人，只要真心实意，确实可以走出一条独立思考的道路。

陈光兴、赵刚，还有郑鸿生（他跟我一样，也是出身南部的闽南人），为了表达他们对陈映真的敬意，决定接受人间出版社的邀请，共同合作出版《人间·思想》杂志，作为他们长期探索的另一个阶段的出发点。这对台湾思想界来说，是一个莫大的好消息。他们在"发刊词"中说：

> 西方各种流派的名词概念不停地被翻译成中文，组装为各派反抗行动的套件，再贴上台湾主体性的商标，于是就成为各派所标榜的进步知识品牌。凭依着它们，某种"代理人战争"一直在这个岛屿上乐此不疲地持续着。

这真是慨乎言之。如果我们仔细阅读刘小新这本书所讨论的许许多多的所谓新思潮，差不多就是在印证这段话。

正如我在前文已经提到的，里亚·格林菲尔德所说的，新千年可能预示了西方统治世界五百年霸权（如果从 19 世纪中叶西方真正征服全世界算起，其实不足两百年）的终结，那么，新千年也是旧的知识结构开始失去功能、新的知识结构开始形成的时期。我们应该从这样的起点来读刘小新这本书，来认识我们不久前还在套用西方没落时期的理论来为台湾的未来寻找答案，而且说得煞有介事，以此来对比我们现在的处境、我们现在的彷徨。这样，我们就更应该鼓起勇气，重新出发去探索新的认知方式，以及新的未来。

2012 年 9 月 4 日

（刘小新：《阐释台湾的焦虑》，

台北：人间出版社，2012 年 9 月）

牛汉《我仍在苦苦跋涉》序

　　牛汉这个名字，既有乡土气，又让人感到亲切，我在一长串的"胡风集团"作家名单中首次看到，从此再也没有忘记过。然而，这个历史人名逐渐成为一个具体的作家，对他的作品与为人逐渐加深认识，却又经过一段漫长的时间。有一天，我想从周良沛的101位中国现代诗人评传中选出16位，编成一本书在台湾出版，选来选去，竟然发现自己把牛汉列入其中。如果是现在，我还会把牛汉的名字往前提升，列入中国现代诗人的前十名。三十年前，这完全是不可想象的。对现在许许多多台湾读者来说，这仍然是不可想象的，因为他们恐怕连牛汉的名字都没听说过。

　　牛汉，本名史成汉，1923年生于山西北部的定襄县。祖先是蒙古人，元朝时镇守河南，蒙古人被朱元璋赶回漠北后，他们家改姓史，定居在中国北部。牛汉身材高大、体格强壮，极能负重耐劳，这一切无疑来自他的蒙古血统。单看外表，你绝对想象不到牛汉是个诗人；看到了牛汉你也才能了解，诗人可以是多种多样的。

　　牛汉的诗是非同寻常的，多读了几首以后，你会怀疑："诗可以这样写？"接着你会进一步思考："那么，诗是什么？"突然，你会发现，文学教科书对于诗的定义似乎摇摇欲坠了。本书最后附录了牛汉的三篇名作，建议读者先加阅读，以便了解我的惊讶。为了加深印象，这里再举三个例子：

北方，
落雪的夜里，
一个伙伴，给我送来一包木炭。

他知道我寒冷，我贫穷，
我没有火。

北方呵，
你是不是也寒冷？

我可以为你的温暖，将自己当作一束木炭，
燃烧起来。……（《落雪的夜》）

这是一首口语化的自由诗，没有韵脚，没有考虑到每行、每节的韵律感，好像随口说出；但谁能否认落雪、寒冷、木炭、火、燃烧这一系列意象所表达的极端穷困与火热的心灵的强烈对照呢？

啊，谁见过，
鹰怎样诞生？

在高山峡谷，
鹰的窠，

筑在最险峻的悬崖峭壁，

它深深地隐藏在云雾里。（下略）

风暴来临的时刻，

让我们打开门窗，

向茫茫天地之间谛听，

在雷鸣电闪的交响乐中，

可以听见雏鹰激越而悠长的歌声。

鹰群在云层上面飞翔，

当人间沉在昏黑之中，

它们那黑亮的翅膀上，

镀着金色的阳光。（《鹰的诞生》）

本诗后两节那种高远的意象让人沉醉、向往，但这是写于作者在"五七干校"天天做苦力、肉体备受折磨时。

我是根，

一生一世在地下默默地生长，

向下，向下……

我相信地心有一个太阳。

听不见枝头鸟鸣，

感觉不到柔软的微风，

但是我坦然

并不觉得委屈烦闷。

开花的季节，

我跟枝叶同样幸福。

沉甸甸的果实，

注满了我的全部心血。(《根》)

跟前一首的精神昂扬相反，这一首写一种踏踏实实往下扎根因而体会到生活幸福的充盈感。这三首诗所综合表达的那种人生"境界"，既是那么简单、朴实，却又那么深沉，超乎任何理论，直扣人心。比起深奥难解的艾略特、里尔克等人，这种诗不是更能深深感动许许多多平凡的读者吗？难道这些不是极为优秀的诗吗？

去年（2010）年底，《牛汉诗文集》(五册，北京：人民文学出版社）出版，牛汉的朋友为他举办了新书发表会。原本只能容纳60人左右的会场，却挤了近百人。发表会持续两个多小时，发言不断，没有冷场，大部分发言者都可以随口引述牛汉的诗作。其中，九叶派老诗人郑敏（九十岁）的发言让我印象最为深刻。郑敏20世纪40年代毕业于西南联大哲学系，她的诗学习西方现代主义。她说，在西方，诗人是高高在上的，备受社会尊崇，因此离群众就比较远。她很少看到像牛汉这样的诗人，在中国各阶层都拥有广大的读者群，这让她对诗人在社会中的角色重新开始反省。这话讲得很好。中国古代的著名诗人，都曾写出雅俗共赏的名作，在人民中间口口相传。在中国现代文学中，也有许多诗人继承了这个传统。由于中国现代历史的特殊历程，他们更进一步地成为人民的诗人，牛汉就是其中的佼佼者。

牛汉成长于抗战时期，由于故乡受到日本军队的侵占，不得不流亡他乡，过着流浪的学生生活。他的青年时代，是和许许多多颠沛流离的中国老百姓共命运的。为了战胜这种命运，他加入了共产党，参加了革命。革命成功后，他成为"胡风反革命集团"的一分子，此后二十年吃尽了苦头。牛汉的一生，其实是许许多多现代中国人的缩影；牛汉的诗歌，唱出了历尽千辛万苦的中国人的心声。这个生命，也许背负着常人所难以忍受的苦难，然而却咬着牙关，终于熬过了最艰难的时刻。说是终于苦尽甘来，却也未必见得。当然，这不是就个人的得失而言，因为全民族的未来仍然有许多让人忧虑之处。牛汉把他的自传命名为《我仍在苦苦跋涉》，不但说明了他（还有全体中国人）的过去，也表达了他对现在及未来的关切之情。牛汉的自传从一个侧面反映了现代中国曲折的命运，牛汉的诗歌表现了几代中国人在坚忍中求生存、在生存中求发展的那种既沉潜又高昂的精神。

前年（2009）五六月间，我买到这本自传，一口气读了大半本。后来要到北京，舍不得放手，就带着走，一路读到北京，终于读完了。到北京后，住一对年轻朋友家，我跟他们介绍这本书。后来我又到东北去，把书放在他们家，一星期后回来，他们说，书已看完，真好看。确实如此，这是一本让人看了就舍不得放下的书。我尤其推荐第一章和第十二章。第一章讲童年，主要根据牛汉的散文编成，很少看到回忆童年这么感人的，其中每一个人物都让人难以忘怀。第十二章讲牛汉在"五七干校"时，如何在极端困苦的工作条件下，重新萌生了写诗的冲动，这是了解牛汉第二次创作高潮的关键。一个人在极端困苦中，怎么会产生一种精神的需求，这种经验接近神秘，牛汉却能够讲得那么生动，我觉得，从这里最能够看出牛汉不平凡的个性与人生。说到这里，突然又想起牛汉的一首短诗，就抄在下面，以结束这篇简短的序：

是的，火焰可以泼灭
但仍然捕捉不住火焰
看到的只是焦黑的
被火焰烧过的痕迹

2011 年 8 月 19 日

（牛汉:《我仍在苦苦跋涉》，
台北：人间出版社，2011 年 9 月）

醉里风情敌少年

——唐翼明《宁作我》序

本书作者唐翼明教授在台湾中国文化大学和政治大学中文系前后任教十八年，之前十年在美国读书，到美国前的四十年生活在大陆，小时候在湖南乡下长大，进高中以后一直生活在武汉。2008 年他决定从政治大学退休，回到武汉定居。这简短的履历，足以透露他的一生的不平凡或者坎坷或者充满了戏剧性。但看了这本书以后，你会觉得所有的形容词都难以描述他的一生。

唐教授 1990 年来到台湾，任教于文化大学。根据当时台湾不久前订立的法令，大陆人要来台湾居住，最少要长居美国十年，并取得美国绿卡，而且有亲人在台湾，唐教授大概是按照这个法令最早来到台湾定居并任职的人之一。来台不久，我们可能就在学术会议上见过面，而且我已听闻他来台的背景。说实在话，有这种背景的人，以我的主观判断，他的亲人应该有不错的党政关系，而对这种人我是会保持距离的。但唐教授为人直爽，讲话不拐弯抹角，很合我的个性。更重要的是，他不像一般留美学人，随意地鄙薄中国文化，这让我很敬重。他也知道我是个统派，不排斥大陆人，愿意跟我交往，所以谈得还蛮愉快的。

唐教授转到政大任教，不久升了教授，指导的研究生日渐增多。承蒙他不弃，常常向系里推荐我担任口试委员，见面次数增加。可能在 2007 年的某次口试中，我又见到他，距离上次见面至少一年多，我突然发现他的表情跟往日不一样，就脱口说："唐老师，你是不是很想家（指大陆）？"他非常惊讶地说："你怎么知道？我明年就要退休，回武汉长住了，有空来找我。"第二年暑假我又去考他的一个学生，他说，他马上要回大陆了。不久，我去参加他的退休欢送会。我从旁人口中知道，如果晚一年退休，唐教授可以领一笔钱，但他显然急着要走，连钱都不要了。

两年后，他从大陆寄了两本书给一些台湾朋友，一本是他的书法集，另一本就是《宁作我》，这是以五十篇散文的方式构成的回忆录。我收到书后，当天晚上读了大半本，一直到深夜。原来唐教授有这样的过去，真是一言难尽啊！我记得毕业四十年后的一次大学同学聚会里，其中年纪较大的一位同学，他的朋友也在场，朋友提起我的同学几十年前在大火中冒险救人，全身皮肤烧坏大半，又因为身子在地上滚动，全身肌肉黏满了大小石块，他的朋友详细描述他的手术过程。这些事我们以前都不知道，大家听了既感动又难过。这时我的同学说，"每个人都有自己的过去"。当晚我看唐教授的书，心中一直在想，"每个人有多么不同的过去啊"！平常跟唐教授相处，只看他意气风发，谈笑自信，哪里想得到他的过去是这个样子。

这本书的魅力很难形容，最好能够读几段书中的文字。国民党从大陆败退的时候，唐教授的父母跟着国民党走，把三个子女留给唐教授大伯照看，他们再按月寄钱回去。大伯主要是贪这笔钱，对三个侄子根本不关心，也不照顾。土改时，农民想分大伯的土地，就把三个小孩独立成一户，划为贫农，这样大伯一家四口占有八十多亩地，就可以构成地主的条件，农民可以分他们的土地。三个小孩无法独立生活，最小的弟弟由人领养，妹妹在一次痢疾中因为没有得到适当的照顾，竟然拉肚子拉到死。大伯对唐教授冷酷无情，从初中起唐教授就脱离大伯独自生活。为了考初中，唐教授清晨五点半从乡下出发，走三十里路，中午考完，再走三十里路回家，四点半到家，中间"没有吃过一口饭，喝过一滴水"，最后全村只有他一个人考上。要上初中时，他不知道如何走到城里的学校，只好跟在一个挑担子入城的人的屁股后面走。请看下面这一段文字：

> 你很快就发现，走还不行，得跑，因为挑担子的人迈的步子比走路的人大，他又是大人，他就是不挑担子，你也很难跟得上他。现在他被担子压得不能不迈大步，你为了不被丢下就只好小跑。你知道万万不能被丢下，因为不跟着他你就走不到学校。八月的太阳像火一样，你汗流浃背。这还不打紧，麻烦的是，你很快就流起鼻血来了。你小时候火气大，鼻子经常流血，所以你倒也并不害怕。先是一边流血，后来两个鼻孔都流血，连呼吸也困难起来，那挑担子的人也发现了，他可怜你，把担子放下来，带你到一口井边，用井水浇你的后颈脖，血才慢慢停下来。他问你为什么要跟着他跑，你这个时候才有机会把原委讲给他听。那汉子竟然露出一脸佩服的样子，说你将来要中状元。他请你吃了一顿中饭。吃

饭后休息了一会儿又跟着他跑，太阳快下山的时候来到一个岔路口，他把担子放下来，指着那条岔路对你说，奶仔（读奶吉，你们乡下的土话，指男孩），你从这条路往前走十多里，就到呆鹰岭了，我还要继续走那条路到城里。分别的时候他好像有些依依不舍，说，不要怕，你这个奶仔有出息，将来中了状元不要忘了我啊。

唐教授自小聪明、活泼而有独立性，读书一直很顺利，高中考上武汉实验中学，这是湖北省最好的高中。高中也一直名列前茅，做过得诺贝尔奖的梦，看似前程似锦。此后，家庭背景开始发生作用，高考（约略等于台湾的大学联考）全武汉市第二名，却落榜了，因为没有一个学校愿意收他。请看唐教授这一段经历的回顾：

但是那一年你竟然名落孙山，不仅科技大没有取，北大、清华也没有取，连武大都没有取，全国重点大学没有一个要你，地区性的大学，如华师、武师也没有你的份儿，最后，连专科学校也没有你的份儿。你这样说，不是为了营造文章"层层递进"的语气，而是照实描述，因为录取的名单当时就是这样一批一批先后公布的。总而言之，几乎你所有的同学都榜上有名，连经你辅导的最差的一个印尼侨生（你是班上的课代表，有责任辅导成绩差的同学），数学期末考只考了九分的李××，都被录取了。但你终于没有听到宣读自己的名字。那个时候，省实验中学的高考升学率几乎是百分之百，考不上任何大学（包括专科）的简直就是异数中的异数，而偏偏就被你碰上了。

你在床上躺了三天三夜，不吃不睡，总算没有发疯。上大学的梦破灭了，诺贝尔奖的梦自然也跟着醒了。你从来不服输，这一次服输了。

你这一辈子注定跟诺贝尔奖无缘，去他的！

还好，武昌实验中学的何校长非常爱才，留他在学校当老师，这样，一个高中毕业生，居然成了初中教师，只有十八岁，而学生们十三四岁，两个侨生二十岁，他还是成为学校最受欢迎的老师，直到"文化大革命"爆发。这一段经历唐教授写得虎虎有神，异常精彩，很多段落都想引给大家看。但想引述的段落又都很长，建议大家自己看，从"一夕成名"直到"乌龟孙"，共六篇，特别是前三篇。

"文革"结束，恢复高考，唐教授理所当然考上武汉大学中文系研究所，而且是第一名考上。不久，在台的父母终于找到他，想把他弄到美国读书，所以他以最快速度毕业，成为改革开放后第一个获得硕士学位的人。

我本以为，唐教授在美国一定过得幸福又快乐，哪里想得到，在美国是他一辈子所遇到的最大难关。他虽然进了哥伦比亚大学，但必须重新从硕士读起，而且必须在不到一年的时间内通过本校美语进修班的第十级，才能进研究所就读，而他当时的能力只在第四级。他父母显然都是清官，在经济上不能给他多大的助力，他只能住肮脏破烂的贫民窟。"一棵四十岁的大树连根拔起，栽进一片陌生的异乡土地，一切都不一样，一切都重新开始，举目皆是异类，开口几同白痴"，"顿顿三明治，天天ABC，也让我精疲力竭，胃口倒尽"，在重重的压力下，他得了抑郁症。下面要引的这段文字很长，但我认为这是表现唐教授的个性与毅力最重要的一段，是绝对需要的：

> 那天正深秋，下了地铁，在哈德逊河边萧瑟的秋风和枯黄的落叶中走回寓所，满身是疲惫，满心是凄凉。上得四楼，发现静悄悄的，原来我是第一个回来的租客。从过道里走向我自己的房间，好像穿过一间空荡荡的鬼屋，只听见自己的脚步声在背后踏踏地响，心里涌出一股莫名的恐惧与悲凉。推开门，把书包放下，脱掉外衣，抽出一层五屉柜，准备换一件衣服。突然，一件奇怪的事情发生了，我发现自己已经不能动弹，我取出了衣服，却没办法把抽屉再关上，甚至连把衣服套在身上的力气都没有了。我并没有感冒，没有发烧，头也不痛，四肢都健全，但就是不能动，身体仿佛只剩下了一个躯壳，所有的肌肉、血液和精气神，都从这个躯壳抽干了。这个躯壳现在仿佛是一个蚕蜕，意识倒还在，但这意识无法指挥自己的手脚。我没法判断到底发生了什么事，一滴眼泪从眼睛里流了下来，然后是第二滴，第三滴，然后就不停地流，流得满脸都是泪。一个空壳子就这样留在了地板上，一分钟，两分钟，五分钟，十分钟，半个小时，一个小时，一个半小时。窗外暗下来了，夜色落了下来，这个壳子还在地板上。我想，我大概永远起不来了，我大概会这样死去。

这样的唐翼明竟然能活过来，并且在四十九岁（1991）时拿到哥伦比亚大学博士学位（我比他小六岁，得到博士——1983年—— 比他还早八年），真是令人惊异。在我身旁，我曾看到一些朋友、亲人、学生得抑郁症，有一段时间我的一些同事也怀疑我得了抑郁症。一个人在情绪最低潮的时候，不靠坚强的意志力和旺盛的生命力是很难重新活过来的。许多抑郁症患者以自杀了结一生，就是因为不能克服内心的软弱。唐教授写抑郁症的那三篇，值得一读再读。

就是因为有了这样的经历，唐教授终于顿悟，并且在六十多岁时终于看开一切，毅然退休，回到自己念兹在兹的武汉，过起自己喜欢的生活。他退休后写过一首诗：

> 退休岁月自悠长，日上三竿懒起床。
> 最是平生惬心处，读书不再为人忙。

看得真是令人羡慕。本书自序的最后一段话我也很喜欢，抄录如下：

> 我爱武汉，我爱长江。长江曾经激起我青春时代对美好未来的展望，磨砺我中年时节百折不回的斗志。现在到了晚年，我居然拥有一段长江，"子在川上曰：逝者如斯夫"，她时时警醒我加倍珍惜不多的余年，鼓勇前行，继续赶我的路。是的，我知道，远方还有更神奇更壮阔的大海。

说到底，我最佩服唐教授的还是他决定选择自己的喜好，走自己的路，迎接人生最后的一段辉煌。这正是我目前的理想，我已决定在不久之后也跟着他的路子走。

在我看来，这本书有两种读法。一种是，把它当 1949 年到 1980 年的大陆社会史来读，因为它虽然以唐教授自己为中心，却也写了不少当时湖南乡下及武汉的生活状况。唐教授虽然吃了很多苦，但他要写的是过程，而不是像伤痕文学那样的只是揭露。譬如写"文革"那一段，就好像是写一个客观的社会现象，只不过被斗的主角刚好是他。这一点是很了不起的，他没有把自己经历的痛苦，当作多大的冤屈来控诉。

这得归之于唐教授独特的人生观。他说，把笋子切成两半，可以看到一层一层的笋节，这些笋节就决定了竹子会长成多少节，这是竹子天生的本质。但笋长在哪一种地面，是好的还是坏的，就会决定竹子长得高大还是矮小。每个人的一生就像这样，长在哪一种地面自己是不能选择的，这是客观环境，你只能认了。我觉得唐教授还有言外之意，人跟竹子到底不一样，竹子长的地面决定了它的高大或矮小，但人却可以凭自己后天的意志和努力从不良的环境中把自我发展得更充实，更全面，要不然，贫穷之家怎么能够出现这么多杰出的人才？但人也不要太自负，毕竟人还是受了环境的限制，努力是要努力，但同时也要"知其不可奈何之处"，承认自己不是无所不能，这就是孔子所说的"命"。我觉得这是这本书另一种价值所在，唐教授以自己具体的一生，表现了中国传统儒家最健康的人生观。这样的人生观既有其能动的积极性，又有其收放自如的弹性，最后接受了"天命"，安心地选择了"自己"，不随大流，不准备随时修改自己，以便向"成功者"靠拢。这样的人生观我完全认同，所以读起这本书来，好像拿自己的经历在做验证，并因为唐教授常常说出我心里的话而备感亲切与感慨。

我五十五岁退休的时候，喜欢读刘禹锡的诗。刘禹锡是个大才子，二十二岁（虚岁）就考上进士，三十四岁就当上屯田员外郎，标准的少年得志。但须臾之间从天上掉落，从此在巴山楚水的西南偏僻地区过了二十三年的贬谪生活，让他的好朋友白居易为之感到不平，说他"诗称国手徒为尔，命压人头不奈何"。但刘禹锡以五十三岁的高龄离开谪居地，却说，"沧洲有奇趣，浩然吾将行"，好像少年人初次游历天下。他还说，"莫道桑榆晚，为霞尚满天"，这比只活了四十几岁的李商隐"夕阳无限好，只是近黄昏"的衰飒，更让人感到鼓舞。我最喜欢的是这两句，"眼前名利同春梦，醉里风情敌少年"，一切都已经看开了，但豪气仍在，不输少年人，就像唐教授所说的，"远方还有更神奇更壮阔的大海"等待我们去欣赏。这样的人生，实在太有意思了。

2012 年 3 月 6 日

（唐翼明：《宁作我》，台北：人间出版社，2012 年 3 月）

艰难的历程

——我所知道的施淑教授

施淑教授是我在台湾大学中文系读书时的学姐，1967 年我进本科，1968 年她硕士毕业，随即考上博士生，次年休学，再过一年到美国留学。我们两人同在台大的时间只有两年，而且届次相差太大，根本没有机会见面。

施老师离开台大后，我逐渐听别人谈起她。据说叶嘉莹先生决定赴美研究，不再回来，施老师因此不想再念下去，要到美国跟叶先生读书。后来叶先生转到加拿大教书，施老师也到同一个学校读博士。别人又跟我说，施老师的硕士论文很出色，已由文学院遴选为优秀论文出版。那时我进入硕士班，可以免费领取。为了学习写论文，我翻阅过一些学长们的硕士论文，但通篇读完的只有三本，施老师的即为其中之一。

施老师的硕士论文是从人类学、民俗学的角度讨论《楚辞》中的《九歌》和二《招》，论证《九歌》、二《招》和楚国的祭祀仪式及招魂习俗的密切关系。我至今记得论文的要点，到现在我对《楚辞》的理解还一直受到她的论述的影响。

叶先生和施老师先后离开台大，是因为当时台湾严酷的政治气氛。叶先生的丈夫莫名其妙被关押数年，出狱后找不到工作，后来有机会到了美国，无论如何也不想回台湾。为了家庭，叶先生当然也只好出国。施老师大学时代是个文艺青年，到台北之后，很快就读到陈映真的小说，对他非常佩服，两人早就认识。1968年施老师正在撰写硕士论文时，陈映真因思想问题被捕，这对施老师是极严重的打击。当时台湾的大学毕业生，只要家庭条件许可，都想到美国读书。对施老师来讲，这尤其重要。由于受到叶先生、陈映真，还有许世瑛先生、台静农先生的影响，她再也不能忍受台湾当局的思想禁锢。

后来，我又听说了一件事。叶先生有一年从加拿大回到她魂牵梦萦的"北平"，又到处看了看，写了一首长篇的《祖国行》发表。这下子她进了台湾当局的"黑名单"，回不了台湾。凡是上过叶先生课的人都很想念她，而这，一直要等1987年台湾"解严"以后才能实现，我们足足等了二十年。在这期间，施老师曾经自己出资，把她手边收藏的叶先生的旧诗稿付印成册，分赠给一些人。这当然需要一点勇气，也需要一点侠气。

大概在20世纪70年代末或80年代初，我在刊物上看到施老师讨论汉代诗学的一篇文章，粗略一读，就知道暗中应用了马克思的文艺理论。那时候我也正通过英文"偷读"马克思一类的著作（那时还是禁书），很容易辨认出来。我稍加探问，知道施老师已从加拿大回台湾地区，在淡江大学任教。

那时候的台湾正热闹得很，"党外"运动如火如荼，左翼乡土文学的思潮铺天盖地，搞得我们一些中文系的博士生和年轻学者无心读书，每天热血沸腾地看选举、看各种杂志，古典文学的世界离我们越来越远。就在这种气氛下，施老师和我不约而同地把越来越多的精力投注在现当代台湾文学上。这样，我们终于有机会在一些场合见面了。

应该说，我们当时的心境是有些类似的，我们都向往民主、开放的社会，对国民党长期的禁锢与封闭深恶痛绝；同时，作为台籍知识分子，我们也希望台籍人士早日获得参政权。正是在这种"热爱台湾"，希望台湾明天会更好的期盼下，我们宁愿放弃古典文学，走向台湾文学。就是在这段时间内，施老师写了一批非常精彩的、有关日据时期台湾文学的论文，在日据时期台湾文学的研究上起了非常好的引导作用。

1990 年左右施老师出版了两本论文集，其中一本讨论早期中国社会主义文艺理论的发展，同时还论述了胡风、路翎和端木蕻良三位作家。我非常意外，不知道她在中国现代文学方面下了这么大的功夫。后来才了解，在加拿大读书时，这是她研究的论题。1977 年回台湾后，在当时的"戒严"体制下，她当然不可能继续研究 20 世纪三四十年代的左翼文学，所以，这个工作实际上只进行了一半。

这样，我们就看到，作为一个学者，施老师已经从古典文学转到中国左翼文学，再转到日据时期的台湾文学。她在每一方面的论著都不是很多，但其成就却是为台湾学术界所公认的。

万万没想到的是，就在新、旧千年之交，施老师竟然决定抛弃她花了十年心血的台湾文学研究。但我完全能够理解。当我们决定在学术上改变方向时，我们是为了拥抱台湾的现实，希望为此稍尽绵薄之力。哪里想得到，这种热爱台湾的心情竟被外国势力和少数有心人所利用，形成了一种排斥异己的台湾"民粹"主义，而且还反过来仇视大陆。在这种气氛下，我们的研究根本无人重视，因为所谓台湾文学研究已经成为一种立场的宣示，毫无客观性可言。十年的光阴就这样过去了，想起来就难过。不但施老师想找个新方向透透气，连我都想躲回到古典诗的世界中了。

但施老师到底不能忘情于台湾，因此她转向了"伪满"的文学，想从这里入手，再回过头来全面探讨所谓的"大东亚文学"。作为日本帝国主义时代的产物，确实有必要对这种现代东方的殖民主义思想展开批判性的研究。施老师这一选择无疑是非常具有前瞻性的，同时，也可以有力地驳斥"台独"派对日本殖民统治的美化。

然而，就在施老师发表了令人瞩目的三篇论文以后，她却似乎想要停笔了。学生（我们有许多共同的学生）跟我说，老师，你应该让施老师再积极一些。我也不知如何回答才好。

说实在的，一个人的精力是有限的，一个人随着环境的变迁，或主动，或被迫地改变研究对象达四次之多，谁能不感到疲倦呢？2000年陈水扁当选的时候，我也同样感到非常泄气，不知道自己以后还能干什么。有一阵子只能天天读东坡诗集或刘禹锡诗集，几乎什么文章都不想写。况且，每一次面对大环境的变化而不得不自我调整时，其实都意味着生命的转型。当你对前途感到困惑，不知何以自处时，是很难提出什么见解的，只能静待另一种生机的出现。我是这样理解施老师最近这几年的心情的。

我之所以写了这样一篇似乎有些伤感的序，是想让大陆读者理解，每个人都有自己的不幸，不可能一辈子生活在幸福之中，而一个学者也是一个人，如果能从这本书中读到一个真诚的台湾学者的心情，大概同时也就能体会六十年来的台湾并不像许多大陆同胞所想象得那么美好。

写到这里我又想起陈映真。有很长的时间，他同时不被两岸知识分子所理解，现在他长期躺在病床上，大概也无法知道世界是如何变化的。想起来，施老师，还有我，都是比较幸运的，我们都看到世界似乎越来越不一样了。因此我相信，以施老师坚韧的生命力，一定还能找到另一种新的生活样态。刘禹锡有句诗说，"莫道桑榆晚，为霞尚满天"，我常常以此自我激励。有一位年轻的大陆学者安慰我说，现在四十岁只能算半成品，五十岁才算成品，六十可以成神品，七十、八十就进入圣品了。这话让人听了高兴，但倒也未必不合乎时势。想到许多大陆学者一辈子历尽沧桑，现在都八十多岁了，还读书、写作不辍，自己哪能算老？施老师也不过比我大几岁而已，她愿意整理旧作出版，应该是一种"推陈出新"的行为，至少她许许多多的学生都如此期望，这，施老师应该是知道的吧。

2012 年 10 月 3 日

（施淑:《两岸：现当代文学论集》，

北京：清华大学出版社，2014 年 1 月）

《朱晓海教授六五华诞暨荣退庆祝论文集》序

朱晓海教授即将于 2016 年 1 月从台湾清华大学中文系退休，众多受教于或受益于朱教授的后辈，筹印这部朱教授退休纪念文集，希望我写一篇序，我是义不容辞的。

我跟朱晓海教授在清华大学同事十九年，最后几年交往极为密切，本文集中参与撰稿的诸多年轻学者常与我们二人欢聚谈笑，几乎无月无之。回想当年情景，至今仍然怀念。朱晓海教授在台湾大学中文系就读时，只低我两届，在他进入大三、大四而我已为硕士生的前两年，我们曾经一起上过课（好像至少两次），我很早就知道他。清华大学的其他老师，都比我们两人年轻五六岁以上，只有我们两人属于同一世代，我们有比较多的相同记忆，聊起来可以有一些共同的话题。

促使我们两人交往比较密切的，还有一个原因，我们两人后来都没有考上台大中文系的博士班。朱教授早就引起一些老师的注意，认为他古籍读得很熟，读书有自己的见解，他没有考上博士班，曾经引发议论。我在台大的表现没有朱教授出色，没有考上博士班相对来讲就平常多了，我本人并无怨言。但我们两个居然都同样受阻于同一位教授，却让我感到有些意外。我必须坦白承认，我们后来之所以较容易亲近，是因为我很早就很同情他的遭遇，我认为那种遭遇，对他来讲是很不公正的。

我后来主动接近朱教授，是在读了他升正教授的论文集之后。在此之前，我对朱教授的学问并不太了然，因为他早期关注的是先秦典籍，而我先秦典籍的修养并不好，无法了解他的研究。他的升等论文集，主要论及汉赋及魏晋时期的文学，我拜读了其中一些篇章以后，非常佩服。他读书非常仔细，常常提出一些别人没有想过的问题，而他解决问题的方式也让我颇感惊讶，我想要了解他为什么会这样做学问，所以有时就主动找他聊天。就我的记忆，这是我们来往越来越密切的原因。

那个时候我在系里的处境已经相当孤立，而朱教授一向独来独往，所以我们不但一起聊天还一起喝酒，我喜欢跟学生聚会，他也喜欢跟学生聚会，两人的聚会常常合二为一，我们的聚会圈也就越来越大。我的学生他都很熟，他的学生我也逐渐熟悉，不属于我们两人的学生有些也来参加聚会，以我们两人为核心，形成了一个很奇特的交游圈。应该说，系里的老师对这样的现象虽然有点侧目，但他们还是容忍了，他们的学生参加我们两人的聚会，并没有受到自己老师的冷眼相待，当时清华中文系开放的学风还是很值得称赞的。这种情形，一直维持到 2003 年我从清华大学退休。当然，在这之后也时有聚会，但每年也不过几次而已，不像我退休前，常常每周都有。

当时清华中文系的老师比较年轻，认为中文系的毕业生出路有限，在本科阶段应该让他们多接触外系课程和实用课程，以便将来就业可以有更多的选择，所以并不特别鼓励学生考研究所，走学术路线。这样，在硕士、博士阶段，就形成一种独特的现象：从清华本科到硕士再到博士的学生非常少，我们所收的学生常常要从硕士甚至博士阶段才开始指导，这样的指导其实是比较辛苦的。我的情况可能比较单纯，来找我指导的学生都是要研究中国现代文学的，找朱教授的学生来源相当多，从经学到汉代学术，再到魏晋南北朝文学都有，而朱教授都尽心地一一指导，每一本论文都非常认真地修改。他曾几次邀请我参加他的学生的论文答辩，我看得出，有些文字是他添加的，我坦白问他，他说确实是他加的。可以说，他的学生的每一本论文都倾注了他不少的心血，我告诉他，如果这样，不论硕、博士，我一年顶多只能让一个学生毕业。他的完美主义、他对学术论著的执着让我自叹不如，也让我一直在思索：怎么样的指导才算尽到责任？

这又引发我另外一种感慨，我觉得，虽然朱教授的学生都非常佩服他的学问，但似乎没有人学到他的博通与精深。因为一种不好明说的原因，我不收古代诗词的学生，我常跟我的学生讲，我的专长在诗词，中国现代文学连半路出家都算不上，我只能把他们引导入门，入门后要多读当代大陆学者的论著，最好能够亲自接触这些学者，我的学生大都听我的话，我因此非常高兴。可以说，我花最大精力的诗词，并没有机会传授给我的学生，但环境逼人，也是无可奈何的。朱教授就不同了，从先秦古籍，到古文字学，到汉晋学术，再到汉魏晋南北朝文学，他精通的东西太多了，而他的每一个学生都只能学到一小部分。他的学生也都知道，但没有人有能力达到这么通博的地步，这也只能理解，最后也是无可奈何。

就说魏晋南北朝文学吧。我知道他写了许多篇西晋文学的文章，其中尤其关心陆机、陆云兄弟。我问他，陆机的重要性在什么地方，为什么我始终不能体会？他跟我说，你们从唐宋文学起家的，基本上都从唐宋、明清、民国的角度评价魏晋文学，当然无法理解陆机的重要性。经过他一点破，我终于知道我们这种唐宋派学者的盲点。譬如说，后代的人常常批评，陆机对于吴国的灭亡好像一点兴亡之感都没有。现在我已经了解这种批评完全忘记了魏晋是一个门阀士族的时代，而陆氏是东吴有数的大世家，陆家对于东吴的灭亡的感受，和唐宋以后的朝代兴亡是有很大差别的。关键是我们是从后代来看魏晋，忘记了首先要从魏晋来看魏晋。我跟他的这一次谈话虽然并不是很深入，但我由此体悟到了唐宋、明清、民国以来，评价魏晋南朝文学的方式应该重新反省。

朱教授还有一篇文章，论及西晋诗人张协的《杂诗》六首，我印象也很深刻。张协在《诗品》中被列为上品，《杂诗》六首是他的代表作，但我对这组诗并没有特别的印象，钟嵘对张协的评语我不知读过多少遍，但并没有特殊的体会。朱教授仔细分析了这六首诗所描写的题材及其遣词造句，以此说明钟嵘评张协"又巧构形似之言"的确切意义。我对鲍照的作品比较熟悉，也记得钟嵘评鲍照，说他"善制形状写物之词，得景阳（张协）之诇诡"，"贵尚巧似，不避危仄"。读了朱教授的文章，我终于体会到钟嵘对张协和鲍照的关系掌握得非常好。这个例子可以说明，朱教授对于一般人熟悉的诗文读得非常仔细，常有出人意表的解读。朱教授关于魏晋南北朝文学的论文非常多，可惜我读得太少了。由此可以推想，他在其他范围所写的论文，一定也有很多精彩的论点。看过朱教授的一些文章，浏览过一遍他的著作目录，很少有人不佩服朱教授的学问的，但遗憾的是，全面拜读他的学术论文的人可能不多，他的整体成就还有待于我们去认识。

最近几年朱教授的身体好像有点问题，不过，经过一阵子的治疗和调养，恢复得相当好，今年我跟他见了至少两次以上，发觉状况确实不错。以这样的身体和精神状况来说，六十五岁退休，只是人生另一阶段的开始。我相信他一定会善自调摄，迎接更辉煌的未来。祝福他。

2015 年 9 月 29 日

（《朱晓海教授六五华诞暨荣退庆祝论文集》，
台北：台湾学生书局，2015 年 11 月）

第三辑

被殖民者的创伤及其救赎

——台湾作家龙瑛宗后半生的历程[1]

　　龙瑛宗于 1911 年生于现在的新竹县北埔乡，本名刘荣宗，是道道地地的客家人。1937 年，他因处女作《植有木瓜树的小镇》，获得日本《改造》杂志第九届悬赏佳作奖，一举成名，并一跃而成为当时台湾的重要小说家之一。从 1937 年到 1945 年日本战败投降，龙瑛宗共发表了二十多篇小说。这些小说大多描写一个失意落寞的知识分子，充满了感伤颓废的色彩。[2] 从小说的基本情调来看，容易让人误以为，龙瑛宗是一个游离于社会之外，不关心政治社会现实的作家。龙瑛宗又因为小说风格与当时在台湾的日本作家西川满相近，受到西川满激赏，成为西川满集团的重要作家，因而被怀疑倾向日本人。其实，这都是因为没有细读龙瑛宗所有作品产生的误解。本文将以龙瑛宗后半生的历程证明，龙瑛

---

[1]　本文原载于《澳门理工学报（人文社会科学版）》17 卷 1 期，2014年 1 月。

[2]　本人已有《龙瑛宗小说中的小知识分子形象》一文，论述其战前作品，见《殖民地的伤痕》，台北：人间出版社，2002 年。

宗是一个强烈的中国民族主义者，在日本殖民统治下，他只能隐忍，在国民党的"戒严"体制下，他有意封笔。"解严"后，他重新写作，逐渐敞开长期受压抑的内心，终于让我们看清楚了他的完整面貌。

叶石涛曾回忆，他在 1944 年和龙瑛宗、吴浊流的一次谈话，他说：

> 他们俩是客人，起初用客家话叽里咕噜地说了一阵，后来看我这傻青年一句话也听不懂也就特发慈悲改用日语。
>
> 那中午的一席话的确给我带来了震惊：这多少和我饿着肚子有关，他们讨论，日军在南洋打仗节节败退的惨况到预测台湾将被解放后走向哪里去的问题。受日本军国主义教育长达十多年的我，满脑子都是日本人的神话，我相信日本是神国，绝不会有战败的一天的。……
>
> "日本真的会战败吗？"我用怀疑的口吻问道。
>
> "必败无疑！"两位先辈作家异口同声坚决地回答。"战败后，我们台湾会变成哪一国人？"
>
> "这还搞不清楚。这要看看美国军队会不会占领台湾而定。"吴浊流先生沉吟了一会儿回答。
>
> "《马关条约》的结果台湾割让给日本。日本战败，中国战胜，《马关条约》会失效。台湾可能回到祖国的怀抱。"龙先生说。
>
> "我们的祖先本来是汉人，来自一衣带水的大陆。战后变成中国人是顺理成章的事吧！不过，对于中国人和中国是什么一回事，我倒有些心得。我到过大陆。我正在写一本小说

《胡志明》，写的正是中国人与台湾人互相认同的危机。"（按，此段为吴浊流所言）[1]

从这一段话可以清楚看到，龙瑛宗和吴浊流一样，平日就非常注意时局，并努力客观分析台湾的前途。反过来说，他的小说，是在日本殖民当局高压统治下，对台湾知识分子无可奈何处境的一种曲折的反应。龙瑛宗正是以这种方式表达了他在战争时期的忧郁心情。龙瑛宗不是一个反抗型的作家，但也不是一个头脑不清楚、没有定见的人。他这种写作和处世的态度，也充分表现在光复后的生涯中。

本文即打算分析龙瑛宗后半生的活动历程，借以呈现他在艰困的历史条件下，如何坚忍地生活下去，并不失其一贯的立场。龙瑛宗的这一特殊经历，从现在来看，具有独特的历史意义，值得我们思索。

一

从1945年11月到1946年10月，将近一年的时间可以说是龙瑛宗一生最活跃的时期。我们可以从他在这一时期的活动和所写作的文章，来揣测他在光复初期的心情、想法，以及横亘其中的复杂的转折。

在1945年的11、12月间，台湾刚光复不久，龙瑛宗连续发表了两篇小说、两篇杂论。从这些文字，可以看到龙瑛宗对"光复"的某些看法。在11月10日刊出的《民族主义的烽火》（《新

---

[1] 叶石涛：《府城琐忆》，台北：派色文化，1996年，第41—42页。

青年》一卷三号）一文里，他认为，中国民族主义的源头是洪秀全的太平天国军，孙文的革命运动继承了这一精神，并传到蒋介石手中。看起来，龙瑛宗是把抗战胜利、台湾光复看作中国民族主义胜利的一环。也就是从这种民族主义的立场，他以两篇小说来表达他对光复的喜悦。在第一篇小说《青天白日旗》（11 月 15 日刊于《新风》创刊号）里，农夫阿炳看到：

> 白色阳光之下，旗子以青红色翻过来。定神一看，于左边隅角青天里象征着白日而光芒四射。
>
> 阿炳于霎时间又想起了。
>
> "呀！木顺仔。那青天白日旗啦，咱们的新国旗呢。"

当阿炳和儿子木顺挥舞着国旗向前进时，迎面来了一个日本警察。刹那间，阿炳想躲避，但：

> 阿炳又想回来，现在，是不是堂堂正正的中国人民么？害怕什么呢？阿炳牵着木顺仔和旗子，抛弃了别扭心理，毫不介意地挺胸昂首，摇摇摆摆走过去。警察呆着看他一眼，倒也让他们走过去。
>
> 木顺仔陡陡阿爸问了一声说：
>
> "阿爸，咱们从今以后不做日本人，而做支那人么？"
>
> "儿子呀！不要叫支那人，应该叫中国人，知道么？咱们是中国人。"[1]

---

[1] 原为日文，此处所引为龙瑛宗自己的中译，见《杜甫在长安》，台北：联经出版事业公司，1987 年，第 124—125 页。

在这里，主人公终于摆脱了殖民统治下屈辱的身份，胜利与光复所产生的民族自豪感明显可见。

第二篇小说《从汕头来的男子》（12月20日刊于《新新》创刊号），龙瑛宗写了一个热情爱国而又鲁莽率直的台湾青年周福山。他愤慨于日本对台湾的差别待遇，到大陆跟着叔父做生意。但又看到大陆的台湾商人借着日本帝国主义的优势，占尽大陆的便宜。他知道只有武装力量才能解救全中国。抗战爆发，他被迫回到台湾，却又整天担心中国能不能打胜。可惜的是，他在光复前夕得急病而死。在小说结尾，叙述者想着：

> 现在，台湾已归还中国，正洋溢在光复的喜悦中，台湾正需要一个纯情又热爱中国的人才，然而，在这样的时候，失掉了像周福山一样的值得敬爱的青年，太令人惋惜……他一直相信中国的光明，却无法恭逢光复这个人类史上难得的盛典，这使我相当落寞。[1]

结尾虽然有点哀伤，但全篇的重点还是在描绘周福山热情、直率的爱国形象，以及对中国胜利的渴望。

也就是在这种昂扬的民族主义气氛下，龙瑛宗写了一篇短文《文学》（同样刊于《新新》创刊号），对日据时期的文学做了深切的检讨，并表达了在新的时期再出发的决心：

---

[1] 原文为日文，龙瑛宗中译亦见《杜甫在长安》，第124—125页。但龙瑛宗在中译时将此段缩短（应该是基于艺术上的考虑），此处所引为曾健民译文，见赵遐秋、吕正惠主编《台湾新文学思潮史纲》，台北：人间出版社，2002年，第157—158页。

> 回头看看台湾的情况吧！台湾曾为殖民地；在世界史上，未曾有过作为殖民地而又文学发达的地方，殖民地与文学的因缘是很远的；即便如此，台湾不是有过文学吗？是的，曾经有过看似文学的文学，但，那并不是文学，知道了吗？有谎言的地方就没有文学，如果有也只是戴着假面具的伪文学。总之，我们非自我否定不可，我们一定要走上光明正大的道路。[1]

文章中自我批判的味道相当浓厚，似乎要否定自己以前的一切创作。但反过来讲，这也是在一种全新的、乐观的气氛中重新出发的决心，反而更能够衬托出他当时的心境。

1946 年初，龙瑛宗主编《中华》杂志，这是一个文化性的刊物，只出两期就停刊了。不过，从创刊号（1 月 20 日出刊）上的"卷头语"已可看出，这一份杂志的方向：

> 首先要昂扬"中华"的意识。我人是中华民族，我们非以中华民族为荣不可，我们中华民族是历史的主人。但这非消灭我们的封建性和落伍性，建设近代的民主主义国家则不成。…… 在此光复之际，要紧急研究祖国之文化，认识今日之立场，向新中华民族的再建前进。[2]

---

[1] 曾健民译文，见前引书第 165 页。

[2] 转引自许维育《战后龙瑛宗及其文学研究》，第 32 页，台湾清华大学中文系硕士论文，1998 年。《中华日报》文艺栏以中日对照的方式印行，此处所引为其中的中文。又，"卷头语"并未署名，但许维育、王惠珍（台湾清华大学台湾文学所副教授）、我的博士生黄琪椿（专研龙瑛宗）均认为日文版本应是龙瑛宗所作，中文版本可能是别人代译。此一"卷头语"并未收入《龙瑛宗全集》。

在这篇文章里，积极乐观的气氛并未改变，但已经提出消灭封建性和落伍性，建立近代的民主主义国家的问题。看起来，龙瑛宗已经开始意识到，光复以后，台湾仍然需要面对许多问题。2月10日龙瑛宗在《新新》第二期上发表了杂文《两人共乘的脚踏车》，文章一开头就说：

> 最近有点忧郁。因为忧郁，为了消愁解闷，试着写些荒唐无稽的小说。例如《杨贵妃之恋》等。然而，忧郁仍然固执地缠绕着我，于是决定去充满光复景象的街上溜达。[1]

这样的忧郁心情，应该是和逐渐出现的光复乱象有关系，可以和"卷头语"上所提出的问题相呼应。

不过，龙瑛宗当时的心情好像没有很大的改变，他还是以积极的态度去迎接他的下一个工作，他于3月间从台北来到台南。开始担任《中华日报》文艺栏的主编。7月以后，文艺栏改为文化栏，不过，性质并没有很大的改变，这可以说是一个从头到尾兼顾文艺与文化的综合栏目。

从整体编辑方针与龙瑛宗个人的作品来看，有几个方面值得分析。首先，龙瑛宗在《个人主义的结束——老舍的〈骆驼祥子〉》一文中（3月15日刊出）写道：

> 个人主义的悲剧是中国的悲剧。……在中国只有不自觉的自我的原始性冲动，那是个人主义与吝啬。自我若能与社会结合，才会发生自我意识而觉醒。自我是与社会确实有密

---

[1] 林至洁译，见陈万益编《龙瑛宗全集中文卷第六册　诗·剧本·随笔集（1）》，台南：台湾文学馆筹备处，2006年，第262页。

切的联系，自我的命运被包括在社会的大命运里，而且自我
意识昂扬到社会性的意识的时候，就能看到近代意识的发生。

然而，中国个人主义的产生，无疑就是中国的封建性社
会所致，除此以外没有可能。假若要克服个人主义，等于要
克服封建社会。[1]

这里的社会认识显然要比《中华》杂志"卷头语"深刻得多。
龙瑛宗把"原始底自我冲动"（本文中的"个人主义"）和中国的
封建社会联系在一起，而把觉醒的自我意识作为近代意识的基础，
这种自我意识又必须和巨大的社会变革紧密相连。龙瑛宗这种社
会意识已和弥漫于当时整个中国的左翼知识分子的社会认识相当
接近了。我们可以在龙瑛宗稍后的一篇杂文《给一位女人的书信》
中更明显地看出这一倾向：

但现今的情势仍旧无法真正地发展出文化。它可是个大
问题。台湾的命运受制于整个中国之政治。

现在的中国是落伍的文化。因此，台湾的文化也不得不
受到落伍的文化牵制。但是，切断中国落伍文化之枷锁者，
必须是中国人；而切断台湾落伍文化者，也必须是台湾人。
不能够坐着等待所有的成果实现，它必须经过战斗才能获
得。[2]

---

[1] 陈千武译，见陈万益编《龙瑛宗全集中文卷第五册 评论集》，第
210—211 页。

[2] 林至洁译，见陈万益编《龙瑛宗全集中文卷第八册 文献集》，第
18—19 页。

龙瑛宗已经清楚看出，光复后的乱象和整个中国的问题是无法分开的，而台湾的命运当然也就包容在中国问题的命运之中。现在他知道，应该怎么样去面对台湾的未来。所以他把文艺栏改成文化栏，并特别设立了"知性的窗"，以便更广泛地讨论文化、社会现实问题。

　　龙瑛宗对台湾的情况忧心，也认识到全中国的问题的严重性。但他对自己国家的热爱并没有因此减少。从 5 月 20 日到 9 月 11 日之间，他分七十八回把章陆所写的《锦绣河山》以中、日对照的方式刊载出来，就是一个证明。[1]

　　其次，从龙瑛宗自己在文艺栏所发表的文艺作品也可以看出他本人心态的改变。他仍然写了一些个人性的伤感的诗歌，如《海涅哟》（6 月 1 日）：

　　　　海涅哟
　　　　在世界尽头的小岛
　　　　有一位想念你的
　　　　可怜的诗人

　　　　那位诗人
　　　　是无名的诗人
　　　　吃着稀饭的
　　　　不歌唱的诗人

　　　　海涅哟

---

　　[1]　许维育怀疑，这可能是《中华日报》的决策在主导，见许维育《战后龙瑛宗及其文学研究》，第 37 页。

在台湾的旧街镇里

有一位想念你的

可怜的诗人

那位诗人

是无名的诗人

在光复的荫翳下哭泣的

不歌唱的诗人[1]

在这首诗中，龙瑛宗表现了他在混乱时局中的无助与感伤。不过，他向海涅呼求，应该知道海涅是个关心政治的人。他把自己的彷徨摆放在客观现实之前，这和日据时期的作品企图逃避现实还是有所不同的。另外一篇随笔和一首诗则更明显表现出了往新的方向发展的可能：

来到古都台南，我不禁想起阿尔及利亚。虽然我不曾去过阿尔及利亚，但记忆中映着电影《映乡》的情节。凶猛的太阳，乱舞的尘埃，燃烧的凤凰木，铃声响着的牛车，累积历史的古街。例如，这幅画中所出现的高砂町。该条街的附近是昔日郑成功时代台南唯一最热闹的街道。现在则弥漫着孤寂的气息，曾经三次遭到轰炸，结果变成诸位所看到的废墟。街上众人正为生活艰难而喘不过气来。街上的小孩无法如昔日的小孩一样无牵无挂地玩耍。他们是卖着甘薯的生活小斗士。三月的季节风凉爽地拂过白色的废墟和孩子们的身上。

---

[1] 陈千武译、陈万益编《龙瑛宗全集中文卷第六册　诗·剧本·随笔集（1）》，第84—85页。

（《与生活搏斗的小孩子》，3 月 21 日）[1]

> 我
> 以异国的曲调
> 唱着歌
>
> 我是
> 真正的中国人
> 真正的中国人
>
> 我
> 在心里哭泣为了老百姓
> 为了老百姓（《心情告白》，10 月 17 日）[2]

第一篇随笔是龙瑛宗初到台南时所作。他对台南的环境还感到陌生，多少掺杂了他学自西川满的异国风味（如阿尔及利亚、印度洋的 3 月季风），不过，他表现出了想要融入人群的心情。在第二首诗中，龙瑛宗明确地表示，他虽然曾经用"异国的曲调唱着歌"，但他要做一个真正的中国人，为了老百姓而哭泣。把作家的责任和民族、人民联系在一起，这样的表白，在以前的龙瑛宗是不可想象的。

龙瑛宗受到台湾光复、民族复兴的鼓舞，虽然对于时局逐渐感到失望，但由于回到祖国的怀抱，仍然有一份为自己国家而努

---

[1] 林至洁译，陈万益编《龙瑛宗全集中文卷第六册　诗·剧本·随笔集（1）》，第 264 页。

[2] 陈千武译，陈万益编《龙瑛宗全集中文卷第六册　诗·剧本·随笔集（1）》，第 86 页。

力的责任感。为此，10 月 23 日，就在日文栏即将废刊的前两天，他发表了《停止内战吧》一诗，最后一节是：

> 停止内战吧
> 和平、奋斗、救中国
> 在自由和繁荣之上建立
> 我们的美丽新中国 [1]

在失望之中，他仍然对自己的国家有着迫切的期许。

10 月 25 日，光复一周年，台湾所有杂志和报纸的日文栏一律废刊，还没有学会中文的龙瑛宗无事可做，必须另找工作。时局更令人失望，山雨欲来，在这暗淡的日子里，他发表了杂文《台北的表情》(《新新》二卷一期，1947 年 1 月 5 日)：

> 那天晚上，我独自在京町散步后，再由太平町走到大桥上，看看台北夜里的表情，台北的夜里，确有艳婉的美，但是我已经疲倦了。从前我时常抱着个希望来在这里徘徊着，但是，现在的我是很多的回想比希望更加多倍在我的怀里还生着，他更使我感着疲倦。[2]

就这样，龙瑛宗告别了他在光复初期的向外活动，这可以说是他一生唯一一次站在时代的舞台之前的公开活动。

---

[1] 陈千武译、陈万益编《龙瑛宗全集中文卷第六册　诗·剧本·随笔集（1）》，第 87 页。

[2] 原文为中文，见陈万益编《龙瑛宗全集中文卷第六册　诗·剧本·随笔集（1）》，第 271 页。

二

《中华日报》日文栏停刊后，龙瑛宗首先需面对谋职问题。他经《中华日报》社长卢冠群的介绍，到台湾省长官公署（不久之后改组为台湾省政府）民政厅（后改为处）任职，历时一年多，其后因所负责的工作裁撤而被免职。1949 年 6 月，他因友人的介绍，得以进入合作金库。从此以后，一直在合库任职，直到 1976 年 8 月退休。

从前一节所述，可以知道，龙瑛宗在 1947 年下半年，由于对时局认识的加深，已逐步转向民众文学的道路。日文的废用，使他不得不暂时离开文坛。而且，不久即发生"二·二八事件"。以他谨慎、内敛的个性，他是不可能如吕赫若去参加地下党的，也不可能如杨逵那样继续为台湾文学的前途奔走。此后，他即自甘沉默地、孜孜矻矻地在合库工作。以他认真的态度，他从办事员升为课长。而且，由于他不争不夺的个性最后竟然被委派为人事课长。据说，合作金库完整的人事制度，还是在他手中建立的。[1]

但他从来没有离开过文学。据他次子刘知甫所述，龙瑛宗下班回家后即进书房看书。当长子文甫上大学时，他亲自教文甫日文，并且教导他阅读文学，包括阿部知二、横光利一、小林多喜二（日本著名左翼小说家）、中日对照的《唐诗三百首》等。他曾想把刘文甫培养成文学评论家，又曾想让刘知甫的二女儿就读台大

---

[1]　关于龙瑛宗在合库的经历，参见许维育《战后龙瑛宗及其文学研究》，第 60—61 页。

中文系。这一切都表明,他从未忘情于文学。[1]

据刘文甫所述,曾有国民党方面的人士知道龙瑛宗在岛外(按,当指日本)小有名气,希望他写一些文章。他不愿意被利用,索性封笔。文甫又说,他父亲在 20 世纪 50 年代对大陆极为向往,常偷听对岸的广播,到"文化大革命"发生时才感到失望。[2] 不过,他始终对国民党政权极为不满,每谈到时,会气得发抖。这一切可以说明,龙瑛宗虽未忘情于文学,但对台湾政局不满,因此不愿意写作。[3]

20 世纪 70 年代以后,台湾社会发生大变化,要求民主化的呼声愈来愈大,乡土文学思潮兴起,"党外"政治运动不断蓬勃发展。这种情况,当然为龙瑛宗所乐见。这时,日据时期的作家也逐渐有人谈论,并重刊或翻译他们的作品,其中以杨逵最受瞩目。

龙瑛宗日据时期小说的中译本问世,比杨逵晚得多。1978 年,张良泽所译的《植有木瓜树的小镇》和《一个女人的记录》刊出,1979 年远景出版社出版《光复前台湾文学全集》,第七册收入龙瑛宗七篇小说。这时,龙瑛宗作为日据时期重要小说家的成就,才能稍为战后的台湾读者所认识。1985 年,兰亭书店出版龙瑛宗的小说集《午前的悬崖》,收入十一篇,与前书合计,去其重复,共

---

[1] 参见许维育《战后龙瑛宗及其文学研究》,第 62、65 页。

[2] 龙瑛宗的次子刘知甫跟我说,龙瑛宗存有许多剪报(现存放台湾文学馆),这些剪报很多是大陆的消息,特别是有关军事力量(包括试爆原子弹)的消息。我曾把这件事告诉叶荣钟的女儿叶芸芸,叶芸芸也说,她父亲也是这样做的。由此可见,他们两人(也许还有一些老文化人)一直在关心大陆的发展。

[3] 本段刘文甫讲的话均见许维育《战后龙瑛宗及其文学研究》,第 66 页。

十七篇。至此，旧日龙瑛宗的面目才略为完整地呈现出来。

当时，主要翻译龙瑛宗旧作的是张良泽和钟肇政，他们都和龙瑛宗时有接触。特别是钟肇政，他和龙瑛宗同为客家人，常找龙瑛宗。1976 年 10 月以后，钟肇政接编《台湾文艺》，1978 年 7 月又接任《民众日报》副刊主编。龙瑛宗不满足于只让旧作重新问世，又拿起笔来持续写小说，应与钟肇政的鼓励和为他寻找发表园地有关。

不过，龙瑛宗本人显然也有重出江湖的愿望，事实上，从 1976 年 8 月退休以后，他已闭门在写小说。据许维育根据龙瑛宗手稿及自订年表排比，从 1976 年到 1979 年，他的新作如下：

> 《妈祖宫的姑娘们》（中篇）1977 年 6 月脱稿
>
> 《夜流》1977 年 10 月脱稿
>
> 《月黑风高》1977 年 11 月脱稿
>
> 《红尘》（长篇）1978 年 11 月脱稿、1979 年 2 月修订完成 [1]

这些作品都是用日文创作的。到 1979 年 5 月，《夜流》才发表于日本杂志，6 月 21 日之后，钟肇政中译的《红尘》才开始在《民众日报》连载。因此，可以说，龙瑛宗在不为人知的情况下创作长达三年。这可以看出，他再出发的强烈心愿。

龙瑛宗复出文坛的奇异之处在于，写出四篇日文小说之后，他决心要开始用中文写作了。修订完《红尘》不久，他就在一篇用中文写的杂文上说：

---

[1]　许维育:《战后龙瑛宗及其文学研究》，第 75 页。

我到了人生的暮年，仍未亲身以中文写小说，察觉是很遗憾的事，假如健康许可的话，我想写短篇小说。但愿有生之年，以中文来创作，这才有面子去看祖先们。[1]

这里面最值得注意的是"这才有面了去看祖先们"这句话。如果刻意深求的话，也许在这时他已有了"如果可能，要到大陆看看"的想法（此点详后）。根据他的自述，他于 1979 年以中文写出《断云》，1980 年写出《杜甫在长安》。对于他这一次的经历，他还有两次回顾：

我便告诉坐在旁边的王诗琅兄：我想写杜甫的故事，您老兄也写小说吧！……我已经下定决心，趁此机会，不管写得是好是坏，一定以中文来创作。[2]

1979 年，我曾向王诗琅兄说："我们从事创作吧！"终于得到一篇《沙基路上的永别》的名作。那年，我开始由日文写中文。[3]

就在他努力与中文搏斗的时期，张良泽刚编完《钟理和全集》，为了系统地整理、翻译龙瑛宗的著作，找上了门。对这件事，龙瑛宗如此回忆：

---

[1] 《身边杂记片片》，《民众日报》副刊，1979 年 3 月 23 日。见陈万益编《龙瑛宗全集中文卷第六册　诗·剧本·随笔集（1）》，第 329 页。

[2] 《一个望乡族的告白》，《联合报》副刊，1982 年 12 月 16 日。见陈万益编《龙瑛宗全集中文卷第七册　诗·剧本·随笔集（2）》，第 33 页。

[3] 《怀念杨逵兄》，《文讯》17 期，1985 年 4 月。见陈千武译，陈万益编《龙瑛宗全集中文卷第七册　诗·剧本·随笔集（2）》，第 110 页。

张良泽氏整理了钟理和作品后，有一次，偕同郑清文、赵天仪两氏来我家。邀我把日文稿子整理后交付他。我虽然感谢他们的厚意，还是拒绝了。这是由于我的学习中文，迟迟难于进步之故。如果学习无望，则宁愿从此封笔，甚至废弃做一名作家。[1]

"宁愿从此封笔"，这么强的决心，真是令人惊讶。我个人曾经听郑清文先生谈起一件事：龙瑛宗的中文作品有一次被《联合报》副刊退稿，他很生气，郑先生劝他，既然如此，何不用日文创作，再由他们翻译？龙瑛宗非常不以为然。这些都可以看出，龙瑛宗非常在意自己能不能成为一个中文小说家。

龙瑛宗的中文创作，最值得注意的是《杜甫在长安》。虽然在这之前，他已用中文写了《断云》，但他一直把《杜甫在长安》列为他的第一篇中文小说。据许维育所说，龙瑛宗日据时期通过日文读杜甫，并由此认识唐代。他写过一首日文诗《杜甫的夜》，其中有句云：

> 我是
> 悲哀的浪漫主义者
> 现在
> 静静地与您相对 [2]

---

[1] 《午前的悬崖》自序，台北：兰亭书店，1985年，第7—8页。

[2] 林至洁译文，见《联合文学》12卷12期，1996年10月。龙瑛宗的自译如下："我是悲哀的浪漫主义者／在此／静静地相对着"，发表于《自立晚报》，1979年3月20日。

可见他对杜甫的认同感，他把两个儿子都命名为"甫"（文甫、知甫），也是这种心意的表现。[1]而他坚持要成为中文小说家的第一篇作品，就是《杜甫在长安》。对于他这篇小说所要表达的心意，他毫不讳言：

> 自从祖先来台湾，已经有一百五十年以上的历史了。祖父、父亲和我三代，未曾踩着大陆的故土去扫墓。偶尔幻想着大陆河山，而老迈与日俱增。望乡之情，令我写了短篇《杜甫在长安》。[2]

据别人转述，他还说过这样的话：

> 我出生时，台湾已割让给日本，我从小受日本教育，长大后爱看的文学作品，也都是日文的，但是我清清楚楚地知道自己是中国人，心中一直希望能为中国文化做点事，现在我努力用中文写成《杜甫在长安》，想透过作品告诉读者，中国在一千多年前已有世界最高度发展的文化。[3]

这段话最值得玩味的是："想透过作品告诉读者，中国在一千多年前已有世界最高度发展的文化。"如果对照20世纪80年代以后，"台独"言论逐渐出现，弃绝中国、藐视中国的言谈时时见之

---

[1] 龙瑛宗与杜甫的关系，参看许维育《战后龙瑛宗及其文学研究》，第119页。又，刘知甫说，他父亲到苏州时，想起杜甫的姑姑住在苏州（许维育《战后龙瑛宗及其文学研究》，第119页），可见龙瑛宗对杜甫的一切极为熟悉。

[2] 《一个望乡族的告白》，见《杜甫在长安》，台北：联经出版事业公司，1987年。

[3] 陈白：《山河之爱》，见《联合报》编辑部《宝刀集——光复前台湾作家作品集》，台北：《联合报》，1981年，第62页。

于文，那就更能了解龙瑛宗说这些话的用心与勇气。因此，连颇受"台独"思想迷惑的许维育都很肯定而且明白地说：

> 龙瑛宗将《杜甫在长安》与他自己对中国的孺慕之情加以联结；当龙瑛宗决定要以中文创作小说时，由中文牵引出的中国影像便浮现出来，而龙瑛宗脑海中最为向往的中国影像，则是古中国的唐朝盛世，以及那个时代中的杜甫。[1]

这是对《杜甫在长安》的写作用心所做的非常正确的评断。

龙瑛宗一生最令人惊讶也最令人佩服的一件事是：在1987年11月开放大陆探亲以后，他虽然已达高龄（77岁），而且，前列腺开过刀，引发十二指肠溃疡，大病一场，身体虚弱，无法久站，[2]仍立即于次年赴大陆旅游。他以前是"偶尔幻想着大陆河山"（见前引），现在则非亲眼看看不可。他一共去了三次：

> 1988　北京、南京、上海、桂林等之旅。
> 1990　初夏，新疆、西安等丝绸之路之旅。
> 1991　成都特访杜甫草堂及长江三峡、黄山之旅。[3]

1990年他游西安时，是由陪同旅游的刘知甫把他背上大雁塔的。[4]据刘知甫所述，龙瑛宗：

---

[1]　许维育：《战后龙瑛宗及其文学研究》，第118—119页。

[2]　龙瑛宗晚年身体状况，见许维育《战后龙瑛宗及其文学研究》，第137—138页。

[3]　1988、1990、1991三条文字，为龙瑛宗《自订年谱》之文字；见《红尘》，台北：远景出版事业有限公司，1997年6月，第305页。

[4]　本人多年前与刘知甫通电话时，听刘先生所说。

> 游西安大雁塔时，刚到塔底便伫立许久，其他观光客都已经上塔又下来了，他还站在塔底仰首凝望。[1]

看到 79 岁（传统算法是八十）的龙瑛宗的这种形象，真是令人既感慨，又感动。

龙瑛宗在自传性小说《暗流》里，这样写着：

> 杜南远天天在夜里看见了幻觉。那是叫人藐视的支那人的面貌，留着辫子的枯瘦长脸的人。苍白颜色诚然为了生活憔悴极了的面容，在一片黑暗里坐着朱红板圆凳椅子，苍白脸庞盯着杜南远一动也不动，一到了夜晚，总是出现了那个面貌，带稍忧愁的脸庞，好像要诉说什么伤心事，但好像又不是。[2]

这样的"支那人"的形象是龙瑛宗在日本殖民统治时代屈辱地背负起来的。他坚忍而畏缩的一生就是一直活在这阴影底下。在《月黑风高》这篇小说中，他写道：

> 究竟我是中国鬼，抑是日本鬼？如果，让我自由选择的话，我宁愿不做大日本帝国的三等国民，而甘心做个中国鬼。那个中国人到底是怎么样的人种呢？你们还记得吗？有一段时期，中国人被帝国主义者，看作狗类而不是人类。你们不会忘掉吧。咱们的神圣领土上，公园入口处立着告示牌：支那人及狗不准进来。一段时期的日本人，指汉民族是支那人，

---

[1] 刘知甫对许维育所说，见许维育《战后龙瑛宗及其文学研究》，第119 页。

[2] 龙瑛宗：《杜甫在长安》，第 29 页。

而不肯承认中国人的过去有辉煌文化历史。所以，我再说一次，我不愿做帝国主义者的奴隶，甘愿做自己历史的主人翁。[1]

他要做"自己历史的主人翁"，所以，即使是八十岁了，他仍然要登上大雁塔，眺望祖国的山河。在《杜甫在长安》中，他曾经借着登上大雁塔的杜甫之眼，在幻想中望过一次，现在他真正地望到了。以这样的背景来阅读《杜甫在长安》，虽然意识到龙瑛宗的中文不顺畅，仍然会被其中贯注的热情所感动。

三

龙瑛宗的后半生是令人惊叹的。在日据时期，他因《植有木瓜树的小镇》而成名后，因其文学风格与西川满相近，而被西川满所赏识，成为西川满周围最重要的小说家，并因此而引起与西川满对抗的张文环、吕赫若等台湾作家的疑虑，以为他丧失立场，后来才发现是误会。[2]20世纪80年代，龙瑛宗的旧作被翻译出版以后，一般论者也只注意到他作品中的感伤、颓废色彩，因此没有得到应有的重视，论者寥寥。这些都妨碍了人们真正去理解龙瑛宗。

战后龙瑛宗的第一个引人注意之处是，他在光复初期，因复归于本民族而产生兴奋之情，一直努力要摆脱以前那种小知识分子的感伤气息，企图向民众文学靠拢。他迅速地认识到，台湾必

---

[1]　龙瑛宗：《杜甫在长安》，第138页。

[2]　参见罗成纯：《龙瑛宗研究》，《龙瑛宗集》，台北：前卫出版社，1991年，第256—258、236—244页。

须和全中国同命运，并殷切盼望终止内战。他的行动能力远比不上吕赫若和杨逵，但他对大局的了解跟他们不分上下。这一切都证明，日据时期那种感伤文学主要是时代使然。在殖民统治下，他心灵所受的创伤不下于当时任何反抗型的作家。

其次，在国民党高压统治时期，他完全不被"反共"宣传所惑。为了不被利用，他选择停笔，同时，还留心大陆的发展。这证明，虽然在两岸隔绝的状态下，他仍然从全民族的立场来思考、来观察。

因此，在时势改变之后（20 世纪 70 年代以后），他积极投入，决定再出发，"希望能为中国文化做点事"（见前引）。他不辞辛苦以 68 岁高龄学习中文写作，并且无视当时与他亲近的友人钟肇政、张良泽及其他台籍文化人越来越明显的"台独"倾向，明白表示他对中国的认同。

最后，当两岸可以来往，他以最快的速度到大陆旅游，而且一去三次，跑的地方都是著名的古都、名胜。他的大陆之行可以说是他临终之前精神上的"落叶归根"之旅。从心灵上来说，这是他长期被殖民统治屈辱、挫伤，被国民党高压统治阻碍、推迟，历尽种种挫折，最后的民族感情的宣泄。我相信，他对自己一生的结局一定相当满意。

2002 年，叶石涛被邀请到日本演讲，接受山口守访问时说，"若要从台湾的主体性来思考时，杨逵先生根本是不合格的，那个人根本是大中国主义者，龙瑛宗也是不合格的"。还说，这会影响他们在台湾文学史上的地位。[1] 这样的批评其实正是对龙瑛宗的

---

[1] 见《专访叶石涛》，《叶石涛全集》第 12 册，台北：台湾文学馆、高雄：高雄市文化局联合出版，2008 年，第 442 页。

"表扬"，同时也阻断了"台独"派学者以己意"诠释"龙瑛宗的道路。其实，龙瑛宗的立场，在本文所举的一些引文中已经说得够明白了，只是"台独"派不愿意正视而已。从台湾历史所走的艰难道路而言，龙瑛宗的一生过得极艰苦、极隐忍，但从未丧失对本民族的热爱和信心。

他和许许多多的反抗型作家一样，都值得我们钦佩和尊敬。[1]

---

[1]　本文据未发表的十年前的旧稿修改，修改时我的博士生黄琪椿根据后来出版的《龙瑛宗全集》复核引文，改注引文出处，谨此致谢。

一个台湾青年的心路历程

——从"皇民化"教育的反思开始

　　现在台湾知识界在论述日据时期台湾历史时，根据的常常是"想象"，而不是史料。譬如，日本人如何把台湾"现代化"起来，台湾人如何顺从日本人的殖民统治等。很多人都忘了，日本人殖民统治台湾五十年，前二十五年台湾人从来就没有中断过武装抗日活动。台湾人的桀骜不驯，让日本殖民统治者极为头疼。日本极著名的启蒙思想家福泽谕吉还说过：日本要的是台湾这块土地，而不是住在这里的人。"岛民之有无不可置于眼中……不能堪者迅予驱逐境外，并没收其财产，不必客气。"

　　关于日本人对台湾现代化的贡献，我想举一个亲历的例子。在一个口试场合，针对一篇有关 20 世纪 50 年代台湾文学现代性的论文，我说：我所知道的 50 年代台湾农村是这样，我小时候还用过井水，用过煤油灯，用过最脏最臭的粪坑，等等。当时在场的另一位口试委员马上反驳说：日据时期台湾社会不是很现代化了吗？他相信现在的流行说法，而不相信我小时候的经历，我还能说什么呢?

日据时期的台湾人,事实上并不具有与日本人相等的"国民"和"公民"的身份,他们没有服兵役的"权利"。"二战"期间,不论是自动或被迫上战场,都只能算"志愿兵",只能当"军夫",不能拿枪(少数民族例外)。一直到太平洋战争末期,日本本土人力资源不足,才修改法律,让台湾人服兵役,但刚要实施,日本就投降了。也就是说,台湾人是没有资格当"日本人"的,这只要读读陈火泉写的《道》,就可了解当时台湾人的"悲苦"心境。

太平洋战争末期,当美军以跳岛战术迫近日本本土时,只剩下台湾和冲绳可守,日本最终选择守冲绳,让冲绳人在战役中牺牲惨重(全部死亡人数 50 万,以冲绳人占最大多数),台湾侥幸逃过一劫。我原以为是美军选择攻冲绳,有一位日本学者告诉我,是日本人选的,因为日本人最后认为,台湾人"不可靠",可能暗助美军,所以选择守冲绳。

以上这些事例,可以说明,现在台湾知识界流行的台湾史观,距离事实有多遥远。

最具有混淆作用的是台湾的"皇民化"问题,现在的主流看法似乎认为,当时的台湾人都想当"皇民",事实刚好相反。"皇民化"是一项政策,是日本军国主义为了动员台湾人民"协力"战争而强力推行的同化政策。针对这一政策,台湾知识分子绝大多数消极抗拒。譬如庄垂胜的儿子从母姓姓林,庄垂胜教他儿子跟日本老师说,日本也有姓林的,不必改姓。只要是中国人,除了少数人之外,谁愿意贪图一点小小的利益而辱没祖先,把姓名改掉,这样的政策注定不能成功。而且,日本在台湾所进行的现代教育并不普及,农村地区的日语教育尤其不好。陈明忠先生讲过一个故事：他的同学迟到，老师要他说明理由，他说：我家的猪妈妈发疯，父母要我带她去给猪爸爸打（母猪发春，带它去找公猪），所以迟到了。这是日语教育在农村推行的成果，这又如何让台湾农民"皇民化"？如果"皇民化"真的很成功，又如何解释光复之初台湾人自动自发欢迎国军、自动学习中文的情景？这些情景有大量报道和照片为证，不可能造假。

不过，"皇民化"在台湾知识分子的精神史上仍然具有值得反思的意义。日本殖民者在鼓吹"皇民化"时，应用了这样的宣传策略：日本是世界最文明、最进步的国家，而台湾社会至今仍很落后，所有的习俗都不好。只有台湾人彻底"皇民化"，抛弃台湾原有的一切，台湾社会才可能进入文明之林。这样的理论绝对骗不了像吕赫若、张文环、龙瑛宗这种文化素养深厚的知识分子，但对根基较浅的人仍然会有某种程度的蛊惑：因为他所看到的日本东京的进步和台湾的落后是明摆的事实。谁都希望台湾进步，但台湾要进步，真的只有"皇民化"一条路，以台湾的彻底"洗心革面"、完全抛掉"自我"为代价吗？这就是王昶雄小说《奔流》所要表达的"痛苦"。其实这完全是假命题，吕赫若很容易就可以拆穿。

做了以上的背景介绍以后，我们可以开始谈论这本《双乡记》的价值。它写的是光复前后台湾青年叶盛吉短促的一生。叶盛吉生于1923年，从小生长在"皇民化"的台湾家庭中，但也从小就深刻体认到自己是被殖民者的屈辱身份。他在日本读二高和东京帝大的五年间，一直在日本"大东亚圣战"的所谓"八纮一宇"的"理想"和自己的屈辱身份以及难以去除民族意识的矛盾中挣扎。日本投降后，他回台大医科继续就读，目睹国民党的劣政，勇敢地加入共产党地下组织，于 1950 年 5 月被捕，11 月被枪决。

叶盛吉殉难后，留下数量庞大的日记、笔记、狱中书信和临死前所写的《自叙》。由于他的遗孀和遗孤不避危险，妥善保存，这些资料竟然完好地保存下来。四十年后，他二高和台大时代的至交杨威理，以自己和叶盛吉交往的经历为基础，充分参考了这些资料，写下了这本感人至深的叶盛吉传记。

我个人认为，《双乡记》最大的价值在于，它充分表现了日本的殖民经验在台湾知识分子身上所刻画下来的严重的心理伤痕。叶盛吉遗留下来的大量笔记，记载了他复杂的思考过程，生动地反映了他犹如困兽一般左冲右突的挣扎和追寻。由于历史所经历的艰困和苦难，日据时期台湾知识分子的心理纠葛很难留下记录。叶盛吉的笔记弥补了这一空白，是非常珍贵的史料。

日本的殖民统治，对叶盛吉来说，是爱、恨纠结的原点。叶盛吉回忆他十七岁到日本进行"修学旅行"时，这样说：

> 第一次目睹日本的美丽与繁华，在我心中栽种了对于日本极为强烈的向往之情。
>
> ……京都、奈良的名胜古迹，东京、大阪的繁华，还有那闪烁炫目的霓虹灯……时时都在我脑海中燃烧，在归途的航船上，每一回想，流连之情，油然而生。

可见日本是叶盛吉认识现代文明的启蒙者。同时，叶盛吉在二高读书时，也和日本教师、同学甚至当地一些民众，结下深厚的情谊。所以，叶盛吉说，他从小就在心中栽种了一个"故乡日本"。

不过，这个日本同时也是痛苦的源头，他在笔记中反省道：

日本人嘲笑台湾人爱吃猪肉，特别爱吃那腥膻的猪肉；嘲笑台湾人洗脸时来回在脸上抹，买茶壶时，挑来挑去，里里外外看个没完，直到认为完美无缺时才买。要不就说台湾人贪财如命，特别小气，仿佛说这些就是台湾人共有的性格。这种话也不知听过多少遍，为之悲愤填膺，不知凡几。

　　任何民族，无论这个民族是怎样处在这个落后状态，不懂科学，不讲卫生，而他们的故乡，他们的习惯，对他们来说，都是绝对的东西。即便有一天他们接触到其他更高级的文化、文明，或者会一时地陶醉其中，而不久，随着时光的流逝，他们也还要怀念自己的故乡，怀念过去的生活和习惯。

　　我痛切地认识到，在观察不同事物时，必须用不同的尺度、不同的概念去衡量才是。

　　叶盛吉所批评的正是日本人在明治维新成功以后，对亚洲人所表现的非常严重的歧视现象。在他们的"皇民化"论述里，日本的一切都是好的，中国、朝鲜以及其他亚洲国家的习俗都是应该鄙视的。然而，他们还大言不惭地谈论"八纮一宇"的理想！叶盛吉终于了解到：

　　而孩提时代，那灰暗陈旧的房子，亲戚家的婚丧嫁娶，接触这些生活，接触这些习俗，还有乡下庙会的风情，人山人海，小贩的叫卖声，唱戏的喧闹声，以及化装游行和花车等等往昔的印象，在我心里又塑造出了另外一个故乡。

　　当他在二高读书感到孤独时，也只有回忆这一个"源于血统和传统"的故乡，可以抚慰他的心灵。

叶盛吉在二高时代的挣扎，就在于：源于教育的"故乡日本"和源于传统的"故乡台湾"的不可妥协的冲突，而这一冲突的原点，就是日本极端蔑视被殖民者的高高在上的态度。

被不少人误解为屈从于日本殖民统治的龙瑛宗，晚年坚持以稍嫌稚弱的中文创作。他在《月黑风高》中这样说：

> 究竟我是中国鬼，抑是日本鬼？如果，让我自由选择的话，我宁愿不做大日本帝国的三等国民，而甘心做个中国鬼。那个中国人到底怎么样的人种呢？你们还记得吗？有一段时期，中国人被帝国主义者，看作狗类而不是人类。你们不会忘掉吧。咱们的神圣领土上，公园入口处立着告示牌：支那人及狗不准进来。一段时期的日本人，指汉民族是支那人，而不肯承认中国人的过去有辉煌文化历史。所以，我再说一次，我不愿做帝国主义者的奴隶，甘愿做自己历史的主人翁。

叶盛吉在长期挣扎之后，就像龙瑛宗所说的，最终选择"做自己历史的主人翁"，投身于中国革命的洪流，为中国的未来而奋斗，并为此而牺牲性命。

现在的我们，不但不能理解他们那几代人的心灵悲剧，还要放肆地说，他们如何感谢日本人、如何想要当日本人。我们如何对得起他们？

如果我们想认真了解我们的先辈、了解他们为了台湾前途，不惜冒险犯难，甚至牺牲性命也在所不惜，这就是一本绝对不可错过的好书。

2009 年 8 月 2 日

补记：文中所引述福泽谕吉的话，见《福泽谕吉的台湾论说起（三）》(《台湾风物》42卷1期，1992年3月，第133页）。庄垂胜抗拒"皇民化"的事，见林庄生《怀树又怀人》(自立晚报社，1992年）。关于王昶雄《奔流》以及吕赫若小说对"皇民化"问题的反应，较仔细的分析，请参看吕正惠《殖民地的伤痕》(人间出版社，2002年）。

（杨威理著，陈映真译：《双乡记：叶盛吉传》，

台北：人间出版社，1995年3月初版，2009年8月再版）

难忘的老同学

——龙绍瑞《绿岛老同学档案》序

"老同学"是 20 世纪 50 年代台湾左翼老政治犯彼此之间的称呼。不论他们在绿岛被关押多久,他们认为,绿岛是他们一生学习的最重要的地方。他们仿佛在那边上了大学,从五年、十年,到二十年、三十年,时间长短不等,但学习到许多知识以及做人做事的道理,最重要的是,学习到人生需要有理想与坚持,这一点大家都是一样的。

我于 1992 年加入中国统一联盟,有机会见到许多老同学。那时候,常参加活动的至少还有两三百人,但因相处的时间不长,留在我记忆里的人并不多。常常要时过境迁,听别人谈起某某人的事,我才能对上号,可惜他已经走了。我很希望将来能够将别人对他们的记忆与记录搜集成书,一本一本地出版,他们实在令人难以忘怀。

1995 年我代表统联,南下高雄,参加统联高屏分会的年度大会。分会长到小港机场接我,我们从机场大厅走到停车场,他开的是小发财车，原本放货的地方坐着一个蓬头散发的农妇，完全是乡下装扮。他跟我介绍，说是他太太。分会长穿着西装，虽然老旧，但看起来还是有一种气派，完全没办法把两个人连在一起。我内心有点震动，但还是很自然地跟他谈起他的家庭。他说，他在绿岛的时候，太太很想念他，每逢可以会面的日子，她一定不辞辛苦赶去。后来她实在承受不了压力，精神有点不正常。他出狱后，她无论如何也不肯离开他，出门一定要带着她。我内心非常感动，下车走到会场的途中，我就一直跟她用闽南话聊天。几个月后，我们在台北举办游行，他们夫妻都来了，他太太看到我非常高兴，还跟我打招呼，她显然记得我。

第二年我又去，分会长换成谢秋波，他也去接我，途中我跟他谈起他的案情。他说，他爸爸是日据时代农民组合运动的地方领袖，讲义气，好交朋友。50年代大逮捕时，很多人躲到他家，他爸爸一律收容，因此也被捕了，而且还被判了死刑。他认为他爸爸并没有参加组织，即使是窝藏"匪谍"，也罪不至死。特务认为，他不可能不受他爸爸影响，也把他抓了，把他打个半死，要他承认。他紧闭着嘴，一声不吭，只用仇恨的眼光瞪视着他们。他被判十年，那一年他只有十六岁。讲完这些，他紧抿着嘴唇，两眼闪闪发光。有短短的几秒，我竟不知如何接上话。

在某次分会大会上，我看到一个人推着轮椅进来，轮椅上坐着一个上身挺直，两眼炯炯有神，头已全秃的老人。他一到报到处，就从口袋里掏出一叠厚厚的钞票，交了出去。我非常惊讶，找个空当问别人，别人告诉我，这是在屏东卖咸鸭蛋的辜金良。以后我逢人就问这个人，最后终于认识他太太许金玉。许金玉告诉我，老辜很顽固，明明已经不能走路，还要赶到台北参加游行。

别人只好把他抬上飞机，再把他抬上游行的指挥车。老辜和许金玉当年开始做咸鸭蛋时，真是备尝艰辛。这个咸鸭蛋行后来全省知名，他们要退休时，想找个年轻的统派继续经营，但没有人受得了苦，只好顶让给别人。他们夫妻辛苦一辈子，但大部分的钱都捐出来赞助统派的活动。老辜已经去世多年，但我一直记得第一次见到他的情景。

在这本书的几篇短文里，龙绍瑞也记下了他对一些老同学的回忆，这些我多半不知道。我也听过别人谈起一些老同学，这些龙绍瑞也没有记录到。如果能够尽力地加以搜集，我相信可以重构一个时代的历史，而这个历史却是全部被遗忘的，即使有少数人知道，也是被极度扭曲的。我记得有一次我们到机场迎接唐树备，被民进党的群众包围，出来时他们向我们丢鸡蛋，年纪最大的老先生吴金地因为走得比较慢，有三个鸡蛋丢到他身上，一身衣服有黄有白，旁边几位老先生用卫生纸帮他擦拭。这情景真是让人既生气又悲哀，可悲的不是老先生，而是那些既不讲理又不懂事的群众。当他们以为是在侮辱这些可敬的老先生时，他们其实是在侮辱自己。他们完全不了解这些老先生的历史，不了解他们为了台湾的前途无私地奉献的一生，还认为他们"出卖台湾"，我不知道对这些无知之徒还能说些什么。

"台独"派常常说，台湾的精英都在"二·二八事件"中消失了，这种说法其实并不准确。在"二·二八"之后被整肃的台湾人，都是在地方有地位、有声望的士绅，主要是因为他们参加了各地的处理委员会，人数并不多。在这之后的"白色恐怖"中，大批的台湾年轻人被捕、被枪杀、被关押。被判死刑的如许强、郭琇琮、吴思汉、钟浩东等等，都是其中最杰出的代表。关到绿岛去的，虽然没有他们的学识与见识，但都富有正义感，能吃苦，肯牺牲。如果这整批人都能保留下来，台湾的社会发展一定会完全不一样。应该说，是国民党"宁可错杀一百，也不可放过一个"的整肃政策扭曲了台湾的发展方向，造成今天台湾这种自我封闭、既自大又短视、完全看不清前途的局面。

台湾地区是在甲午战争中国战败后，被迫割让给日本的。没有近代日本帝国主义的发展，台湾就不会被迫和祖国分离，也不会有后来长达五十年被日本压迫和歧视的历史。抗战胜利后，台湾虽然光复了，但中国随即发生内战。在内战中得到人民拥护的共产党虽然打赢了内战，基本上统一了全国，但美国为了围堵新中国，完全罔顾国际法，凭借着强大的国力悍然介入中国内战，再度把台湾同祖国割裂出来。20 世纪 50 年代国民党把具有强烈民族主义倾向的左翼分子在岛内加以肃清后，由于它和美国长期进行的"反共"、亲美的教育，现在的台湾人都已经不了解这一段历史了。一般人还反过来把自己和自己的祖国对立起来，认为自己是文明进步的，而中国是专制落后的，统一就是对自己最大的戕害。这种历史观目前已面临最大的挑战，而台湾的一般人仿佛一点感觉也没有，还生活在过去错误的观念中。

台湾一般人总认为，美国和日本永远是世界上最进步、最文明的国家，而中国永远只能沉沦于野蛮和落后之中。他们和西方人一样，不相信中国人可以靠着自己的奋斗和努力，重新在世界中站立起来，并且还能继承过去悠久光辉的文化，重新焕发出中国文化的新纪元。然而，20 世纪 50 年代被清洗的台湾年轻一代却都怀抱着这个理想，为重建这样的新中国奋不顾身地参加革命。他们牺牲了，他们长期被忘记了，或者现在还有人把他们看成不可理解的怪物，但历史终究是往前发展的，现在几乎已经证明了，他们的努力方向是正确的，他们虽然牺牲了（有人丧失了性命，更多的人历尽艰辛地生活在底层，很少有人关怀），但他们的牺牲是有价值的。新中国的成立与强大，就是靠着许许多多中国人的牺牲与奋斗才最终达到目标的，其中，就包括50年代整个被整肃掉的台湾的爱国左翼青年。

本书记录的这些老同学中，赖丁旺讲的一段话最有意思。赖丁旺出生于贫农家庭，只读了日本时代的公学校，就必须自立谋生。凭着他的积极向上、刻苦努力和善于交朋友，光复初期已被地方的有力人士推荐为代理乡长。然而就在这个时候，在"白色恐怖"的气氛下，他却被诬告参加"匪党"，在找不到任何证据的情况下判刑十年。要是别人，可能会呼天抢地，怨天尤人。但他在绿岛的十年中，却诚心诚意地跟他所佩服的左翼政治犯悉心学习，终于了解了中国革命的意义。出狱以后，虽然必须在最艰难的条件下谋生，但还是把握机会学习，随时掌握国际资讯，并且注意中国的发展。他在自传的开头就说：

> 我这一生很幸运。在我出生时，台湾被日本占领，祖国非常衰弱，看不到希望在哪里。现在我已是老年人。中国在共产党领导之下，度过了革命最艰苦的阶段，今天祖国的实力，已经可以说是世界的强国。目前中国所面临的各种问题，一定能够克服，国家统一也是早晚的事。尽管我是付出了代价，但回忆起来，还是很欣慰的。

自己被冤枉关了十年，完全丧失了一般人观念下的"前途"，可以说一生都毁了，却认为"我这一生很幸运"，就是因为这十年在绿岛的学习，让他张开了眼睛，了解了世界大势，知道自己跟祖国同其命运，自己的小我已经汇入祖国的大我之中，一生没有虚度，所以他是幸福的。他又从反方向检讨自己的一生，说：

> 有时候我想，如果当时没被逮捕，而是继续留在楠西，很可能我再做了乡长，就去参加地方上的派系，跟别人争夺利益，然后一直堕落下去。

他所谓的堕落，其实就是一般人心目中的成就；他所谓的幸福，在别人看来是大大的不幸。这就是老同学，虽然他们一辈子充满了苦难，但他们认为他们过得很有意义。

现在我们也许都觉得，台湾是在没落之中，而我们一向仰慕的美国和日本也在没落，似乎世界已经没有什么希望了。但如果我们向着老同学的思想方向去改变，说不定我们就会跟老同学一样，感到未来的希望是我们的。老同学之所以值得佩服，不只是他们的人格，还有他们对历史的把握，和对思想、理想的坚持。

2012 年 12 月 17 日

（龙绍瑞：《绿岛老同学档案》，
台北：人间出版社，2013 年 1 月）

历史的重负

——《白色档案》序

我从小就喜欢读历史，从最枯燥无聊的中、小学教科书到有趣而不大可信的杂史、逸事，都读得津津有味。高中时代尤其喜欢读现代史，常到牯岭街旧书摊搜购过期的《传记文学》杂志，也尽可能地到图书馆借阅有关书籍。那时候年纪小，"纯洁而富正义感"，读到历史的一些不幸的变化，常"扼腕叹息"。譬如民初讨袁的失败、北伐前的国共合作，以及抗战胜利后"剿匪戡乱"的失利，都是民国史上令人痛心疾首的事，让身为年轻学子的我一再地"掩卷长叹"。

以后，我虽然没有考上历史系，但仍不时地读一些现代史，好像要重温初恋的余情一般。但是，很不幸地，随着阅读范围的增加，我逐渐意识到一些矛盾。这些矛盾逐渐累积，终于在我读到伊罗生的《中国革命之悲剧》时从"量变"转为"质变"。

你很难想象，一个在各级教科书都被描写为"民族英雄"的人，突然在另一本出人意表的历史书中以"杀人魔王"的形象出现。

然而，这都是千真万确的，在我后来陆续读到的一些现代人的文章中，我找不出坚强有力的证据来否定伊罗生所描写的"清党"真相。

经过"修正"后的中国现代史，按我个人的理解，是这样的，五四新文化运动以后，许许多多的青年学生，对于北洋军阀的统治彻底失望，于是转而投奔屈居广东一隅的国民党。这些青年学生，部分加入国民党，但更多一部分如果不是加入成立不久的共产党，就是同情共产党的人。不过，不管是国民党还是共产党，他们都以打倒军阀为目标，于是互相合作，形成历史上所谓的第一次"国共合作"。

台湾的标准本现代史都把北伐的成功归之于：以黄埔军校学生为主体的国民党军的英勇善战。但，历史表明，没有左翼青年学生所发动的学运、工运和农运做基础，所谓的国民党军是不可能在极短的时间内获得那么"辉煌而伟大"的胜利的。当右翼的国民党政客和军人完全意识到左翼社会运动可能超过他们而成为革命的主体时，他们就运用手中逐渐壮大的军队来残杀原先帮他们成长的青年学生、工人以及农人，这就是台湾版的现代史大书特书的所谓"清党""清共"。

关于"清共"的资料如果有心搜集的话，一定可以得到不少。即使在我偶然读到的感叹性的散文中，也可以看到这样的记载：有些军人觉得枪决比较没有趣味，而恢复砍头，有些地方，凡参加读书会而不太了解政治真相的十几岁的学生（包括女生），也被拖出去枪毙。作为结论，我可以引用周作人在一篇文章中的一些"感慨系之"的话：

我觉得中国人特别有一种杀乱党的嗜好，无论是满清的杀革命党，洪宪的杀民党，现在的杀共党，不管是非曲直，总之都是杀得很起劲，仿佛中国人不以杀人这件事当作除害的一种消极的手段（倘若这是有效），却就把杀人当做目的，借了这个时候尽量地满足他的残酷贪淫的本性。(《谈虎集·怎么说才好》)

从这一段话就可以想见"清共"时杀人的牵连之广以及手段之残酷。

从此以后，国民党就靠着它庞大的特务组织，到处捕杀共产党人，以维系它的政权；而共产党除了在农村打游击外，也开始转入地下活动，准备以长期斗争的手段来推翻国民党的统治。这种形势一直维持到全面内战爆发，国民党彻底失败，而不得不逃到台湾为止。

全面失败的国民党，按照它一向的习惯，当然不会虚心地自我检讨，只会把失败后的愤恨加倍地转移到"万恶的共匪"身上。于是，就在美军"协防台湾"，国民党暂时感到安全无虞的时候，一方面基于泄恨，一方面基于自保，而在 50 年代初发动了所谓的"肃清共党分子"的"运动"。

国民党 50 年代在台湾所厉行的"白色恐怖"行动，跟 1927 年的"清共"相比，如果只就人数而言，大概还算是"小巫"（据说，被杀的人在 2000 到 4000 之间，判各种徒刑的也在 4000 人左右。按，写此文时，我认识不足，这个数字太低太低了）。不过，基于"困兽"的特殊心理，这一次"宁可错杀，也不可放过"的原则贯彻的程度，比起二十多年前的"清共"来，当然有过之而无不及。同时，也就是基于这一次非常彻底的"清洗"，国民党终于可以安心而高压地统治台湾达三十多年之久。

读历史有时候是一件很痛苦的事，读现代史尤其如此。国民党在 20 世纪 20 年代的"清共"、在 50 年代的"肃清"，似乎有一种历史的必然性。然而，"历史"难道就可以在这样的"解读"下释然于怀吗？因为，对于被牺牲的每一个人及其家属来说，你无法用历史的必然性来抚平他们的创痛。

对于"白色恐怖"的受害人，也许我们可以把他们分成两种类型。第一种是意图改变政体，而且着手行动并有明显证据的。这种"叛乱犯"，从另一个角度，其实就是"革命志士"，类似清朝末年为推翻封建政权而牺牲的人。这种人，在"叛乱"之初，早已下定必死的决心，"处罚"对他们来讲正"求仁而得仁"。另外一种则是：基于对政事的关怀，"不小心"读了某些书、发了某些议论，参加了某些读书会，甚至只是基于交友，莫名其妙地被牵扯进去。对这些人来说，死刑、无期徒刑，甚至各种年限的有期徒刑，都是过重的处罚，因此可以算是"冤屈"而该在"平反"之列。

对第一种受害者，即使他们默默地死去，永远不为人所知，我想，他们也会含笑九泉的，因为他们已勇敢地为理想而献身。但如果能有一些"历史"来记录他们的生平，报道他们牺牲的经过，表达后人对他们的敬意，也许可以算是"历史"对他们的一种公正的报偿吧。对于第二类的受害人，有同性质的历史性的报道，至少也可以让受害人及其家属得到某种"平反"的安慰，并且让后代知道，历史上曾经有过这种"残酷报复"的时代，也可以算是对历史真相的一种"正义"的揭露吧。

我一张张地翻阅着何经泰先生为 20 世纪 50 年代"白色恐怖"的幸存者所拍摄的照片，那种特殊的黑色背景仿佛要努力呈现我们这个时代的历史的重负。我又一篇篇地读着这些残余者的访问录，那些质朴的语言里面包含了背后难以言传的血泪。读着这样的书，我们会觉得，我们需要更多的真正的历史。这也许是我们面对过去痛苦的历史，力所能及的工作之一吧。

补记：《白色档案》（1991 年出版）访问 20 世纪 50 年代被捕的左翼政治犯四十余人，每人一幅照片，由何经泰摄影，访问稿由林丽云、陈素香整理。何经泰的摄影后来常被人采用，陈明忠《无悔》的封面照片即采自此一摄影集。每人的采访稿虽然短小，也颇有特色。此书从未再版，因此下面将其中一篇略作删节，附在这里。

（翁水竹，台南县大内乡人，1931 年生。1950 年被捕，判刑 15 年，1965 年出狱。）

15 年，还好啦！当时有很多人被枪毙，被关在军法处的那一段时间，每日都有人给带出去就没再回来，一日好几十个。光是我们大内案就有 24 人被抓，5 人被枪毙，17 人被判 15 年，

说起来没人相信，我是因为到镇上一家照相馆拍身份证照片被抓的。我本身种田，家庭非常单纯，有一日透早，大内派出所有三四个警察来我家抓人，随后，马上将我送去麻豆分局。

分局内有人问我：你有没有参加共产党呢？我回答：我不知道什么共产党。他又问：杨辛丑你认识吗？我说：认识，

他家开照相馆，他是照相馆的老板。他继续问：你有没有去过他家呢？我说：有啊！办身份证要相片啊！他继续追问：去几次？我觉得奇怪地回答他：三次啊！照相时去一次、拿相片再去一次，后来加洗，总共去了三次。没等我说完，他们竟马上接口说：这样就对了，开会三次，可以定罪了。一定就是15年，也不知道为什么照个相，要判那么重的罪。

我老爸不认字，老母不认字，自小就帮人家种田，日子平常平常过，没什么特别重大事情的印象，我被抓算是我家比较重大的事。我被抓，家人都很害怕，以为我做了什么见不得人的事，15年中间，没人去探望我，乡下人一辈子没走出过庄头，绿岛太远了，就像我，因为被抓才有机会去那么远的地方。

出狱那天，我一个人从绿岛搭船到台东，台东变化很多，特别是汽车，和我被抓时差很多，我在台东停了一个晚上，然后从台东搭车到高雄，再转巴士回大内。

走在大内街上，没怎么认得，有一个人一直看我，我也觉得他很面熟，可是日子实在太久了，我已不认得他是我"阿叔"，我们两个在街上看来看去，不敢相认。后来回到家，父母都在田里，没人认识我。有个小孩问我，你是谁，到这里做什么？我说：这是我家，我住这里。

第二天，和15年前一样，天一亮就跟着阿爸一起到田地做事。

何经泰：《白色档案：何经泰摄影集》，
台北：时报文化，1991年

第四辑

为人类的苦难作见证

——阿赫玛托娃《安魂曲》序

　　阿赫玛托娃（1889—1966）和她的朋友帕斯捷尔纳克（台湾译作巴斯特纳克，1890—1960）、曼德尔施塔姆（1891—1938），一起被西方视为苏联时期代表性的诗人。西方评论界在谈论他们时，往往强调他们在苏联体制下如何受到迫害、他们的艺术如何不见容于苏联，似乎他们诗歌的主要价值就在这里。西方的评论未必错，但只强调这一点，实际上严重歪曲了他们的真面目。在读了乌兰汗先生所译的阿赫玛托娃诗选（除了本书所收的长诗，还包括她许许多多的短篇抒情诗）之后，我尤其深切地感受到这一点。我相信，阿赫玛托娃是20世纪最伟大的诗人之一，她的成就比起同时期的西方著名诗人，如叶芝、瓦雷里、里尔克、艾略特等人，恐怕只有过之，而无不及。

　　阿赫玛托娃很早就以她的深具贵族气质的情诗，建立起她在俄罗斯诗坛的地位，在很长的时间里，西方评论家也以此作为评价的重点。一直要到20世纪60年代以后，大家才赫然发现，她后期的诗作才是她艺术的高峰。我初读她的《安魂曲》时，完全不能相信，诗可以写得这么简朴但又这么感人（有一个罪犯写信给阿赫玛托娃说，"我被那种能刺伤人的纯朴所震撼"）。试看第二、三两节：

> 静静的顿河静静地流，
> 黄色的月亮跨进门楼。
>
> 月亮歪戴着帽子一顶，
> 走进屋来看见一个人影。
> 这是个女人，身患疾病，
> 这是个女人，孤苦伶仃。
>
> 丈夫在坟里，儿子坐监牢，
> 请你们都为我祈祷。（第二节）
>
> 不，这不是我，是另外一人在悲哀。
> 我做不到这样，至于已经发生的事，
> 请用黑布把它覆盖，
> 再有，把灯盏拿开……
> 夜已到来。（第三节）

第二节以民谣式的曲调表现了深沉的忧伤，第三节却用"黑布覆盖"和"把灯拿开"展现了全然黑暗的世界。在这个黑暗的世界里，探监的人成了号码（第三百号，见第四节），而"犯人"：

> ……一张张脸是怎样在消瘦，

恐惧是怎样从眼睑下窥视，

苦难是怎样在脸颊上刻出，

一篇篇无情的楔形文字。（尾声）

因此，表面朴实的文字呈现了极为复杂的内涵，从而使人间成为炼狱，这就把人类的某一特殊事件提升为一种人类的象征，使曾经受苦难的人在读到这些诗作时，都会深受感动。阿赫玛托娃还未定稿时，曾把其中两节读给一个丈夫被逮捕的妇女听，那妇女说，她既觉得自己很幸福，又觉得自己很不幸，并且知道她已得到某种解脱。整组诗就这样的口耳相传，不知为多少人所背诵，用以自我抚慰，就这样一直传播开去，终于在 1963 年，在德国出现了印刷版。阿赫玛托娃在题词中说，"我和我的人民共命运，和我的不幸的人民在一处"。《安魂曲》使阿赫玛托娃从一个倾诉自我爱情的诗人，完全蜕变成一个"民众的诗人"，成为一个所有受苦受难的人可以在她那里找到抚慰的诗人。

这种诗人角色的转变，是她自我选择的结果。苏维埃革命发生后，她选择留在国内，而不像她的许多朋友（其中还包括她当时热恋的情人）那样，流亡到西方。为此，她写过好几首诗，其中最早的一首是这样的：

我听到一个声音。他宽慰地把我召唤：

"到这边来吧"，他说，

"放弃你那多灾多难的穷乡僻壤，

永远地离开你的俄国。

我会洗掉你手上的血迹，

清除你心中黑色的耻辱，

我要用新的东西抵消你的委屈和遭受打击的痛楚"。

可是我淡然地冷漠地用双手把耳朵堵住，

免得那卑劣的谰言，

将我忧伤的心灵玷污。（1917）

1965 年英国牛津大学授予她名誉博士，她到英国参加颁赠典礼，见到她非常喜欢的以赛亚·伯林，她对伯林说：无论有什么在俄国等着她，她都会回去。苏联政体只不过是她的祖国的现行体制。她曾生活于此，也愿长眠于此，作为一个俄国人就应如此。阿赫玛托娃一点也不想离开生于斯、长于斯的祖国，不管祖国现在处于什么状况。作为一个俄罗斯人，她只能面对所有俄罗斯人必须面对的命运。她还在另一首诗中说：

我永远怜悯沦落他乡的游子，

他像囚徒，像病夫。

旅人啊，你的路途黑暗茫茫，

异乡的粮食含着艾蒿的苦楚。（1922）

将近四十年后（1960），一个流亡海外的朋友（也可能曾经是她的情人）给她写了一封信："这里不需要我们任何人做任何事，道路对外国人来说是封闭的。所有这一切你早在四十年前就已经预见到了：'别人的面包发出蒿草的味道。'"第二年，阿赫玛托娃写了《故乡的土》这一首诗：

我们不把它珍藏在香囊里佩戴在胸前，

我们也不声嘶力竭地为它编写诗篇，

它不扰乱我们心酸的梦境，

我们也不把它看成天国一般。

我们的心里不把它变成可买可卖的物件，

我们在它身上患病、吃苦、受难，

也从来不把它挂念。

是啊，对于我们来说，它是套鞋上的土，

是啊，对于我们来说，它是牙齿间的沙，

我们踩它、嚼它、践踏它，

什么东西也不能把它混杂。

可是，当我们躺在它的怀抱里，我们就变成了它，

因此，我们才如此自然地把它称为自己的家。

因为她生活在故乡的泥土中，所以她不但与俄罗斯人民一起在大清洗中共同受苦，还和俄罗斯人民在抵抗纳粹侵略的卫国战争中共同奋斗。在列宁格勒的围城战中，她通过录音，向列宁格勒的民众广播，要大家坚定地保卫列宁格勒。她和普通妇女一样，手上提着防毒面具，身背小挎包，站在住处的大门口值勤。她写了许多爱国诗歌，包括当年传诵一时的四行《宣誓》：

今天和恋人告别的少女，

也愿把痛苦化为力量。

我们面对儿女，面对祖坟宣誓。

谁也不能迫使我们投降。

她的这种爱国热情，在本书所选的三组战争诗中很容易看得出来，这里就不再多举例子了。

经历了 20 世纪 30 年代末的弥漫全国的大清洗，经历了 40 年代初的全民热血参与的卫国战争，始终和她的祖国站在一起的阿赫玛托娃，终于把她深邃的历史眼光锻炼成熟了，于是开始写作她的抒情史诗《没有英雄人物的叙事诗》。这部耗去她最后二十多年光阴、不断修改的长篇诗歌，就成为她一生苦难和创作的桂冠。

我已经把《没有英雄人物的叙事诗》仔细读了三遍，坦白讲，并没有完全读懂。乌兰汗先生在译诗中加了不少注解，又在译后记中对此诗提供了相当详细的解说，对我帮助不少。我又参考了其他资料，才算勉强掌握了全诗的结构和用意之所在。一般认为阿赫玛托娃是个杰出的抒情诗人，但苏联著名评论家楚科夫斯基却说，她是一个历史画的大师。从《没有英雄人物的叙事诗》来看，确实如此。阿赫玛托娃选取了三个时间点：1913 年旧俄罗斯帝国即将崩溃的前夕、斯大林掌权的高峰期、苏联卫国战争从最艰苦的阶段即将转入反攻的关键时刻。她用这三个重要的历史关头，写出了一首 20 世纪的俄罗斯史诗，并把自己的一生织入其中，形成历史剧变和个人命运紧密结合的大叙事诗。这么宏大的企图，在 20 世纪重视个人内心世界的诗歌创作中是难得一见的。

我们可以说，因为阿赫玛托娃始终坚持站在祖国的大地，和祖国人民同其命运，她才能时时刻刻站在历史的洪流中。当然，被这个洪流冲着走，她的一生也就充满了苦难，但也因此，她才真正地认识到、体会到 20 世纪的人类命运到底是怎么一回事，才能写出这么了不起的作品。如果不怕女性主义者责骂，我们还可以说，这样的作品由一个女性来完成，只能令人更加尊敬和赞叹。

但是，这样说，也还只是涉及阿赫玛托娃叙事的大架构是如何完成的，还不足以呈现她的诗歌的感人的气质。这种气质，主

要还是来自她独特的抒情性。试看《野蔷薇花开了》组诗的第三节"梦中":

> 我和你一样承担着,
> 黑色的永世别离。
> 哭泣有何益? 还是把手伸给我,
> 答应我, 你还会来到梦里。
> 我和你, 如同山峦和山峦……
> 在人世间不会再团聚。
> 但愿子夜时分, 你能够穿过星群,
> 把问候向我传递。

　　独立来看这一节, 这是暗含了某种情节、某种戏剧性的抒情诗。也许, 诗人和她的情人因为政治理念不得不分手, 一个留在国内, 一个流亡国外, 从此天涯海角, 永不相见——或者, 只能在梦中相见。作者的语调极富悲剧性: 你和我"一样承担着""黑色的永世别离", 我们都是历史造化的牺牲者, 然而, 我们不得不如此。这就是历史的悲剧, 这许许多多的历史造成的个人小悲剧, 合起来就是一个历史的大悲剧。它写的既是个人, 又是集体; 既是俄罗斯, 又是 20 世纪的所有人类, 因为这正是 20 世纪历史的主流——人类大冲突、大断裂的时代。因为这样, 这个历史是没有"英雄人物"的, 它涉及每个人, 同时, 也可以说, 每个平凡人都是"英雄人物", 都是"主人公"(主角)。所以, 我们可以说, 阿赫玛托娃不只是 20 世纪俄罗斯的史诗作者, 因为她的诗涉及了 20 世纪的全人类。从这个意义上讲, 她才是最具代表性的 20 世纪的伟大诗人。请看《没有英雄人物的叙事诗》的最后一节:

卡马河就在我的面前，

上了冻，结了冰，

有人问一句"你去何方？"

不待我动一下嘴唇，

疯狂的乌拉尔就震动了，

条条隧道，座座桥梁。

一条道路为我展现，

多少人沿着它走去未返，

儿子也是顺着这条大道被带走，

在西伯利亚大地上，

在威严而又水晶般的寂静中，

这条殉葬的路途遥远。

俄罗斯为死亡的恐怖所袭击，

知道复仇的时期，

她垂下干枯的眼睛，

将双唇紧闭，她从我的面前，

向东方走去。

乌兰汗在译后记中说，诗人以交叉的手法既写了未来，又回忆了过去。疏散，去乌拉尔，去塔什干，去西伯利亚。面对着西伯利亚历尽沧桑的茫茫大路，诗人发出无限的感慨。她说："多少人沿着它走去未返。"短短的一句话中包含着说不尽的内容，但诗人没有讲具体历史事件，如十二月党人被流放，俄国革命者服刑，红军到前线打击外国武装干涉者，20 世纪 30 年代肃反扩大化时被冤枉的忠诚干部被押往集中营，包括她儿子被流放，都走过这条道路。现在她还走这条路，但历史却完全不同，旧的俄罗斯已经死亡，祖国在血与火的考验中即将获得新生，她也在长期的苦难之后，看到未来的希望。这一节诗可以说是历史命运与个人命运完全交融的最佳例证，充分显现了阿赫玛托娃深刻的历史感受。

因此，我建议，阅读本书，可以先读《安魂曲》、战争组诗，再读其他组诗，最后读《没有英雄人物的叙事诗》。这样，最终就可了解，《没有英雄人物的叙事诗》为什么被视为阿赫玛托娃一生的最高杰作。

20 世纪 90 年代初期，我从各种资料知道阿赫玛托娃的代表作是《安魂曲》和《没有英雄人物的叙事诗》。我买了不少苏联诗歌的译本，却难得看到《安魂曲》的全译本，而且完全看不到任何《没有英雄人物的叙事诗》的片段译文。2007 年，我买到乌兰汗两卷本的《俄罗斯文学肖像》（桂林：广西师范大学出版社，2007年），惊喜地发现，其中的诗歌卷就包含了《安魂曲》的全译本，和阿赫玛托娃的许多短篇抒情诗。

正如前文所说，我读了这个译本，才知道阿赫玛托娃是个伟大的诗人。遗憾的是，乌兰汗在阿赫玛托娃的简介中说，他已译了《没有英雄人物的叙事诗》，但一时找不到译稿，只好"俟之他日"了，真是让我大失所望。2009 年春天，我意外地认识了大陆俄罗斯诗歌翻译家谷羽先生，他从大陆来台北，在中国文化大学任客座教授。通过谷羽先生的介绍，竟然能够和乌兰汗先生联络，并承他同意，把《安魂曲》《没有英雄人物的叙事诗》及阿赫玛托娃其他长诗，合编在一起出版，真是感到无上的光荣。乌兰汗先生的译文，从前面所引诸例，就可看出其水平，不需要我来赞美。

在这里，谨向他致上崇高的敬意，与诚挚的谢意。

2011 年 4 月 27 日

（阿赫玛托娃著，乌兰汗译:《安魂曲》，

台北：人间出版社，2011 年 5 月 ）

难以战胜的女皇

——《我会爱：阿赫玛托娃抒情诗选》序

从最浅显的表面看，诗人阿赫玛托娃有两种面貌，一个是以爱情诗出名的早期的阿赫玛托娃，另一个是写《安魂曲》《没有英雄人物的叙事诗》等抒情史诗的后期的阿赫玛托娃。这两种面貌的差别，粗粗一看，相当令人惊诧，不知如何统一起来。这应该是阿赫玛托娃最吸引我兴趣的原因。我把手边已有的关于阿赫玛托娃的书，都翻阅了一遍，幸运的是，我发现阿·帕甫洛夫斯基的《安·阿赫玛托娃传》（守魁、辛冰译，成都：四川人民出版社，2000 年）对这一谜题有极深入的分析，我受到很大的启发。如果我们追溯阿赫玛托娃情诗的发展，比较她各个时期的情诗，也可以从一个侧面解开这个谜题。

阿赫玛托娃最早的情诗是极为迷人的，深受当时读者欢迎。譬如：

> 我的脚步仍然轻盈，
> 可心儿在绝望中变得冰凉，

我竟把左手的手套，
　　戴在右手上。

　　台阶好像走不完了，
　　我明知——它只有三级！

　　短短的六行，初尝恋爱滋味的少女的焦虑与慌张跃然纸上，文字的轻倩与戏剧张力令人叹赏。再看另一个例子：

　　深色披肩下紧抱着双臂……
　　"你的脸色今天为何憔悴？"
　　——因为我用苦涩的悲哀，
　　把他灌得酩酊大醉。

　　我怎能忘掉？他跟跄地走了，
　　痛苦得嘴角已经斜歪……

　　在这里，女孩既折磨情人，其实也是自我折磨，那种恋爱心理的奥妙表达得淋漓尽致。阿赫玛托娃所崇拜的勃洛克跟当时的许多诗人一样，非常欣赏她的才华。不过，他曾批评说，阿赫玛托娃这种情诗是在男人面前写的，而不是在上帝面前写的，这是很有道理的。因为这种情诗每个男人都喜欢读，当女性为爱情所苦时，男性没有不高兴的。

　　不过，随着阿赫玛托娃诗艺的成长，她情诗中的女主人公的语气好像也逐渐转变了，譬如：

　　我有一个浅笑：

就这样，嘴唇微微翕动，

我为你保留着它——

要知道，这是爱的表征。

即使你卑鄙狠毒，

即使你拈花惹草，

我也绝不踌躇。

我眼前是闪着金光的诵经台，

我身旁是灰眼睛的未婚夫。

　　明明已经要跟未婚夫在诵经台前完成神圣的婚礼了，却还把浅笑保留给那个"卑鄙狠毒"的你，这样的女性绝不是循规蹈矩的。再看另一个例子：

我送友人到门口，

在金色尘埃中稍事伫立。

从邻村小小的钟楼，

传来了重要的信息。

被人抛弃！这是编造的语句——

难道我是一朵花，一封信？

不过我的眼睛变得冷峻，

目光在昏暗的立镜中窥寻。

　　这个刚刚被人抛弃的女性，"眼睛变得冷峻"，显然也是非同寻常的女子。在阿赫玛托娃刚出版两本诗集以后，年轻的评论家尼·涅多布罗沃就看出了她的抒情女主人公的特性了。他说，阿赫玛托娃的"抒情心灵与其说是过分柔顺的，不如说是坚强的；与其说是泪眼纵横的，不如说是残酷的，而且这种心灵明显是占支配地位的，而不是被压制的"。这也就是说，阿赫玛托娃在她的情诗中表现了一种女性意志的非凡力量。

阿赫玛托娃在 1910 年二十一岁的时候，与诗人古米廖夫结婚。他们很早就认识，古米廖夫在还没有成名前已开始追求她，一直追求了七年，因为阿赫玛托娃完全不予理会而几次企图自杀。因为古米廖夫的执着，他们两人终于结婚。其实两人的个性相差太大，亲友都不看好这段婚姻。阿赫玛托娃婚后也很少享受到爱情的喜悦，这是她早期的情诗往往表现出一种莫名的悲哀与痛苦的原因，而他们夫妻也都知道，这段婚姻不可能维持太久。

1914 年阿赫玛托娃认识了正在军中服役的鲍·安列坡，对他很有好感。1916 年初，安列坡休假，他们二度见面，阿赫玛托娃主动把一枚黑戒指送给安列坡作为定情之物。1916 年末到 1917 年初，他们在短期相聚的时间内处于热恋中。但这个时候，俄国国内政治态势已经非常不好，革命一触即发，安列坡希望移居英国，并企图说服阿赫玛托娃跟他一起走，但阿赫玛托娃坚决拒绝。二月革命爆发后，安列坡离开俄国，从此再也没回来，他和阿赫玛托娃的恋情就此中断。

安列坡是阿赫玛托娃真正倾心的男人，在 1916 年他们定情前后，阿赫玛托娃写了这样一首诗：

> 我知道，你对于我就是一种奖赏，
> 奖赏我多年的劳动和忧伤，
> 奖赏我从未尝试过，
> 人世间的喜悦欢畅，

奖赏我从未对情人说：

"你真可爱。"

奖赏我宽恕所有人的一切，

而你——将成为我的天使。

诗中洋溢着一种欣慰与幸福之感。可是，面对混乱的俄国形势，他们对个人前途的选择却南辕北辙。安列坡对俄国的未来并不看好，宁愿流亡到他曾居住多年的英国。阿赫玛托娃虽然不了解二月革命，更不了解其后发生的十月革命，但她不愿意离开她所喜爱的俄罗斯大地和俄罗斯传统文化。不论俄国的现实可能产生什么变化，不论将来她可能在俄国碰到什么苦难，她都不愿意离开。安列坡还在俄国时，他们为此争论过好多次，最后两人终于因此分手。在这件事情上，阿赫玛托娃即使面对自己最喜欢的男人，也一点不愿妥协。在安列坡尚未离开俄国前，阿赫玛托娃写了这样一首诗责备他：

狂妄使你的灵魂蒙上阴影，

使你的眼睛看不见光明。

你说，我们的信仰——是梦，

而海市蜃楼——那是我们的京城。

你说——我的王国罪孽深重，

我说——你的王国并无神灵。

一个生活已经完全西化的艺术家和一个植根于乡土和民族传统的诗人，显然无法解决他们的矛盾，虽然他们彼此深深相爱。

安列坡离开后，阿赫玛托娃还写了好几首诗，其中一首是这样的：

> 这件事很简单，很清楚，
>
> 每个人都很了然，
>
> 你根本不爱我。
>
> 从来没有把我放在心坎。
>
> ……
>
> 为什么我要抛弃友人，
>
> 抛弃鬈发的孩郎，
>
> 为什么我要离开心爱的城市，
>
> 离开我亲爱的家乡，
>
> 像个黑色的女丐，
>
> 在他国的首府流浪？
>
> 啊，只要一想到我会见到你，
>
> 心中就无限欢畅！

这是一首爱恨交织的诗，最后两句充分表现出阿赫玛托娃对安列坡无法忘情，但即使这样，她仍不愿为了心爱的情人而像乞丐似的流浪异国他乡。为了她热爱的祖国，她宁可不要这个难以忘怀的情人。

安列坡和她分手了，而她和古米廖夫的婚姻关系也在 1918 年结束了。不久，她就嫁给亚述学专家希列依科，希列依科懂得四十种左右的语言，阿赫玛托娃可能因为钦佩他而与他结婚。没想到希列依科虽然是个杰出的学者，却完全不尊重阿赫玛托娃的诗才，只希望她成为忠实的秘书。他们的婚姻只维持了三年，然后就分居了。阿赫玛托娃把这一次的婚姻经验写成一组诗，题为《黑色的梦》，显然，这是一场噩梦。其中一首诗是这样写的：

> 勉勉强强地分了手，
> 也熄灭了令人厌恶的火焰。
> 我的永恒的对手，您该去，
> 学学对人的认真的爱。
> ……
> 我接受了分手这一礼物，
> 还有忘却，把它们当作天赐。
> 可是，告诉我，你敢不敢，
> 让别人承受十字架的苦难？（守魁、辛冰译）

在这首诗里，男女之间的关系似乎形成了一种命中注定的决斗状态。从此以后，阿赫玛托娃已不可能成为温顺的妻子，所以她又说：

> 要我百依百顺？你简直失去了理智！
> 我只服从上帝的旨意。
> 我不想战战兢兢，也不愿苦恼不已，
> 对我来说丈夫等于刽子手，家是监狱。（王守仁、黎华译）

这个女人的意志力显然不是任何男性所能控制得了的。

就在阿赫玛托娃和希列依科的关系陷于僵局时，她和作曲家卢里耶的交往逐渐密切。卢里耶曾把她的许多诗谱成曲子，现在又邀请她把勃洛克的名诗《白雪假面》写成芭蕾舞脚本，由他谱曲，准备在巴黎上演。卢里耶显然钟情于阿赫玛托娃，希望她能一起到巴黎去，但她如同拒绝安列坡一样断然拒绝了卢里耶。就在这个时候，阿赫玛托娃写下了那一首极为著名的诗：

> 抛弃国土，任敌人蹂躏，
> 我不能和那种人在一起。
> 我厌恶他们粗俗的奉承，
> 我不会为他们献出歌曲。

阿赫玛托娃虽然没有离开俄罗斯，但流亡海外的侨民一直念念不忘她过去的作品，一再地加以翻印。她这首诗不一定只是为卢里耶而写，她也会因为卢里耶的邀请而想起安列坡，也可能想起一切在海外的朋友。"我不会为他们献出歌曲"等于正式宣告她跟流亡者断绝关系，不再为他们写作。

> 我永远怜悯沦落他乡的游子，
> 他像囚徒，像病夫。
> 旅人啊，你的路途黑暗茫茫，
> 异乡的粮食含着艾蒿的苦楚。

三十八年后，卢里耶从海外写信给阿赫玛托娃，说"这里不需要我们任何人做任何事，道路对外国人来说是封闭的。所有这一切你早在四十年前就已经预见到了：别人的面包发出蒿草的味道…… 你所有的相片整日地望着我……"事实上，俄国革命后，知识分子要么选择在国内面对苦难的祖国，要么选择在国外过着漂泊无根的、没有灵魂的日子。这些，阿赫玛托娃早就知道了，她宁愿住下来，所以她接着说：

我剩余的青春在这儿，

在大火的烟雾中耗去，

我们从来没有回避过

对自己的任何一次打击。

1917 年，安列坡刚离开俄国的时候，阿赫玛托娃还写了另一首名作：

我听到一个声音。他宽慰地把我召唤：

"到这边来吧"，他说，

"放弃你那多灾多难的穷乡僻壤，

永远地离开你的俄国。

我会洗掉你手上的血迹，

清除你心中黑色的耻辱，

我要用新的东西抵消你的委屈和遭受打击的痛楚"。

可是我淡然地冷漠地用双手把耳朵堵住，

免得那卑劣的谰言，

将我忧伤的心灵玷污。

勃洛克有一次在晚会中特别朗诵了这首诗，朗诵完还对听众说，"阿赫玛托娃是对的，这的确是卑劣的谰言，逃避俄国的革命是一个莫大的耻辱"。阿赫玛托娃和她的偶像勃洛克不一样，勃洛克支持革命，他留下来了；阿赫玛托娃并不了解革命，但她也选择留下来，抛弃她喜欢的情人，也抛弃喜欢她的人，她宁愿留下来面对祖国的一切困难。这个问题对她来讲，已经超乎爱情之上，成为至关重要的问题。在内战刚结束之后，她写了这样一首诗：

全被抢光，全都背叛，全被出卖，

死神的翅膀隐约可见，

由于饥饿的烦恼一切都被啃光，

我们怎能有一点儿光亮？

城外那从未有过的森林，

白天里飘出樱桃树的芳香。

透明的七月高空深处，

夜里新的星座在闪烁光芒。

奇迹正如此地走近，

来到塌掉的脏屋子前……

不论谁，不论谁也不明白，

但这正为我们自古以来的期盼。（守魁、辛冰译）

虽然内战后的俄罗斯一片残破景象，但她仍然看到新星座的
光芒在闪烁，她仍然坚信奇迹正在走近。应该说，大革命后俄罗
斯的命运已成为她最关怀的问题，个人的情爱反而变成次要了。这
个时候的阿赫玛托娃，已经是一个准备承受任何苦难、坚定不屈
的人了。

阿赫玛托娃和她的第三个丈夫尼古拉·普宁相处了十五年
（1923—1938），两人分手后，普宁对人说，"她像个女皇"。这话
讲得真好，她已经不属于任何人，她敢于在斯大林肃反时期默默
地写下《安魂曲》，为俄罗斯所有苦难同胞哀悼，也因此，在艰苦
的卫国战争胜利后，她才能够完成《没有英雄人物的叙事诗》，把
她整个生活的时代记录下来。只有看到她终于走出了个人情爱的

小天地，进入到一个充满历史感的苦难时代，我们才能充分体会，不论在人格上，还是在文学成就上，阿赫玛托娃都是伟大的。楚科夫斯基在《安娜·阿赫玛托娃》一文中说，只要看到她，就不由得想起涅克拉索夫的诗句：

> 俄罗斯农村有这样的妇女，
> 表情庄重安详，
> 动作潇洒有力，
> 走路、看物如同女皇。

阿赫玛托娃是俄罗斯千千万万伟大女性的代表与体现，这可以说是楚科夫斯基对她的最高礼赞。

最后，我想简单谈一下乌兰汗的译文。我不懂俄文，但在校读《安魂曲》和本书时，却深为他所译的阿赫玛托娃而感动。像本书所收的《静静的顿河静静地流》和《夜访》，译文几乎是完美无瑕的。我在校对《没有英雄人物的叙事诗》时，虽然不能完全掌握诗的内容，却可以领会乌兰汗花了不少力气企图再现原诗的韵律感。我还想举两个例子，说明他在翻译时的精细考量。

> 你不可能活下来，
> 你不可能再从雪地上爬起。
> 二十八处刀伤，
> 五颗子弹射进躯体。

这四句诗乌兰汗译得长短不齐，而且每行的音节数显然比原作还要少。我还看过其他三种译文，它们保持了原诗的音节数，却显得有一点拖沓，因此就缺少力量。乌兰汗为了更简洁有力，译文便不再遵守原作的格律。另一个例子刚好相反：

眼睛不由自主地乞求宽饶。
当着我的面，别人把你的名字提到，
名字那么短，声音那么脆，
你说这时我的眼睛，应该如何是好？

第一行的"宽饶"，原来译为"宽恕"，改成"宽饶"后，就跟第二、第四行押韵，再仔细看这首诗的后面两节，也都是每四行押三个韵，像这种地方，乌兰汗并没有轻轻放过。我最惊叹的是《夜访》一诗的译文，全诗译得格律精严，简直无懈可击。我跟谷羽先生谈了我的感想，谷羽先生回信说，乌兰汗从小读哈尔滨俄侨学校，他的俄语口语在中国很少有人比得上，因为他的俄语语感极好，所以转换成汉语时就能收放自如。

乌兰汗在 20 世纪 80 年代终于发现阿赫玛托娃，而且把她的诗译了那么多，对我们来讲真是幸运。我相信他在这方面的译品会成为中译外国诗的重要财富，并且对中国的现代诗创作也会有启迪作用。

2012 年 9 月 25 日初稿

2012 年 10 月 1 日修改

（阿赫玛托娃著，乌兰汗译：《我会爱：阿赫玛托娃抒情诗选》，台北：人间出版社，2012 年 10 月）

阿赫玛托娃《回忆与随笔》校读后记

人间出版社曾为高莽先生（笔名乌兰汗）所译的阿赫玛托娃诗歌出过两本书，2011 年 5 月的《安魂曲》（长诗及组诗），2012年 10 月的《我会爱》（短篇抒情诗）。第二本出版以后，我趁着到北京办事的余暇，特别去看望了高莽先生。高莽先生非常高兴，他跟我说，《安魂曲》又让他获得了俄罗斯的一项翻译奖。凭良心讲，这本书把阿赫玛托娃最重要的两首长诗，《安魂曲》和《没有英雄人物的叙事诗》都翻译了出来，确实很难得，尤其是后者，在高莽先生翻译之前，还没有人敢译，因为实在太困难了，高莽先生因此而得奖，可以说实至名归。

我跟他说，还有一件喜事，《安魂曲》初印五百本，目前存书不多，是人间出版社所印行的书中销路最好的，他更加高兴，谈兴更浓。谈着谈着，他突然说，他以前译过阿赫玛托娃的散文，他很想再补译一些，凑成一本书，作为他一辈子搞翻译的收尾。我听了当然很兴奋，因为这样，人间出版社将有一套三册的《阿赫玛托娃译文集》。不过，高莽先生年事已高，我怕他太劳累，一再跟他说，有空就译一点，慢慢来，不要急。

我想我应该是在 2012 年底或 2013 年初去看他的，没想到只经过一年多，2014 年 2 月 26 日他就传来第一次的译稿，我真是喜出望外，立刻付排，并且开始校读他新译的"阿赫玛托娃散谈自己"，这是阿赫玛托娃想要写作回忆录而留下来的一些片段。在校读这些片段时，我逐渐被阿赫玛托娃独特的散文风格所吸引，不知不觉就把这一部分读完了。然后，我暂时停顿了下来，想过一阵子再校"日记的散页"。"日记的散页"包含了回忆朋友的八篇文章，其中三篇是高莽先生的旧译，但有所增改，五篇是新译的，这让我感到很满足。我把这两部分和高莽先生以前的译文加以比较，发现他漏掉了旧译中的三篇，其中两篇论普希金，另一篇论莱蒙托夫，同时也漏掉了阿赫玛托娃早期的十封信，我准备把这些都补进去。

　　就在我这样想的时候，2014 年 7 月 1 日高莽先生又给我发来三篇新的译文，《普希金殉难记》《亚历山德林娜》《但丁》，让我感到意外的惊喜，因为这三篇都是我慕名已久的。我急不可待地先读《普希金殉难记》。天啊！真的比天书还难，文章又长、人名又多，他们的关系又极复杂，我不知道八十八岁的高莽先生是怎么译完的。他在信中跟我说，这一篇和《亚历山德林娜》"前前后后改了十几遍（绝非夸张），有些地方还是没弄明白"。他的认真的工作态度，真让我佩服极了。但是，他还是忘记了还有几篇旧译尚未编进去。

　　没想到，再过三周，7 月 22 日他传来一个全新的文档，已经编辑得很完整，前面漏掉的两篇普希金和一篇莱蒙托夫都在里面了，高莽先生终于想起他的全部旧译（除了早期的十封信）。而且，第一部分"阿赫玛托娃散谈自己"还增补了不少。整个回顾起来，这本译著的"序"写于 2013 年 10 月 25 日，"后记"写于"2014年春节"，2014 年 2 月 26 日传给我第一个文档，这是高莽先生对他的新译的原始构想。然后，他两次补充，两次传新档给我，从这个过程，我们就可以看到这一位八十八岁的老翻译家如何重视他的最后一本译作。

看到全译稿和目录后，我跟高莽先生建议，第一部分"阿赫玛托娃散谈自己"改题为"回忆的散页"，高莽先生原来列在中间的四篇普希金评论，还有关于莱蒙托夫和但丁的两篇短评，归为"评论"，列为第三部分，原来作为第三部分的"日记的散页"，改题为"回忆同时代人"，放在第二部分，再把早期的十封信列为附录，这样全书的架构就很清楚，高莽先生欣然同意。在这之前，马海甸先生已经根据他当时所能搜集到的资料，编译了一本《回忆与诗——阿赫玛托娃散文选》（广州：花城出版社，2001 年），非常有参考价值。我相信这一本《回忆与随笔》的出版，对我们了解阿赫玛托娃的诗歌与人格一定可以提供更多的帮助。我在校读这本书的过程中，突然发现这本书对于理解《没有英雄人物的叙事诗》有极重要的辅助作用。

我很想为这本书写一篇长序，就像前两本诗集一样，但我更想赶着在今年出书，因为 2016 年是阿赫玛托娃逝世五十周年，又是高莽先生的九十大寿，希望这本书的出版可以作为我们对一位伟大的诗人，还有一位长年不懈努力的翻译家的最高献礼。

2016 年 11 月 8 日

补记：汪剑钊《阿赫玛托娃传》（北京：新世界出版社，2006年）是了解阿赫玛托娃非常好的入门书，可以和本书参照着读。

另外，伊莱因·范斯坦的《俄罗斯的安娜：安娜·阿赫玛托娃传》（马海甸译，上海译文出版社，2013 年）也可以进一步参考。

（阿赫玛托娃著，乌兰汗译:《回忆与随笔》，

台北：人间出版社，2016 年 12 月）

并非偶然，查良铮选择了丘特切夫

——《海浪与思想：丘特切夫诗选》序

一

这本书排好版，经过三校，只等我的序文，就可以出版了，但我却迟迟无法动笔。我犹豫再三，不知道用哪种方式来写较为恰当。这是因为，本书的作者俄罗斯诗人丘特切夫（1803—1873）恐怕台湾没有几个人知道；而本书的译者查良铮（笔名穆旦，1918—1977）虽然在大陆已成为最受人瞩目的现代派诗人和著名的翻译家，在台湾目前仍然很少有人谈论，这让我不知如何下手才好。

这么说好了：如果要在中国（包括台湾、香港地区）学习西方现代主义诗歌的许许多多现代诗人中，选出一个我最欣赏的，那么，这个人就非穆旦莫属了。如果要我选出十位最有成就的中国现代诗人，我也一定会把穆旦列入。中国现代诗人为了探索新诗的创作道路，常常兼任翻译家，把无数的外国名作介绍到中国来。

这些诗人在翻译上贡献最大的，可能要数戴望舒、卞之琳和穆旦三人，其中，我还是最喜欢穆旦。穆旦译过普希金、拜伦、雪莱、济慈、艾略特、奥登等，凡是别人也曾翻译的，我大半偏爱穆旦的译作。（按照习惯，穆旦的翻译署本名查良铮，诗创作署笔名穆旦，以下行文一律用查良铮。）

查良铮译拜伦的长诗《唐璜》，初稿花了三年时间，最后一次修订用了一年多，出版后受到一致肯定，《唐璜》的译本就足以使查良铮不朽。查良铮本人的诗风偏于干硬、喜爱嘲讽，也可以抒情，这种特质，译拜伦是不二人选。他晚年修订、增补的《拜伦诗选》，我也认为难以超越。此外，我最喜欢的是他的《丘特切夫诗选》。我曾和谷羽先生（他也是俄罗斯诗歌的翻译名家）聊天，他也认为，穆旦译丘特切夫，是中国现代翻译的"奇缘"，值得大书特书。

丘特切夫是和普希金（1799—1837）、莱蒙托夫（1814—1841）并称的俄国浪漫主义时期三大诗人，不过，丘特切夫大半的作品写于1850年以后，在世时名声不大，19世纪90年代象征派对他大为推崇，确立了大诗人的地位，此后一直备受俄罗斯人喜爱。

自清朝末年开始译介外国文学以来，中国从来就没有遗漏过俄罗斯文学。如果从整体的历史累积来看，俄罗斯文学的翻译，论质量、数量，论文学史的覆盖面，在外国文学中可能是首屈一指的（当然，这也因为俄罗斯文学史较西欧诸大国要短得多）。这些翻译，主要以小说为主，诗歌相对来讲要少得多。不过，像普希金、莱蒙托夫这两个深具革命激情的诗人，其译作量之大，实在令人叹为观止。譬如，我买到的莱蒙托夫诗歌全集的译本就有五种，普希金的代表作《欧根·奥涅金》，我知道至少有七种以上的译本。

相对来讲，丘特切夫可以说完全受到冷落。除了像《俄国诗选》这类选集偶然可以读到他的诗外，好像没有任何一个俄国文学翻译家特别关注过他。当我看到 1985 年外国文学出版社的《丘特切夫诗选》时，我简直不敢相信自己的眼睛，再一看译者是查良铮时，只能说好像看到了奇迹。20 世纪 90 年代我辛辛苦苦买到了当时所有重印或新印的查良铮译作，其中以偶然发现的《丘特切夫诗选》最为难忘。

关于这本译诗集的出版，查良铮的儿女们曾有生动的回忆：

> 1985 年金秋，即父亲离世八年后，我们突然收到出版社的一封通知，说《丘特切夫诗选》已经出版，让我们去领取稿酬。这个突然的通知使全家人迷惑不解，母亲也不记得父亲曾译过这样一部书。结果大家都认为是出版社弄错了，母亲马上去信，请出版社再核对一下是否搞错。几天后出版社回信说，译者无误。是父亲在二十多年前即 1963 年寄给出版社的，但那时他的译著不能出版。多亏出版社的妥善保护，使这部"冻结"二十余年的译著，在今天能够与读者见面。（见《丘特切夫诗选》附录三）

这样看来，查良铮译《丘特切夫诗选》时，好像是一个孤独者独自面对这个以沉思见长的俄罗斯诗人，他好像要借由这些耐人咀嚼而又引人回顾过去的诗歌来澄清自己无法言传的苦闷。这一本诗集对当时的我来讲，具有特殊的意义。我也有一种无法言说的痛苦，某些诗作对我产生强烈的冲击，于是我就猜测，是否也因为类似的心境，查良铮才会去译这个在中国还几乎是默默无名的诗人。由此我想到了徐志摩《偶然》的第二节：

> 你我相逢在黑夜的海上，
>
> 你有你的，我有我的，方向；
>
> 你记得也好，
>
> 最好你忘掉，
>
> 在这交会时互放的光亮！

查良铮的一生和丘特切夫截然不同，然而，他们毕竟在 1963 年面对面"交会"了，这不是"偶然"，而是查良铮主动的选择。这是我在 90 年代读这本译诗集的感受，而且，我还揣测了他们"交会时互放的光亮"。当然，我必须承认，这只是一种揣测，可能离事实很远，也许还大谬不然。然而我至今喜欢这种揣测，这让这本诗集对我而言具有一种无可取代的意义。

二

下面我想用一种取巧的方式，吸引大家阅读这本诗集。

1850 年，丘特切夫认识了斯莫尔学院院长的侄女叶连娜·杰尼西耶娃，丘特切夫的两个女儿就在这所学院就读。这一年，丘特切夫 47 岁，杰尼西耶娃才 24 岁，只比丘特切夫的大女儿大几岁。没想到两人竟然一见钟情，终于不顾舆论，觅地同居。这种"不法"的爱情引起俄国贵族社会的不满，所有的污蔑和诽谤全落在杰尼西耶娃身上。这是绝望的爱情，带给两人无限的痛苦。杰尼西耶娃为丘特切夫生了两个儿子、一个女儿，于 1864 年因肺病去世。丘特切夫为此痛彻心扉，愧悔不已。丘特切夫为杰尼西耶

娃写了许多诗作，一般习称"杰尼西耶娃组诗"，这是他后期诗作
中最为感人的作品。下面介绍其中四首：

> 你不止一次听我承认：
> "我不配承受你的爱情。"
> 即使她已变成了我的，
> 但我比她是多么贫穷……
>
> 面对你的丰富的爱情，
> 我痛楚地想到自己——
> 我默默地站着，
> 只有一面崇拜，一面祝福你……
>
> 正像有时你如此情深，
> 充满着信心和祝愿，
> 不自觉地屈下一膝
> 对着那珍贵的摇篮；
>
> 那儿睡着你亲生的她，
> 你的无名的天使——
> 对着你的挚爱的心灵，
> 请看我也正是如此。

　　情人对着爱情的结晶"屈下一膝"，充满了深情，而丘特切夫
却对自己不配享有这爱情深感惭愧，他知道情人承受了多少耻辱，
不觉也对情人"屈下一膝"。你"不自觉地屈下一膝"和"我也正
是如此"，这两者的对比，形成了一种抒情式的悲剧张力。

一整天她昏迷无知地躺着，
夜的暗影已把她整个隐蔽。
夏日温暖的雨下个不停，
雨打树叶的声音是那么欢愉。

以后她在床上缓缓地醒来，
开始听着淅淅沥沥的雨声，
她凝神听着，听了很久，
似已浸沉在清醒的思索中……

好像她在和自己谈话，
不自觉地脱口说了出来：
（我伴着她，虽僵木，但清醒）
"啊，这一切我多么喜爱！"
……
你在爱着，像你这种爱啊，
不，还没有人能爱得这么深！
天哪……受过这一切，而还活着……
这颗心怎么还没有碎成粉……

　　这首诗描写杰尼西耶娃临终前的情景。经过长久的昏迷，经过长达十四年的折磨，她最后一句话是，"这一切我多么喜爱"。这个柔弱女人的爱情蕴藏了多么大的力量啊，"受过这一切"，"这颗心怎么还没有碎成粉"。能够这样感受女人命运的丘特切夫，就人格来讲，我觉得比写《安娜·卡列尼娜》的托尔斯泰更胜一筹。就像查良铮在"译后记"所说的，"杰尼西耶娃组诗"表现的是深具社会内涵的爱情悲剧，合起来就像读了一部托尔斯泰式的小说。

> 在涅瓦河的轻波间，
> 夜晚的星又把自己投落，
> 爱情又把它神秘的小舟，
> 寄托给任性的浪波。
>
> 在夜星和波浪之间，
> 它漂流着，像在梦中，
> 载着两个影子，
> 朝向缥缈的远方开始航程。
>
> 这可是两个安逸之子
> 在这儿享受夜的悠闲？
> 还是两个天国的灵魂，
> 从此要永远离开人间？
>
> 涅瓦河啊，你的波涛，
> 广阔无垠，柔和而美丽，
> 请以你的自由的空间，
> 荫护这小舟的秘密！（《在涅瓦河上》）

这是这部小说的序曲。爱情的小舟只能把自己托付给任性的波浪，诗人不得不祈求涅瓦河"荫护这小舟的秘密"。不久，你就会看到，"我们的爱情是多么毁人"，"两颗心的双双比翼"，就和"致命的决斗差不多"，它让我羞愧，让我绝望，最后一切结束了，我"好像一只残破的小船，被波浪抛到了荒芜的、无名的岸沿"，它"消失了——就像你赖以生活、赖以呼吸的东西，整个隐没"。
最后：

> 我又站在涅瓦河上了，
> 而且又像多年前那样，
> 还像活着似的，
> 凝视着河水的梦寐般的荡漾。

> 蓝天上没有一星火花，
> 城市在朦胧中倍增妩媚；
> 一切静悄悄，
> 只有在水上才能看到月光的流辉。

> 我是否在做梦？
> 还是真的看见了这月下的景色？
> 啊，在这月下，
> 我们岂不曾一起活着眺望这水波？

把前一首和这一首加以对比，就可以发现前者是序曲，这一首是尾声。"又像多年前那样，还像活着似的，凝视着……"，说明现在的诗人是"心如死灰"了，而"心死"的人却仿佛望见了从前"一起活着眺望这水波"的"我们"，这确实可以视为一首安魂曲。

当然，丘特切夫绝对不只是一个描写绝望的爱情的诗人，这一点，请大家务必记住。

附记：根据朱宪生译《丘特切夫诗全集》(桂林：漓江出版社，

1998 年）的译注（第 258 页），"杰尼西耶娃组诗"共有 22 首（据《丘特切夫选集》，莫斯科 1986 年版）。这只是选集编注者的一种推测，因为丘特切夫本人并没有将此一一标出。也许因为这种缘故，查良铮在译本中也并未将每一首"杰尼西耶娃组诗"都标注出来。为了读者的方便，现将各首按本书顺序标列如下：《尽管炎热的正午》《你不止一次听我承认》《我们的爱情是多么毁人》《命数》《别再让我羞愧吧》《你怀着爱情向它祈祷》《我见过一双眼睛》《孪生子》《哦，我的大海的波浪呀》《午日当空》《最后的爱情》《北风息了》《哦，尼斯》《一整天她昏迷无知地躺着》《在我的痛苦淤积的岁月中》《在那潮湿的蔚蓝的天穹》《我的心没有一天不痛苦》《我又站在涅瓦河上了》——查良铮只译了其中的 18 首，4 首未译。

朱宪生的译注和查良铮的"译后记"都说，《尽管炎热的正午》是组诗的第一首，但我很怀疑在此之前的《在涅瓦河上》也应该列入，我在本文的第二节末尾已加以指出。我不懂俄文，无法参考更多的资料，只能提出这种揣测，供大家参考。

又，查良铮的"译后记"，是一篇非常杰出的评论文章，请大家务必参考，才能了解丘特切夫诗艺的全貌。

2011 年 9 月 18 日

补记：1953 年，查良铮不顾朋友的劝导，毅然决然地与太太周与良从美国回到新中国。从 1953 到 1958 年，他夜以继日地工作，翻译了普希金、拜伦、雪莱、济慈、布莱克等人的诗，又翻译了季摩菲耶夫和别林斯基的文学理论著作，数量之大，令人难以想象，他急切地想以翻译工作参与新中国的建设。然而，1958 年，他却被天津人民法院判为"历史反革命"，"接受机关管制"三年，逐出讲堂，到南开大学图书馆监督劳动。此后，一直到 1977 年 59 岁时猝死，很少有舒心的时候。即使在这样的日子里，他仍然把握极为零碎的时间，翻译《丘特切夫诗选》和拜伦的《唐璜》，又修订了普希金的《抒情诗选》《欧根·奥涅金》和《拜伦诗选》，还新译了《英国现代诗选》。在生活上，他自奉甚俭，但朋友有难，却又慷慨解囊。他的一生，既让人感到无奈与叹息，却又令人肃然起敬。为了让读者了解他的生平，我们在书后附了四篇文章，供读者参考。

人民文学出版社于 2005—2006 年出版《穆旦译文集》8 册、《穆旦诗文集》2 册，是目前搜集穆旦创作与译作最完整的版本。

（丘特切夫著，查良铮译：《海浪与思想：丘特切夫诗选》，

台北：人间出版社，2011 年 10 月）

《在星空之间：费特诗选》序

　　费特和屠格涅夫、托尔斯泰同样出身于贵族家庭。费特比屠格涅夫小两岁，比托尔斯泰大八岁。屠格涅夫和托尔斯泰长期不和，却都和费特要好，两人之间有时还要通过费特互通讯息。屠格涅夫和托尔斯泰都喜欢费特的为人，也都欣赏费特的诗才。

　　费特只写诗，很少写小说；屠格涅夫写诗，又写小说；托尔斯泰只写小说，不写诗。其实三个人都富有诗才，屠格涅夫和托尔斯泰的小说常常具有强烈的诗意。1860 年以后，平民知识分子兴起，他们不喜欢贵族出身的文化人，他们倾向于激进改革和革命，强调文学、艺术的社会功能，讲究实用，不喜欢贵族孤芳自赏。他们称赞屠格涅夫和托尔斯泰的小说，厌恶费特只会歌咏大自然和爱情，不知民间疾苦。在很长的时间里，费特诗名不盛，只有一小圈人知道他，其中，屠格涅夫和托尔斯泰是主要的称颂者。

　　1890 年以后，象征派兴起，诗歌在俄罗斯文学中重获主流地位，费特的价值才真正得到承认，从此以后，他成为和普希金、莱蒙托夫、丘特切夫、涅克拉索夫并列的大诗人。

　　我从文学史上知道以上的事情，却从未读过费特的诗。在疯狂买大陆书的时期，我曾经买到一本薄薄的费特诗选，却因为买书太多，连翻都没翻过，如今也不知道放到哪里，无法寻找了。2008 年我认识了谷羽先生，他谈到，他也译了一本费特诗选，至今尚未出版。我还想读费特，他印了一份给我，我约略读了二三十首，觉得费特的诗很有魅力，决心出这本译诗集。

读了费特的诗，才最终了解，为什么屠格涅夫和托尔斯泰会喜欢他的诗。他们三人都喜欢大自然，对大自然的美都具有一种超人一等的掌握能力。我们看费特这一首《夜晚宁静》：

> 夜晚宁静，闪烁星光，
> 天空中的圆月忽明忽暗；
> 美丽的双唇甘甜芳香，
> 在星光闪烁的安谧夜晚。
>
> 我的美人，月色皎洁，
> 我怎样才能够一扫忧烦？
> 你满怀爱心光彩四射，
> 在星光闪烁的安谧夜晚。

在这里，迷人的月色和对爱情的怀想紧密联结起来，而所谓的爱情，并不只限于男女两人的男欢女爱，是对于美好未来的向往，是对于希望与梦想的追求。大自然的美，蕴含了爱情、希望和梦想，蕴含了人所希冀的美好的一切。大自然的美，引发了人对一切美的追寻，大自然的美，是真、善、美的总源头。这是费特、屠格涅夫、托尔斯泰共同的美学原则。再看《我等待》：

我等待……河水银光熠熠，
传送来夜莺呜啭的回声，
月下的草叶缀满了钻石，
艾蒿上有亮晶晶的萤火虫。

我等待……蓝幽幽的夜空，
撒满了大大小小的星，
我听见心儿怦怦直跳，
只觉得浑身上下簌簌颤动。

我等待……忽然南风吹来，
心里温暖，我走走停停；
一颗明亮的星坠落天外……
再见吧，再见，金色的星！

　　大自然的美让我们等待，让我们希冀，让我们追求。没有这种追求，人生就没有什么色彩和光明。像这样的感受，我常常在屠格涅夫和托尔斯泰的小说片段中读到。

　　大自然的美除了引发我们对于美好的追寻外，还引发我们沉思，沉思人生的真谛。费特有一首诗我很喜欢，题目叫《我久久伫立》：

我久久伫立一动不动，
目不转睛凝视遥远的星——
于是在星斗和我之间，
冥冥中产生了某种关联。

当时的遐想已无印象，

我只顾聆听曼妙的合唱，

空中的星星微微颤动，

从那时我热爱天上的星……

我们和大自然"冥冥中"有某种关联，我们说不清这是一种
什么关联，但由于意识到这种关联，我们觉得自我已溢出了"我"
之外，和一个更大的、不可说的东西冥合为一，为此我们得到一
种安慰。我推测，是费特这种泛神论色彩，引发了象征派诗人的
赞许（书中的第 36 首是这首诗的重译，我没有删掉，两者可以互
相比较；又，第 118 首也可参看）。

费特还有一首《躺在牧场的草垛上》，我也很喜欢：

南方之夜。仰面朝天，

我躺在牧场的草垛上，

四面八方有音流抖颤，

那是天体生动的合唱。

大地如同浑浊的哑梦，

失去了分量不断下沉，

一个人独自面对夜空，

我恰似天堂首位居民。

是星斗成群向我飞翔，

还是我坠落午夜深渊？

恍惚觉得有一只巨掌，

把我抓住，凌空倒悬。

我曾经半夜躺在山顶上，满天星斗的夜空笼罩着我，那种感觉真是难以形容。费特说，"一个人独自面对夜空，我恰似天堂首位居民"，我也有那种"至福"之感。

所谓现代文明，其实就是城市文明，城市文明不但让我们远离大自然，还不断地破坏大自然。从小在城市中长大的小孩，或者遗忘了小时候接触大自然的成年人，是否保留了对自然美的欣赏能力，不能不使人怀疑。不能欣赏大自然的美，还能够想象一切的美吗？ 这也使人怀疑。

因此，费特是值得一读的。

2011 年 9 月 8 日

（费特著，谷羽译：《在星空之间：费特诗选》，
台北：人间出版社，2011 年 10 月）

终于找到柯罗连科了

很可能是在高三上学期时，我和两位同班同学迷上了屠格涅夫。我们把当时市面上买得到的屠格涅夫四部长篇《罗亭》《贵族之家》《父与子》《处女地》都读完了。我最喜欢《贵族之家》，到现在还记得那个令人难以忘怀的结尾。这是我对西洋文学的初恋，从此我迷上了俄罗斯文学。

大约在大学三四年级时，屠格涅夫这个偶像被托尔斯泰所取代。托尔斯泰的抒情魅力绝不下于屠格涅夫，而他对生命意义的执迷追索则更让我心有戚戚焉。其后，我逐渐了解托尔斯泰刻画人物的非同凡响，正像许许多多的读者一样，我完全被安娜·卡列尼娜和玛丝洛娃（《复活》的女主角）这两个女性迷住了。我到现在还认为，托尔斯泰是西方小说之王，无人可以取代。

在大学和硕士生阶段，我还做了一件傻事。我查遍了台大图书馆的书目，只能借到一本英文本的俄国文学史，是俄国革命后流亡于英国的米尔斯基公爵所写的。那时候我的英文极差，但这本书我连续借了不下六七次。我记得，借书卡最前面签着"郭松棻"这个名字，接下去全部是我的名字，至少我离开台大时还是如此。

这本书的内容我至今还记得一些，譬如米尔斯基认为契诃夫不足以代表俄罗斯精神，他认为列斯科夫是一个更好的说故事的人。很久以后，本雅明的《讲故事的人》成为现代西方文学批评必读的名文，但台湾几乎所有读这篇论文的人，一直到看到这篇文章，才知道列斯科夫这个名字，而我却很早很早就"知道"列斯科夫了，为此还私心窃喜了一番。

我把这本俄国文学史讲到的普希金之后的所有重要作家都记住了，还记住了他们不少代表作的书名。很遗憾的是，在当时的台湾，我只能看到一部分的屠格涅夫、托尔斯泰、陀思妥耶夫斯基和契诃夫，能买到极少数的普希金和莱蒙托夫，此外，什么也没有。当时，台湾出了什么俄罗斯文学的新书，我一定知道，而且一定买。旧书摊都让我摸遍了，但所得仍然极为有限。

20 世纪 90 年代，开始开放买大陆图书，我简直买疯了。凡是有关俄罗斯文学的翻译（包括传记和回忆录），我一律都买，买重了也要买。我可以毫不夸张地说，凡是我看到的（包括到大陆旧书摊上找）我都买了。20 世纪最后二十年大陆出版的有关书籍，我相信，在台湾，应该是我买的最多，很难想象有谁可以超过我。

当时买书的艰苦和乐趣现在还历历在目。人民文学出版社的十七卷《托尔斯泰文集》一卷一卷出，我生怕买漏了，不得不几个地方订书，以至于好几册都买重。当收到人民文学出版社三卷本屠格涅夫《中短篇小说选》时，好几个小时内都非常激动，这套书我"摸"了好几天。有一次我跑到人民文学门市部找书，他们告诉我，我要的一些书脱销了，不妨到书库问问看。我搭计程车，好不容易在小巷中找到书库，管书库的两位大娘跟我说，我要的书都没了。我看室内有一个书架，架上许多书，仔细一看，好几本我已找了许久，我问两位大娘，这书卖吗？她们说，哪能卖啊，这是样书，卖了就没了。后来她不忍心看我空手而回，就说，你就挑几本吧，不要拿太多。我挑了三四本，其中就有《列斯科夫小说选》，喜滋滋地走了。

这样买了好几年，始终没有买到柯罗连科（1853—1921）的任何一本小说集，最终也只找到一本薄薄的《盲音乐家》，臧传真译，让我感到很不满足。柯罗连科和契诃夫、高尔基同时，名气没有契诃夫、高尔基大，在两个巨人的阴影下几乎被遗忘了。但鲁迅曾称赞柯罗连科的人品，又说他的小说"做得很好"，"是可以介绍的"，我也知道周作人很早就译过他的《马卡尔之梦》，找不到实在不甘心。一直到 2002 年，我才看到傅文宝译的《盲音乐家》（共收四篇小说，一篇散文，浙江文艺出版社），还是没有《马卡尔之梦》，真是无可奈何。

2009 年春天，经朋友介绍，我认识了俄罗斯诗歌翻译家谷羽先生，他正在文化大学客座。我们见了两次面，每次都谈好几个小时，我问他一些俄国文学翻译家的状况，他讲了不少他们的趣事。他谈到李霁野是他们的系主任，李先生是我的老师台静农和郑骞的老朋友，听起来备感亲切。他又谈到，他在南开大学读俄语专业时，还有一位臧传真先生也是他的老师，现在已八十多岁。我说，是译柯罗连科那个臧传真吗？他说，是啊，臧先生是资深翻译家，译笔极谨严，退休后仍在翻译文学作品，他译的柯罗连科还有一些新稿，可惜没人出。我经过一点迟疑，终于决定接受谷羽先生的建议，在台湾出版臧先生所翻译的柯罗连科的小说。我还跟谷羽先生说，无论如何要有《马卡尔之梦》这一篇，如果臧先生没译，请说服他补译。

臧先生的译稿，排校完毕以后，发现竟然有 450 页左右，只好分两本出。人间出版社也许会亏一些，但想到臧先生一生奉献于翻译事业，又想到两岸第一次有这么多的柯罗连科的小说译文，因此决定，无论如何也要出。

柯罗连科的小说非常吸引人，只要读一下《盲音乐家》，你就会知道，我不是乱说的。他具有一种正直的、坦然的人道主义胸怀，任何人读了都可以感受到他高尚的人格。他曾被放逐到西伯利亚四年，备尝艰辛。他是第一个描写西伯利亚生活的俄罗斯重要作家，《马卡尔之梦》和《西伯利亚驿站见闻录》都以此作为背景，写得生动异常。

关于柯罗连科的人格，我可以讲一个我看到的故事。他写小说成了名，收入增加，又当选皇家科学院院士。他不怕得罪沙皇，看到不满就批评。当沙皇取消高尔基的院士资格时，他和契诃夫一起退出科学院。任何革命党，包括布尔什维克、孟什维克、社会革命党，只要有求于他，他都会出钱，还会掩护他们。十月革命以后，布尔什维克开始对孟什维克和社会革命党还比较客气，没想到社会革命党和孟什维克有些人搞暗杀和破坏，布尔什维克反过来报复，逮捕了不少人，也枪毙了一些人。柯罗连科很不高兴，在报纸写文章激烈批评布尔什维克，列宁只好把他抓了起来。高尔基知道了以后，找列宁理论。柯罗连科是一个大好人，还好只活到 1921 年，不然以后还会更痛苦。

关于柯罗连科的一生及其代表作，臧传真先生已有介绍，除了《盲音乐家》，两本书所收的小说，我都是初次阅读，而且读得很粗，因此不敢随意评说。

为了让大家欣赏柯罗连科小说的魅力，下面引《盲音乐家》第一章第七节一小段文字，稍作解释。

春天的骚乱的声音沉寂了。在和暖的阳光普照下，自然界的劳作渐渐纳入常轨；生活似乎紧张起来，像奔驰的火车一样，前进的行程变得更快了。草地上的嫩草发绿了，空气中充满白桦树嫩芽的气息。

他们决定带孩子到附近河畔的田野上去玩玩。

母亲牵着他的手，马克沁舅舅拄着拐杖并排地向河边的小山岗走去。经过风吹日晒，小山岗已经十分干爽，上面长满绿茸茸的小草，从这里可以展望辽阔的远方。

晴朗的白昼使母亲和马克沁感到晃眼。阳光照暖他们的脸庞，仿佛抖动着无形翅膀的春风却用清新的凉爽赶走了暖意。空气中荡漾着令人心旷神怡的懒洋洋的醉意。

母亲觉得孩子的手在她手里攥得很紧，但是她被这令人陶醉的春意所吸引，就没大注意孩子的惊惶表情。她挺起胸脯深深呼吸，连头也不回地一直向前走；如果她回头看看，准会发现孩子脸上的表情有些异样。孩子怀着沉默的惊讶转身面向太阳呆望着。他咧开嘴唇，好像水里捞出来的鱼儿似的急忙一口一口地吞咽着空气。不自然的喜悦不时在他张皇失措的小脸上流露出来，好像是神经受了什么刺激似的突然在脸上闪现，霎时又换上一种接近恐惧和疑惑的惊讶表情。只有那两只眼睛没有视力，依然在痴呆呆地张望着。

··········

各种声音还太繁多，太嘹亮，一个接着一个地飞升、坠落……包围着孩子的声浪越发紧张地翻腾起来，从周围轰隆隆震响的黑暗中袭来，又回到黑暗中去，接着又换一些新的声浪，一些新的音响……声浪更快，更高，更折磨人了，使孩子觉得悬空无靠，并且摇晃他，催他入睡……又一次传来漫长而凄厉的一声吆喝，压倒了令人迷惘的嘈杂声，于是一切马上都沉寂了。

孩子低声呻吟起来，往后栽倒在草地上。母亲连忙转过身来，跟着惊叫一声：孩子面色苍白，躺在草地上晕过去了。

我第一次读到这一段文字，既感动又震惊。柯罗连科怎能想象一个从小眼盲的小孩，当他初次面对美好的春光和春天的种种声音时的这种强烈感受呢？可见柯罗连科是一个心地极其善良又时时刻刻注意着别人内心感受的人。他的小说细节，就如上面一段一般，常常带给人强烈的冲击。譬如，在《没有舌头——旅美历险奇遇记》里，他让一个初到美国、只懂乌克兰方言的农夫，迷失在美国城市，让他感受到不为人所理解、自己也无法表达的痛苦。这一段经历是如此扣人心弦，以致最后他终于碰到一个可以沟通的乌克兰同胞时，我们不禁松一口大气，并为他感到喜悦。

柯罗连科就是这样一个善体人意的小说家，他所描写的痛苦与快乐，都会让我们感到如此亲切，并不自觉将他视为知心的朋友。这是一个提供温暖的小说家，值得我们去阅读——你不妨试试看。

2011 年 5 月 12 日

（柯罗连科著，臧传真译：《盲音乐家》《没有舌头》，
台北：人间出版社，2011 年 6 月）

小森阳一《村上春树论》序

　　有一阵子常常听到村上春树这个名字，我这个从来不看畅销书的人竟然也问我儿子，"村上春树哪一本书最有名？"我儿子说，"好像是《海边的卡夫卡》"。于是我就买了大陆林少华的译本，但一直摆在书架上，从来没有翻过。

　　去年清华大学的王中忱教授来台湾客座，在随便乱聊中，他提到了日本的左翼评论家小森阳一教授，说他写过一本《村上春树论——精读〈海边的卡夫卡〉》，我有一点意外，没想到这本书会引起这么著名的评论家的注意。不久我到北京，王教授介绍我认识本书的中译者秦刚先生，承他送我一本。我抽出时间来看，原本想大致翻一下，没想到欲罢不能，竟然一口气读完，一本文学评论的书籍具有这么大的吸引力，真是太神奇了。

　　小森阳一教授告诉我们，日本右派的政治宣传技术如何与商业媒体结合，运作出惊人的畅销纪录，并以此麻痹社会人心，让他们在充满问题与焦虑的情境下可以心安理得地生活下去。这种做法，我以前在台湾也不是没有感觉到，但看到小森教授的精细分析，我才恍然了解，现在的政治操作原来可以如此地精密，真是令人叹为观止。

对于这样严密设计的作品，要把它的每一点布置一一拆解，让它大白于天下，并让许多人看得懂，这实在是非同小可的工作。这需要极大的耐性、丰厚的学识，还有极清晰的文笔。要是我，我才不愿意浪费我的时间，去仔细梳理这样一本没有什么价值的书。然而，小森阳一却为它花了两年的工夫。他在中文版的序里说：

> 然而，精神创伤绝不能用消除记忆的方式去疗治，而是必须对过去的事实与历史全貌进行充分的语言化，并对这种语言化的记忆展开深入反思，明确其原因所在。只有在查明责任所在，并且令责任者承担了责任之后，才能得到不会令同样事态再次发生的确信。小说这一文艺形式在人类近代社会中，难道不正担当了如此的职责么？因此，我要对《海边的卡夫卡》进行批判。

这一段话让我深为感动。一个关怀人类前途的评论家，不只要推荐好书，还要指出蓄意欺骗的作者如何罔顾人类正义而玩弄读者。小森阳一这么义正词严地强调小说的道德性，真如空谷足音，让我低回不已。在文学已经成为某一形式的游戏与玩乐的时代，连我都不再敢于严肃地宣告文学的正面价值了。他的道德的诚挚性始终贯注在我的阅读过程中，让我不敢掉以轻心。

除了这种道德性之外，作为一个左翼评论家，小森阳一还有一个极大的优点。任何艰涩的知识和复杂的小说，在他笔下都可以成为井然有序、易于阅读的文字，让我们好像在享受获得知识的欣喜。譬如在第一章里他对弗洛伊德理论的分析，第二章里他对伯顿译本《一千零一夜》里所蕴含的强烈东方主义色彩的揭露，第三章里对夏目漱石小说《矿工》与《虞美人草》的解说，都非常吸引人。在第五章里，他把《海边的卡夫卡》和战后日本社会联系起来，对一直企图逃避战争责任的右派进行了强烈地抨击，让我这个对历史不是毫无所知的人，都有突然憬悟之感。我第一次感觉到，小说评论是可以和知识传达完美地结合在一起的。

关于《海边的卡夫卡》的意识形态倾向，秦刚的译者序和小森阳一的两篇序都做了简要的说明，这里就不再重复。我想以小说中的一两个情节为例，以最简明的方式呈现小说想要把读者引导到哪个方向和哪些心态上。

小说的主角田村卡夫卡，四岁时母亲带着姐姐（养女）离家出走，父亲不理他，他像个孤儿似的成长到十五岁，这时候他决定离家出走，独立生活。他从小被父亲诅咒，说他会"杀死父亲，同母亲和姐姐交合"，他一直深怀恐惧，但内心中却又受到诱惑。离家后他到了高松市，找到了甲村图书馆，每天在那里看书。图书馆的负责人佐伯虽然已年过五十，但仍然容貌美丽，身材苗条，身上还可以觅出十五岁少女的姿影。田村少年既把佐伯看成他的母亲，又每天迷恋她的身影。终于有一天晚上，佐伯以沉睡状态来到田村的房间（也是以前佐伯和她的情人幽会的地方）和他发生了关系。后来，在田村的恳求下，佐伯以清醒的意识又和他同床两次。这样，田村就拟似"同母亲交合"了。

这件事发生后，佐伯就不再有生命意志，她在死前跟别人忏悔说：

不，坦率地说，我甚至认为自己所做的几乎都是错事。

也曾和不少男人睡过，有时甚至结了婚。可是，一切都毫无意义，一切都稍纵即逝，什么也没留下，留下的唯有我所贬损的事物的几处伤痕。

这样，这一桩拟似"母子交合"的责任就由佐伯承担下来（因为她贬损了事物，败坏了世界），她必须死，她也就死了。而那个从头到尾对佐伯充满性幻想的、又一直把她假设是母亲的田村少年却一点责任也没有。

另一个例子是田村少年和樱花的关系。樱花是田村在到达高松的旅途中认识的、比他年长的女孩子，像姐姐一样地照顾他。田村也一直对她充满了幻想，有一天在梦中强奸了樱花。在小说结尾时，田村打电话跟樱花告别，这个情景以这一句话结束：

"再见。"我说。"姐姐！"我加上一句。

最后加上去的"姐姐"这个称呼就是有意要坐实他"奸污"了姐姐。所以田村根本不只被诅咒要"同母亲和姐姐交合"，他根本就是有意要犯这个错。他认为，只有践行这个诅咒，他才能从命定的重担下解脱出来，获得自我与自由。很难形容这是怎么样的逻辑。

这样的田村却被称为是"现实世界上最顽强的十五岁少年"，并被劝告要"看画""听风的声音"，就是顺着感觉走。这样就是活着的意义，不然，你会被"有比重的时间如多义的古梦压在你身上"，怎么逃也逃不掉。这是劝告人要这样地成长：既然有历史和现实的种种重担压在你身上，你就只能左闪右躲，就只能听着、看着、幻想着（特别是性），可以这样悠游自在，而你没有任何责任，因为这些都是别人"诅咒"到你身上的。这样的人生观，只能令人浩叹，怪不得小森阳一教授决定加以批判。

最后，感谢王中忱教授让我接触这本书，感谢本书的译者秦刚先生，他为了台湾的繁体字版又把译文修订了一次，同时他的译文还修正了林少华的误译、漏译之处。当然要感谢小森阳一教授，不论对大陆的简体字版，还是对台湾的繁体字版，他都无偿地提供了版权。

2012 年 5 月 23 日

（小森阳一著，秦刚译：《村上春树论：精读〈海边的卡夫卡〉》，台北：人间出版社，2012 年 5 月）

苏敏逸《"社会整体性"观念与中国现代长篇小说的发生和形成》序

　　中文系的硕、博士生，颇有人以为，现代文学论文好作，其实大谬。我想借敏逸博士论文出书之便，稍论此事。

　　敏逸读硕士时，找我指导。我问她，对中国现代文学有何基础。她说，几近白纸，只读过鲁迅少数小说。我说，读现代文学，须知中国近现代史，台湾所讲授的近现代史颇多谬误，至少需读《剑桥中华民国史》《剑桥中华人民共和国史》，两书四巨册，数千页。同时，需将五四到1949年之间代表作家的名作大略浏览一遍，建立基础，才能讨论论文题目，因此，我开列了一个相当长的书目。在我年轻时国民党书禁甚严，现代文学作品几乎读不到。"解严"后年龄已大，诸事烦心，已没耐性读。但我以为要做现代文学，只有痛下决心打好基础，才是长远之计。敏逸听了我的话，一年之内把诸书都读完，让我甚感惊讶。以后我收的学生，没有人不服她的，因为所开的条件，只有她一人贯彻到底。

　　我又跟敏逸讲，现代文学深受西方文学影响，至少需读有关西方作品，才可能对中国现代文学的得失、成败有中肯的评论。她因此读了不少翻译小说。我知道很多人研究中国现代诗，却不读 19 世纪以降的西洋诗，实在很难理解，他们如何点评中国现代诗。现代文学之所以难于研究，就因为，先天上这必须是一种比较文学的研究，而台湾的中文系多倾向于保守，不读西洋书。这就如跛足走路，实际上是不良于行。

再进一层而言，中国本身具有深厚的历史、文化传统，五四作家虽号称反传统，实际上他们自小就读古书，古典涵养极深，这不可能不影响其创作。五四以降的新文学，是近代中国文化接受西方文化强大冲击、不断调适、寻找出路的产物。从中国现代文学曲折复杂的发展道路，可以看见中国文化再生的艰难历程。这是文化史上的大事，没有这种历史眼光，研究不可能深邃。我曾告诉敏逸，此事极难，只能假以时日。在中文系教书，有机会开古典文学也不要推辞。每隔几年准备一门课，积少成多，日久总会见功效的，她也总是全力以赴。

现在我觉得，所有知识都是人类行为累积的结果。即使是科学，也源于人类的需要。中国人发明火药，但中国人不爱打仗，炮械长期不发达。火药传到西方，日新月异，终于有了原子弹，由此可见西方近代战争之惨烈。科学如此，人文学更不用说了。知识、学问都源于人类的生存所需，文学虽然似极高邈，远离实际生活，其实也不例外。近二十年来台湾社会千奇百怪，至今人人彷徨无主，文学所表现的种种异状，莫不与此合拍。文学是人类行为在精神上的遗迹，不了解这一点，文学研究也会变成纯形式、纯规范的刻板文书工作，读之令人极厌烦，而研究者亦如日日坐书桌前写公文程式，恐怕自己也不会有兴趣，为了饭碗不得不如此。

我所期望于敏逸及我的学生的，就是希望，他们终有一天体会到，一时代的文学是一时代的人类精神遗迹。我们读欧阳修、王安石、苏轼、黄庭坚，最终可以想象北宋盛世的精神世界；我们读鲁迅、周作人、茅盾、老舍，也可以想象20世纪的中国人如何挣扎于亡国的危机之中。借文学而想象一个时代，即可把我们从此时此地提升出来，以纵观古今的眼光来回看自己的时代。这样，即不会为一时一地所限，而陷于悲观彷徨。读书而能明史知人，自己就能有所立足，而不汲汲营营、栖栖惶惶于一时之得失了。

敏逸的硕士论文写的是老舍，由于准备工夫充分，写得非常流畅。老舍是中国现代长篇小说的主要奠基者，因此，到了博士阶段，我希望她就"中国现代长篇小说如何形成"这个问题加以讨论。这是一个艰难的题目，不但要细读20世纪三四十年代所有的（至少是主要的）长篇小说，而且还要熟悉西方近代长篇小说及相关的理论论述。敏逸勇敢地接受了挑战。就其结果而论，我也是相当满意的。不过，后来我逐渐感到，我跟敏逸是把这个问题看得比较轻易了些。中国现代的长篇小说，虽然主要渊源于西方近代长篇小说，但两者的文学传统明显大异其趣，中国的小说家不自觉地受制于自己的文化传统，所写出的小说到底还是中国小说。这一问题，到底要如何讨论才算恰当而深入，连我自己都觉得有些困惑。不过，现代的学术研究是以"出成品"为第一优先，不能考虑"十年磨一剑"。就现在的论文面貌而言，出书当然是没有问题的，而且还可以称得上是极优秀的博士论文。

近几年来，我逐渐感觉到年龄老大。我知道自己生活的时、地严重地限制了我，虽然让我幸而未受大苦难，诚是不幸中而有大幸，因此该知所满足；但我知道，我的学问大概仅止于此。我相信，中国下一两代将出现大学问家。我的学生辈的人也许将遭逢盛世，希望他们能有更好的机缘。即使他们未必有大成就，但能生活于治世，这本身就是一大幸福。我祝福他们，并且特别希望敏逸不要心急，做学问但求问心无愧，只要尽力就好。学问毕竟是代代累积的成果，我们自己知道，其中有自己一份微薄的心血，也就可以了。

2007 年 11 月 23 日

（苏敏逸：《"社会整体性"观念与中国现代长篇小说的发生和形成》，台北：秀威资讯科技公司，2007 年 12 月）

徐秀慧《战后初期（1945—1949）
台湾的文化场域与文学思潮》序

　　秀慧的博士论文，经过修改以后，就要出版了。她希望我写一篇序，我当然不能推辞。施淑教授的序里，已把秀慧论文处理问题的特殊方向——它和流行看法之间的差异——讲得扼要而明白，因此我想谈一谈秀慧论文写作过程中的一些问题，以供大家参考。

　　秀慧的硕士论文研究黄春明的小说。她以本雅明的"说书人"理论做参照，说明黄春明前、后期小说的变化，而不是把小说资料全部纳入理论架构之中。我认为，她的硕士论文还算相当活泼而有一些创意。

　　就在她进入台湾清华大学研读博士期间，我的朋友曾健民医生跟我说，他搜集了一大批光复初期的资料，是否可以找到一个博士生就此写一篇论文。我想到秀慧，就找她来谈。她原来已有题目，而且开始准备了。如果改变题目，她就必须面对一些非常庞杂的历史资料，而且还要面对一个她几乎完全陌生的年代。她当然心生畏惧，不愿意接受，这完全可以理解。经过我几度说服（或强迫），她勉强同意了。

秀慧刚开始阅读这一批资料时，即感到茫然不知所措，不知从何整理起。她跟我说，她想按年、月、日先编一个大事记，以便自我厘清。过了一段时间以后，她又跑来说，编不下去，事情太多了，不知如何选择。我告诉她，当我们还没有把资料全盘加以理解、当我们对全局还完全模糊不清时，你是完全无法做选择的。我们只能先大体阅读资料，得到一个非常粗糙的整体观，然后每对资料再熟悉一步，整体观就会清楚一些。我们必须在资料与整体观之间不断往返，"辩证发展"，最后才会得到一个过得去的时代图像，这个时候才有资格谈到拟定论文大纲。

据我了解，现在很多人写论文，才刚开始看资料，大纲已经先拟好了。因为他以某一"史观"或理论做引导，大纲据此而定，并按此大纲找资料。实际上，这等于还没看完资料，结论就已差不多得到了。不少研究生跟我说，没有理论，就无法写论文，实际上却是，他们以理论所预设的架构来看问题。秀慧对那一大批资料、对资料所涉及的时代都不熟悉。她被迫从资料入手，反复阅读、思索，由此反而读出自己的看法，可谓因祸得福。

当秀慧已经比较熟悉资料，对当时的一些事件比较可以掌握以后，她又产生了另一个问题。按当时台湾文学研究界的流行看法，她自然"先天"具有省籍对立与两岸对立的模糊观念（她不是"台独"派，但无法不受台湾风气影响）。这种先入的看法和她的资料常常"打架"，无法完全协调。每当她要解释一些事件时，先入观念即不时出现，让她左右为难，不知如何处理。这时候我只好明白点出，她必须抛弃先入观念，不然她的论文会写不下去，但我完全不帮她厘清。我认为，我无法帮她"清除"她的先入观念，如果她自己都无法"清除"，这些观念会不知不觉地渗透到她的论述中，神仙也帮不了忙。事后据其他学生说，秀慧跟他们发牢骚，抱怨我一点也不"指导"。事实上，"思想"无法在别人的"指导"下改造，只能在别人的帮助下"自我改造"。从我的立场来看，秀慧的"自我改造"并不彻底，但目前已达到的地步，我认为已非常不简单了。

现在的研究者侈谈"历史语境"，其实大半没有意识到资料所呈现的"历史语境"和自己的先入观念往往会产生矛盾。应该说，没有一个"历史语境"和自己的先入观念是完全相同的，但一般研究者却只以自己的先入观念去诠释资料，完全没有意识到，有一个他需面对的、陌生的"历史语境"。我们天天在"以今律古"，却又天天在谈"语境"。秀慧比较幸运，她的资料所呈现的"历史语境"是一面陌生的高墙，她不得不面对。当然也要说，因为她认真阅读资料，因此那一面高墙自然出现在她眼前。如果是以先入观念去读资料，高墙也就不会出现了。

秀慧论文的完成，不少人帮过她的忙，如曾健民、日本的横地刚、跟我联合指导的施淑教授，以及她的一些同学。以上我只是就我个人的经验，提出一些值得思索的问题。秀慧在做学问上如果还可求进步，就应该记住这一次的过程，而不只是满足于这一篇颇受赞许的论文。这是我对秀慧的期望。

2007 年 8 月 4 日

（徐秀慧：《战后初期（1945—1949）台湾的文化场域与文学思潮》，台北：稻乡出版社，2007 年 11 月）

黄文倩《在巨流中摆渡》序

文倩的博士论文经过修改，即将出版，问我要不要写篇序。这篇论文的主要研究对象，是当代大陆作家陆文夫和高晓声，都是我很喜欢的小说家。我跟他们两人有一面之缘，虽然两人都已过世，至今有时还会想起他们。为了表示怀念，我还是拨出时间来写比较好。

20世纪80年代后期，由于阿城《棋王·树王·孩子王》引起的轰动效应，当代大陆小说开始输入台湾，新地出版社的老板郭枫先生是主要的推动者之一。我很幸运地认识了他，从他那里看到一些尚未在台湾出版的作品。后来这些作品也陆续出版了，我还为其中一个系列写了一篇短序，这个系列包括汪曾祺、从维熙、高晓声、陆文夫等作家。我在序里说，这一批人，可能是从五四运动以后开始兴起的现实主义文学的最后一代。那时候我已经感觉到，大陆文坛正在求新求变，过去的现实主义已经不再被下一代的知青作家所喜爱了，后来的发展证实了我的看法，但是我没想到，除了王蒙之外，到90年代他们几乎完全被遗忘了。

1989年7月，我随着郭枫先生，还有几位朋友，到大陆去绕了一趟。这是我第一次到大陆，去了北京、成都、重庆、武汉、上海、苏州、杭州，真是走了不少地方。我在苏州见到陆文夫和高晓声，吃完晚饭、喝完酒后，别人都休息了，我到高晓声的房间聊天。高晓声的常州话，我只能听懂三成，但我们竟然聊到天亮。天亮后，高晓声拎着简单的行李就走了，1999 年他去世，只有七十一岁。这是我唯一一次见到高晓声。可能在 21 世纪之初，我跟陈映真先生到苏州去，当时身为江苏作协主席的陆文夫出面跟我们照团体照，我很高兴又再度见到他，他还记得我，我问他，出不出高晓声的文集，他说，会的。又隔了一两年，我在北京，全国作协开大会，我参加了闭幕式。闭幕式上特别介绍几位即将退休的全国作协副主席，其中就有陆文夫。散会后，我很想走向前去跟他打招呼，但他很落寞地走着，跟谁都不讲话，我也不知道要跟他说什么，就跟别人走了。没想到过不了多久，就听到他去世的消息，那是在 2005 年，他也只有七十八岁。经过几年的等待，我既没有买到《高晓声文集》，也没有买到《陆文夫文集》。以他们两个在大陆文坛的地位，即使已经到了被遗忘的边缘，也不能不出他们的文集。我一直不甘心，还是痴痴地等下去。

我这个多年的心愿，没想到是文倩帮我完成的。文倩硕士论文写的是莫言，后来她考上淡江博士生，上我的课，突然喜欢起陆文夫和高晓声，真是令人意外。她决定以"探求者"集团为研究对象。1957 年，高晓声、陆文夫和几个朋友，为了打破当时千人一面的文坛现象，准备办同人刊物《探求者》，想要为中国文坛创造一个流派。不久，"反右"之风刮起，他们全部被打成了"反党集团"，全部成了"右派"分子，从此落难二十年。文倩想要从 20 世纪 50 年代以来中国文坛的气候变化，来研究"探求者"集团的命运变迁；其中主要分析，高晓声、陆文夫在 50 年代突然崛起又迅速被打压下去的过程及其原因；还要探讨他们两人在 80 年代初期再度蹿红，经过几年红得发紫，在 90 年代又逐渐被遗忘的历程。我认为文倩的野心太大，这样的题目超过她的掌握能力，并不加以鼓励。但她充满自信，跃跃欲试，我也不好阻拦。

我跟她说，按我对大陆体制的了解，不可能不出两个人的文集，看她能不能找找看。没想到她神通广大，居然把两套文集都挖出来了。她说，《高晓声文集》印出来后，就堆在江苏作协的仓库里，根本没上市。《陆文夫文集》是怎么找到的，我已忘记了。总之，两人去世后已全被遗忘，文集没人有兴趣，居然摆不到书店里。我没想到，大陆变化的速度有这么快，十年前还名满天下的大作家，如今居然已无人问津了。

其后，文倩把两人的年表，以及两人的作品目录都编出来了，到这个时候，我才对她的论文有信心。以我的经验，台湾的研究生要做当代大陆文学，第一个困难的就是资料。我认为，文倩应付起来毫无困难。我跟她说，下一步的工作是要熟悉大陆社会，这只有多跑大陆，多跟大陆专家接触才能解决。文倩的勤快完全出乎我的意料，后来我碰到大陆当代文学专家，他们往往跟我提起文倩。不管怎么说，我不可能再对文倩提出任何要求了。

高晓声和陆文夫的命运，其实是和新中国六十年的历史密不可分的。台湾学者要研究大陆当代文学，如果对这段历史不能深入其中，所有的研究只能流于浮面。现在文倩已经了解了这个道理，但我不能说，她这本论文的分析都一定到位。每个人对历史的理解，都需要一个过程。以我个人来说，从 1989 年 7 月第一次到大陆，到现在已经不知道跑了多少地方，我绝对不敢说，我已经完全了解新中国的变化过程。我们比较不幸，跟大陆隔绝了快四十年，又被台湾和西方的宣传洗脑了四十年，如果还选择研究当代中国，那只能靠不断地努力，不断地自我提升，不然就是浪费时间与生命。至少我觉得，文倩已经走到正确的道路与方向上，这是相当可喜的。

文倩这几年的努力，还有她已成形的论文，让我回忆起我接触当代大陆文学的过程，特别让我能够重温旧梦，想起我对陆文夫和高晓声的喜爱，而且因此也得到他们几乎所有的作品，对我来讲，也是很有纪念意义的。

2011 年 9 月 30 日

（黄文倩:《在巨流中摆渡：“探求者”的文学道路与创作困境》，台北：台湾师范大学出版中心，2012 年 1 月）

为何要出版这一套选集

——《2015年台湾小说、散文选》序

20世纪90年代，我年富力强，但家庭经济有些困窘（我必须为父亲还债，而我太太并未就业），所以只要有赚外快的机会，我很少推辞。其中一项，就是参加文学奖的评审。当时的评审费还不算少，两大报尤其高。因此，我阅读了不少年轻作家的作品。又因为当时很多大学都举办校园文学奖，我在台湾清华大学，长期负责这项工作，大学生的作品也看过一些。

根据我当时的印象，这些刚开始走上作家之路的年轻人，一般可以分为两大类。第一类比较有写作经验，甚至跟某些著名作家私下学习过，他们比较熟悉当时文坛的流行模式，大都按照这些模式来写作。模拟当然是学习写作的必经过程，本来无可厚非。但如果一味地赶流行，变成千篇一律，读起来也真是痛苦。这一类作品，除了明显很杰出的之外，我通常都不会给高分。

我比较喜欢的作品是第二类。这一类大都来源于自己的生活，作者不很熟悉既有的文学套路，但他很想把自己在现实中的经历

与感受经过转化书写出来。这种作品也有很拙劣的，甚至文字都不好，当然要淘汰。另外一些，情真意切，虽然在文字和结构上略有缺点，我还是很喜欢。我往往把这种作品选入前几名，希望他们最后能够得奖。

决审会议的时候，我常发现我的看法和我打的分数跟别的评审差异极大，我喜欢的作品很少进入前三名，特别是难于获得首奖。而首奖作品，虽然就写作形式来讲比较完美，但我一点也不喜欢，还好我不是一个逞强争胜的人，我的看法虽然很少反映在最后的结果上，我也不很在乎，反正评审费照拿。也因为如此，比较常在评审会见面的文坛朋友，都认为我是个怪人，至于他们是否觉得我的文学鉴赏力有问题，我就不知道了。

因为这样的经验，我就认为，台湾文坛无形中逼迫有志于写作的年轻人都要往模仿的路上走，而且模仿的道路只有少数几条，譬如 20 世纪 90 年代中期的所谓后现代小说，90 年代末期至 21 世纪初的同性恋小说和酷儿小说。我觉得这是把初入文学之路的年轻人带到死胡同，未来的发展很有限，按照他们选择的路往前走，只会越走越窄，最后不断地重复，只好停笔。我个人认为，写作应该从自己的生活出发，有感觉才写，在写作过程中逐渐掌握遣词造句和谋篇的技巧，这些技巧当然要植根于长期文学阅读的累积。如果没有这种累积，有再大的写作欲望，也不可能成为一个好作家。所以我认为学习写作的程序很简单：从生活经验出发，多读，多写；从中找出适合自己的写作方式。最要避免的是按照流行模式一直写下去，流行什么就写什么，那一定会完蛋。我觉得台湾文坛一直鼓励年轻人走后面这一条路，因此台湾文学的发展才会越来越艰难，最后很少有人想读。

四年多前（2012），我在北京跟一位大陆朋友聊天。朋友阅读兴趣广泛，刚读过一批台湾新乡土小说，他听过别人谈过这一种小说，想要知道"新乡土"是什么意思。他说，读了这一批作品，他可以了解这些作家的心态，但从里面看不到当代台湾的生活气息。他认为新乡土小说是按作家对台湾这块土地的特定看法，去构建一个历史世界，有相当的"人为"的成分。我觉得他的感觉很敏锐，但我反驳说，大陆的莫言、阎连科甚至某种程度上的余华，虽然内容更广泛一点，但他们的构思方式，不也是用一种历史观，去描述大陆过去几十年的历史吗？他大致同意我的看法，不过他又说，大陆作家人数多，还有更多的人不按莫言等人的方式来写作，他们作品中当代生活气息相当强，读者并不比莫言等人少（当时莫言尚未得到诺贝尔奖），你们台湾专门出版莫言这一类作家的作品，对大陆文坛的理解相当地片面——他这种看法我是同意的。

他问我，为什么台湾的小说会这么缺乏当代生活气息？我就把我过去参与文学奖评审的经验讲给他听，我说，台湾评论界会特别偏爱某几种创作模式，这对新进作家形成无形的压力，让他们不知不觉地往这种方向走，以至于他们的创作常常不是从自己的生活经验出发，只有这样，他们的作品才有可能获得青睐，因此，才会有你提出来的那种现象。

朋友突然说，虽然你的文学观点在台湾不受重视，你还是可以想办法编一些选集，经由这些选集，来让台湾的创作者和读者了解到，这也是一种文学作品，而且可能是更好的文学作品的起点。我说，你简直在说风凉话，你知道这要花多少工夫，花多少钱，而效果却微乎其微，我为什么要做这种事情，我还有很多事情要做。我的朋友反唇相讥，你不是很有使命感吗？难道再为台湾文坛做一点事你都不情愿吗？如果这样，"台独"派不是更可以说，你一点都不关心台湾。我当然理解，他讲这种话是要逼迫我去做这件事。我以前那么关心台湾，老是提出一些"诤言"，没人理我，还有人骂，我只好走开，有谁要我再用这种方式去关心台湾呢？朋友看我气得不想讲话了，就转换口气说，你自己估量一下，有没有可能按你的观点来编年度文学选，就算你为台湾再尽一份心意吧。

这一次谈话给我留下深刻的印象，我一直没有忘记，一直在想有没有可能做这件事，要如何做，又不会太花我的时间，毕竟我还要做其他的事。我终于想起我以前指导的博士、现在在静宜大学任教的蓝建春，我约他谈这件事。建春在静宜大学一直教授台湾文学，他的文学观点和我并不完全一样，但也和台湾的主流观点有相当差异，至少他对于作品好坏的判断是相当具有独立性的，很少受到别人的影响，如果他愿意承担编选工作，这一套选集一定会有特色，这样就值得一做。

我们见了面，我谈了我的构想，以及选录作品的最基本原则（从生活经验出发，要有当代生活气息，不要太重视技巧与创新）。我问他，如果他同意我这些大原则，他愿不愿意承担这项工作；如果他愿意，我会尽可能地尊重他的选择，尽量不予更动，我相信他的眼光。建春同意了，而且说，他一个人负责选小说，另找一位他信任的学生一起选散文，我非常高兴，这件事终于可以进行了。

建春原计划在今年（2016）2月底前把选目和作品交过来，但因为是第一次做这种工作，还是拖了一段时间，等到他交出全稿时，九歌的"年度文学选"刚出版不久。我立即买来九歌的两本选集，和建春的选目核对，发现除了一篇小说外，其他选目竟然完全不同。我非常高兴，这就证明两边各有各的选择标准，这样，对文学有兴趣的读者，至少可以读到两种选集，怎么说都是一件好事。我再花了几天时间，把建春所选的作品粗略地读了一下，发现这些起码都是不错的小说或散文，建春显然是很有眼光的。也许他可能会一时眼花，遗漏了某些更好的作品，但至少我们可以说，选进来的都没选错。我要特别感谢建春和他的合作者。

最后要说明的是，有极少数的小说，因为没收到作者的同意函，只好割爱。让我们困惑不解的是，约有三分之一的散文，作者一直没有回信，不知道是我们联络的方式出了问题，还是其他原因，总之是不能再等了。过去两年内，我浏览所及，记得有两篇好文章，征得建春同意，也收了进来，放在散文卷最后面。其中一篇 2014 年发表，另一篇写于 2014 到 2015 年，收入 2016 年作者自费出版的书中，与本选集的体例略有不合，但两篇都写得很好，可以弥补散文选篇幅的不足，希望读者能理解。

我们第一次尝试这种工作，一定有很多不足之处，希望读者多多指教。

2016 年 7 月 22 日

（《听说台湾：台湾小说 2015》《十字路口：台湾散文 2015》，台北：人间出版社，2016 年 9 月）

附　录

附录一

中华文化的再生与全球化

一

八十年前，中国最优秀的知识分子曾经以最激烈的态度批评过中国文化，像"把线装书丢到茅坑里""最好不要读中国书""废除汉字"一类的言论随处可见。[1] 即使在二十多年前，也还有人批评中国社会是"超稳定结构"，数千年不变，并认为这种"大陆型"文化无法与丰富多变的"海洋型"文化相比。[2]

这一类型的对中国文化的批评，其实都来源于同一的疑惑，即中国为什么不能像西方文化那样，发展出资本主义的生产方式，为什么不能发展出西方的科学与民主、个人主义与自由主义？

自鸦片战争以后，一百年间，中国无法抵挡任何外国的入侵，甚至连跟中国同时"西化"的日本都可以打败中国。就国内而言，自太平天国开始，动乱从来就没有中断过。甚至在 20 世纪六七十

---

[1]　参看周策纵：《五四运动》第十二章，南京：江苏人民出版社，2005年 7 月，第 303—316 页。

[2]　"超稳定结构"的说法为金观涛所提出，见其所著《兴盛与危机》。

年代，还发生了长达十年的"文化大革命"。这一切，使得中国人丧失了民族自信心，怀疑自己的文化大有问题。

然而，也不过二十年的时间，中国的经济发展突飞猛进，中国的崛起全世界瞩目，可以预期，21世纪即将成为中国人的世纪。这一切变化实在太过惊人，恐怕连中国人自己都有点半信半疑。

现在已可以确信，不论这种奇迹是如何发生的，中国从豆剖瓜分、混沌无序的危机中浴火重生、再度崛起，是毫无可疑的。在惊魂甫定，欣喜之情油然而生的时候，我们不得不对自己文化坚韧的再生能力感到十分地惊讶，现在也许已到了对中国文化重新评价、重新"翻案"的时候了。

二

其实，很早以前，中、外历史学家就已发现，中国文化自形成以后，经历了数千年之久，从来就没有间断过，是世界文明史上唯一的例子。中国文化的再生能力早经历史证明过，现在只不过再一次证明而已。

但是，正如前一节所说，一百年来"西方中心观"的历史研究却一再地漠视中国文化这一特性。这一类的学者一向热衷于找出中国的病根，但事实是，他们对中国文化的特殊性、中国历史的复杂性并未有所理解。法国著名汉学家谢和耐说得好：

> 一直到中世纪研究发展起来之前，我们的中世纪始终被认定是一个愚昧和停滞不前的时代，而史学家们的著作却揭示了一种丰富的和复杂的发展，赋予了似乎是死亡的东西一

种生命、色彩和运动。中国的历史就如同我们那未经探讨过的中世纪一样，被反复指责为停滞不前、同期性循环先前的状态、相同社会结构和相同的政治意识形态的持久性，这都是对于一种仍不为人所熟悉的历史价值的判断。毫无疑问，自本世纪初以来，在中国、日本和西方国家为中国历史所写的大量著作都使我们的知识获得了巨大发展。但尚谈不上如同人们可以对西方历史所做的那样深入探讨非常细枝末节的问题，人们远未达到足以使人想到把中国社会的发展与欧洲的发展相比较的那种研究分析水平。[1]

中国文化最大的特色在于，她的强大、广博的吸纳能力。她以中原地区为核心，不断地往四方发展，吸收了许许多多的民族文化，融汇成统一中有多元因素的文化体系。对外而言，通过"丝绸之路"，她也从不间断地吸纳"西方"（伊朗、印度、阿拉伯、罗马等）的各种事物，以增广自己文化的内涵。

从东汉末年到唐代，中国对印度佛教文化的学习是最突出的例子。中国人花了几百年的时间把佛教经典几乎都译成中文，为此，还有不少人跋涉几千里到印度取经。宋朝以后整个佛教文化已和原有的中国文化融为一体，中国文化的体质有些改变了，但仍然还是中国文化。

佛教的例子可以看到，中国吸纳不同文化的过程是极缓慢的，

---

[1] 谢和耐：《中国社会史》，南京：江苏人民出版社，2005 年 7 月，第 18 页。又，近年来对于中国历史研究的类似的看法不断出现，请参看王国斌《转变的中国》，南京：江苏人民出版社，2005 年 7 月；柯文：《在中国发现历史》，北京：中华书局，2005 年 4 月。

跟日本的短时间内几乎全盘照搬（唐代学中国，近代学西洋都是）截然相反。因为缓慢，就有如老牛反刍，最后全消化在原有的体质中。从基本体质的外表看，她似乎没有大改变，然而"新血"确实已经输进来了。因此，我们不能说，这种文化是"停滞"的。一种文化"停滞"了五千年而没有僵硬致死，这实在很奇怪，只能说她从未"停滞"过。

新中国诞生的时候，日本帝国才瓦解不久，这两件截然对比的事件引发一些日本学者的反思。他们认为，中国现代化的过程比日本艰难得多、痛苦得多，但也许中国人走的是正确的道路，而日本快速地、全面地学习也许有问题。他们比较福泽谕吉和鲁迅的思想，发现鲁迅的看法更深刻、更有道理，并称赞鲁迅才是"落后"的亚洲真正具有独立性的思想家。这个例子可以说明，中国独特的吸纳外来文化的方式；也可以说明，她的文化的绵延性为什么那么强大。[1]

中国开始被迫向西方学习，到现在也不过一百六十多年。如果从晚明开始接触西方近代事物算起，就有四百年以上的时间。即使在战乱频仍的民国时期，中国也已翻译了不少西方书籍。新中国曾经花了大力气翻译许多西方经典，"文革"中断十年以后，翻译数量在最近二十年中有了惊人的增长。中国的翻译家到现在还受到尊敬，有不少知识分子以翻译作为一生的志业。这些都证明，中国吸收西方文化的态度是极认真的。

但正如魏晋南北朝隋唐的学习佛教不是全盘"印度化"，近一百六十多年来中国的现代化也不会是照着西方的路子走，这是有

[1] 参看竹内好:《近代的超克》，北京:生活·读书·新知三联书店，2005 年 3 月。

中国特色的现代化的道路。中国的历史够悠久，中国的人口也够多，这些都可以保证，中国现代化成功以后，不会是西方国家的翻版。全球化理论认为，资本主义体系将会把整个地球变得一模一样，我想，这种理论很难在中国得到证明。

三

中国的经济目前已在全球体系中占了举足轻重的位置，以至于有一种讲法，认为中国已成为，或者即将成为"世界的工厂"。假如一直沿着现代化的道路往前发展，再过半个世纪，中国的生产力也许可以超过美国，这是很多人已经预期过的事。不管怎么说，中国已经或即将对全球化产生重要影响，这大概是没有人可以否认的。那么，在这个时候，中国文化会在全球化中扮演什么角色呢？

中国崛起对全球化的影响，可以从更深层的文化心理去加以考虑。西方文化基本上是一种海洋文化，也就是说，它们的经济形态是一种以海上交通为主轴的商业文明。古代的希腊、罗马，是以地中海为通道的商业文明，近代的西班牙、荷兰、英国、美国则是以大西洋、太平洋为通道的商业文明。

商业文明的本质有点类似于海盗，我们看早期英国的殖民集团就是海盗集团与英国政府的综合体，即不难窥知一二。因此，西洋的海洋帝国是以掠夺作为商业助力并为其手段的。英国为了打开中国的大门，为了打破与中国贸易不平衡的状态（英国进口中国丝与茶，而中国却可以不买英国商品），于是把鸦片进口到中国市场，并且在中国政府禁烟时，悍然发动战争。当英国议会在争辩是否应该发动这一场战争时，自由党的领袖格兰斯顿说：

> 他（中国政府）警告你们放弃走私贸易，你自己不愿停止，他们便有权把你们从他们的海岸驱逐，因为你固执地坚持这种不道德的残暴的贸易……在我看来，正义在他们（中国人）那边，这些异教徒、半开化的蛮族人，都站在正义的一边，而我们，开明而有教养的基督徒，却在追求与正义和宗教背道而驰的目标……这场战争从根本上就是非正义的，将让这个国家蒙上永久的耻辱，这种耻辱是我不知道，也从来没有听说过的……我们国旗成了海盗的旗帜，她所保护的是可耻的鸦片贸易。[1]

在还有道德感的英国政治领袖的眼中，发动这一场战争无异于海盗行为，但是，大部分的英国议员还是把商业利益放在第一位，投了赞成票。为了强权与利益，正义可以放置一边，我们只要观察近代西方资本主义帝国主义的发展，就可以理解这种批评不是无的放矢。

我们以此角度重读近代西方资本主义帝国主义的历史，就可以发现，不论英、法、德、美各国，每一个国家都曾以武力占领别人的领土，然后再在武力的保护下掠夺当地的资源，并把当地当作产品的倾销地。这种建立在强占与掠夺之上的经济发展，西方人竟可以夸夸其谈地谈西方的自由与人权而不脸红，实在不能不令人感到惊奇。此无他，从海盗行为出发的商业贸易本来就是

---

[1] 特拉维斯·黑尼斯三世、弗兰克·萨奈罗：《鸦片战争》，北京：生活·读书·新知三联书店，2005年8月，第89—90页。

以"强权"作为最后的标准的。西方文化从希腊时代就是如此，因此西方人竟"习而不察"，完全没有想到，他们的"文明"是建立在对其他国家的血腥屠杀与剥削之上的。（近来美国所发动的伊拉克战争，更赤裸裸地表现了西方文明的海盗本质，在此就不加赘述了。）

日本在明治维新成功以后，学习的就是这种海盗式的资本主义。日本号称要争取"生存空间"，于是为了强占朝鲜而发动甲午战争，为了强占东北而发动"九·一八事变"，为了强占整个中国而发动卢沟桥事变，为了夺取太平洋和东南亚而偷袭珍珠港。很多日本人至今还不承认他们这种行为是"侵略"，因为，他们只不过"效法"英、法、德、美各国而已。英、美可以做，为什么他们做不得？先这样做的英、美骂日本"侵略"，无异于先做强盗的责骂后做强盗的，日本怎么会服气？这就是近代资本主义的本质——谁先抢谁赢。

相对于效法西方的日本而言，我们再来看中国人的想法。中国近代革命的先驱孙中山，还在中国革命前途渺茫的时候，曾经讲过这样一段话：

> 中国对于世界究竟要负什么责任呢？现在世界列强所走的路是灭人国家的；如果中国强盛起来，也要去灭人国家，也去学列强的帝国主义，走相同的路，便是蹈他们的覆辙。所以我们要先决定一种政策，要济弱扶倾，才是尽我们民族的天职。

这段话，我高中时代读过，当时觉得，孙中山真是会"吹牛"，中国的前途还不知道在哪里，就讲这些捕风捉影的话。但在日本战败，日本帝国崩溃后，竹内好曾就这段话发表如下的感想：

> 我在战后重读《三民主义》时，被以前忽略了的这一节打动了。中国作为半殖民地国家（孙文认为中国成了多数国家的殖民地，其地位在殖民地之下，故自称次殖民地），在国际政治中，长期没有得到独立国家的待遇，但自己所把握的理想却是这样的高远。这不是真正标志又是什么呢？[1]

相对于日本明治维新还在进行，还未成功的时候，日本的维新志士早就在为了所谓的日本的生存空间而思考"北进"还是"南进"，孙中山的思想确乎是"戛戛乎其难哉"，充分显示了中国文化所孕育出来的胸襟。

从中国文化的发展历程及其所展现的特质来看，孙中山的思想并不是空穴来风的纯个人幻想，可以说是中国文化精神的体现。因为，相对于西方向外扩张的海洋商业文明而言，掠夺不是它的本质，自我保护才是它的文化发展的根本重点。

自秦始皇建立了大一统的集权帝国以后，中国社会的集体任务是在北方的长城线保持守势国防，以防备北方、西北方、东北方游牧民族的南下掠夺。反过来说，它的主要任务是在保护长城南方中国本部的农业文明。当然，有时候它也出征"塞外"，但这种攻势基本上也是"以攻代守"，它很少想要据有塞外的土地。凡是攻势超过自保的需要，而具有帝王个人张扬自己威风的成分，在正统历史上即会承受"穷兵黩武"的罪名。因此，不但秦始皇、汉武帝的过度用兵受到批评，连号称一代圣君的唐太宗对于高丽

---

[1] 竹内好：《近代的超克》，第281—282页，孙中山的演讲文自此转引。

的进攻，即在当时就被许多辅政大臣所反对，认为此举毫无必要。也就是说，中国正统士大夫一向认为，盲目扩张土地一方面劳民伤财，一方面也对中国经济无所助益。（清朝中叶就是基于同一逻辑，拒绝跟西方诸国来往。）

中国现代化的成功，中国经济的崛起，在近现代世界史中树立了一个特例，至今还很少有人提及。此前先进的资本主义大国，不论是英、法、德，还是美、日，谁不曾进行过强占与掠夺，谁不曾让他国沦为殖民地，谁不曾从中得到大量利益（包括中国所支付的巨额战争赔偿），以助于国内的经济发展。而中国，却是在长期被侵略、一穷二白的情况下完全自力更生，从而达到现代化的地步的。中国的崛起是完完全全的"自力"崛起，完全不同于以往的"自力"加"武力侵略"，这就证明，中国人走的是一条现代世界史上仅有的道路。

但是，当中国以其独特的方式崛起的时候，在西方和日本却不断地出现所谓"中国威胁论"，其意以为，中国成为经济强国以后，就会跟着他们以前走过的道路，通过军事或非军事的手段侵略他人、剥削他人。用一句中国古话来说，这就是"以己之心，度他人之腹"，以为他们这样做，中国也一定这样做。如果这样，中国的崛起，不过在现存的经济强国之中增加一个竞争者而已。这样，对全球经济体系不但没有任何好处，反而会因增加了一个竞争者而产生更加不稳定的因素。

从中国过去的历史发展，从中国人的文化心态而言，我以为，中国不会走上这样的道路。首先，中国现代的经济发展集中于沿海地区，面积更广大的西北、西南地区，由于高山众多，降水量少，又有不少沙漠，实际上距离现代化还很遥远。以中国过去历史上的"先内再外"的思考模式来说，与其说中国人急着向外扩张，不如说，中国人更急于解决沿海跟内陆的平衡发展。就像以前，中国人 必须在长城线以来巩固自己，才有能力防备游牧民族一样。这一向 是中国人的思考逻辑。

其次，对外而言，中国人的自保政策也跟西方文化的向外（甚至向遥远的海外）扩张不一样。在开发内陆的同时，中国同时也要"睦邻"，也就是把太平洋地区的小国视为自己的同盟国，这样才能对抗美、日在太平洋的联盟封锁。而这样的"睦邻"当然不是赚东南亚各国的钱，而是帮助他们发展，让他们觉得中国是个朋友而不是敌人。中国人当然再不会"自大"到视自己为"天朝"，但传统的"以己利人"的思考模式还是存在的，这样做并不纯是"利他"，也是"利己"，因为当东南亚成为自己的盟国时，中国的"自保"就会有进一步的保障。对于较远的非洲、阿拉伯国家与中、南美洲，中国也采取同样的政策。中国在外交上，一向与弱势国站在一起，在联合国中有较高的威望，就是来自这种完全不同于西方的外交政策。

针对"中国威胁论"，中国人回答说，中国文化强调"和"的精神。"和"者，"和为贵"、只有彼此互利才可能达到"和"的境界。归根到底，这还是以"自保"为出发点所发展出来的国际观。如果处处占人便宜，就会到处树敌，就谈不到"和"，当然也不可能自保了。

资本主义的大量生产在西方导致了极端性的向外扩张。中国现代化以后，大量生产的规模可能远甚于西方。如果这种大量生产能够达到与世界各国互利互存的境界，那就会改变近代世界史所走的道路，从而改变全球化的本质。这是中国文化对全球化所能提供的最大的贡献，也就是孙中山理想的现代实践方向。作为一个中国人，我们当然希望中国能够按着这条路走下去。

2004 年初稿

2005 年修改

附录二

中国文化是我的精神家园

　　题目这一句话是我的由衷之言，丝毫没有夸张的成分，首先我要简略说明一下我所以有这种体悟的经历。从 20 世纪 80 年代末期开始，"台独"思想逐渐弥漫于台湾全岛。我大惑不解，曾质问同为中文系毕业的好朋友，为什么不承认自己是中国人，难道你不是读中国书长大的吗？他回答，中国文化那么"落后"，中国人那么"野蛮"，你为什么还要当中国人？这样的对答，在其后十多年间不知道发生了多少次。我每次喝醉酒，都要逼着人回答："你是中国人吗？"很少有人干脆地说"是"，因此，几乎每次喝酒都以大吵大闹结束。

　　那十几年我非常地痛苦，我无法理解为什么绝大部分的台湾同胞（包括外省人）都耻于承认自己是中国人，难道中国是那么糟糕的国家吗？我因此想起钱穆在《国史大纲》的扉页上郑重题上的几句话："凡读本书请先具下列诸信念：一、当信任何一国之国民，尤其是自称知识在水平线以上之国民，对其本国以往历史，应该略有所知。二、所谓对其本国以往历史略有所知者，尤必附随一种对其本国以往历史之温情与敬意。三、所谓对其本国以往

294

历史有一种温情与敬意者，至少不会对其本国以往历史抱一种偏激的虚无主义，亦至少不会感到现在我们站在以往历史最高之顶点，而将我们当身种种罪恶与弱点，一切诿卸于古人……"我突然觉悟，我的台湾同胞都是民族虚无主义者，他们都乐于将自己身上的"罪恶与弱点"归之于"中国人"，而他们都是在中国之外高高在上的人。说实在的，跟他们吵了多少次架以后，我反而瞧不起他们。

也就从这个时候，我开始反省自己从小所受的教育，并且开始调整我的知识架构。小时候，国民党当局强迫灌输中国文化，而他们所说的中国文化其实就是中国的封建道德，无非是教忠教孝，要我们服从国民党，效忠国民党，而那个国民党却是既专制又贪污又无能，叫我们如何效忠呢？在我读高中的时候，李敖为了反对这个国民党，曾经主张"全盘西化"，我深受其影响，并且由此开始阅读胡适的著作，了解了五四时期反传统的思想。从此以后，五四的"反传统"成为我的知识结构最主要的组成部分，而且深深相信，西方文化优于中国文化。矛盾的是，也就从这个时候，我开始喜爱中国文史。为了坚持自己的喜好，考大学时，我选择了当时人人以为没有前途的中文系。我接受了五四知识分子的看法，认为中国文化必须大力批判，然而，从大学一直读到博士，我却越来越喜欢中国古代的典籍，我从来不觉得两者之间有矛盾。弥漫于台湾全岛的"台独"思想对我产生极大的警惕作用，让我想到，如果你不能对自己的民族文化怀有"温情与敬意"，最终你可能不愿意承认自己是中国人，就像我许多的中文系同学和同事一样。这时候我也才渐渐醒悟，"反传统"要有一个结束，五四新文化运动已经完成了它的历史任务，我们要有一个新的开始，中国历史应该进入一个新的时期。后来我看到甘阳的文章，他说，要现代化，但要割弃文化传统，这就像要练葵花宝典必须先自宫一样，即使练成了绝世武功，也丧失了自我。如果是全民族，就会集体犯了精神分裂症，即使国家富强了，全民族也不会感到幸福、快乐。我当时已有这个醒悟，但是还不能像甘阳说得那么一针见血。

甘阳还讲了一个意思，我也很赞成，他说，我们不能有了什么问题都要到西方去抓药方，好像没有西方我们就没救了。实际上，西方文明本身就存在着很重大的问题，要不然他们怎么会在征服了全世界以后，彼此打了起来。从 1914 年到 1945 年，他们就打了人类有史以来最残酷的两场大战。我当时还没想得那么清楚，但我心里知道，为了在"台独"气氛极端浓厚的台湾好好当一个中国人，我必须重新认识中国文明和西方文明。应该说，1990 年以后，是我一辈子最认真读书的时期。我重新读中国历史，也重新读西洋史，目的是肯定中国文化，以便清除五四以来崇拜西方、贬抑中国的那种不良的影响。这个时候，我觉得自己年年在进步，一年比一年活得充实。著名的古典学者高亨在抗战的时候，蛰居在四川的嘉州（乐山），埋头写作《老子正诂》。他在自序里说："国丁艰难之运，人存忧患之心。唯有沉浸陈篇，以遣郁怀，而销暇日。"我也是这样，避居斗室，苦读群书，遐想中国文化的过去与未来，在台湾一片"去中国化"的呼声之中，找到自己的安身立命之处。也正如孔子所说，"发愤忘食，乐以忘忧，不知老之将至云尔"。就这样，中国文化成了我的精神家园。

2000 年左右，我突然醒悟到，中国已经渡过重重难关，虽然有种种的问题还需要解决（哪一个社会没有问题呢），但基本上已经走上平坦大道了。每次我到大陆，跟朋友聊天，他们总是忧心忡忡，而我总是劝他们要乐观。有一个朋友曾善意地讽刺我，"你爱国爱过头了"。我现在终于逐渐体会，大陆现在的最大问题不在经济，而在"人心"。凭良心讲，现在大陆中产阶级的生活并不比台湾差，但是，人心好像一点也不"笃定"。如果拿20世纪80年代的大陆来和现在比，现在的生活难道还不好吗？问题是，为什么大陆知识分子牢骚那么多呢？每次我要讲起中国文化的好处，总有人要反驳，现在我知道，这就是甘阳所说的，国家再富强，他们也不会快乐，因为他们没有归属感，他们总觉得中国问题太多，永远解决不完。他们像以前的我一样，还没有找到精神家园。

我现在突然想起《论语》的两段话，第一段说：

> 子适卫，冉有仆。子曰："庶矣哉！"冉有曰："既庶矣，又何加焉？"曰："富之。"曰："既富矣，又何加焉？"曰："教之。"

翻成现在的话，就是先要人多，再来要富有，再来要文化教养。现在中国的经济问题已经不那么重要，我们要让自己有教养，就要回去肯定自己的文化，要相信我们是文明古国的传人，相信我们在世界文明史上是有贡献的。如果我们有这种自我肯定，如果我们有这种远大抱负，我们对身边的一些不如意的事，就不会那么在乎。《论语》的另一段话是：

> 子贡曰："贫而无谄，富而无骄，何如？"子曰："可也；未若贫而乐（道），富而好礼者也。"

以前我们中国普遍贫困，现在基本上衣食无忧，跟以前比，不能不说"富"了，我们现在要的是"礼"。"礼"是什么呢？不就是文明吗？我们能用别人的文明来肯定自己吗？除非我们重新出生为西洋人，不然我们无论如何也不可能把自己改造为西洋人。我们既然有这么悠久的、伟大的文明，虽然我们曾经几十年反对它，现在我们为什么不能幡然悔悟，重新去肯定它呢？事实上，以前我们在外国的侵略下，深怕亡国，痛恨自己的祖宗不长进，现在我们既然已经站起来了，为何不能跟祖宗道个歉，说我们终于明白了，他们留下来的遗产最终还是我们能够站起来的最重要的根据。自从西方开始侵略全世界以来，有哪一个国家像中国那么大、像中国那么古老、像中国经受过那么多苦难，而却能够在一百多年后重新站了起来？这难道只是我们这几代中国人的功劳吗？这难道不是祖宗给我们留下了一份非常丰厚的遗产，有以致之的吗？我们回到我们古老文化的家园，不过是重新找回自我而已，一点也无须羞愧。

苏东坡被贬谪到海南三年，终于熬到可以回到江南，在渡过琼州海峡时，写了一首诗，前四句是：

参横斗转欲三更，苦雨终风也解晴。

云散月明谁点缀？天容海色本澄清。

扩大来讲，中国不是度过了一百多年的"苦雨终风（暴风）"，最后还是放晴了吗？放晴了之后再来看中国文化，不是"天容海色本澄清"吗？这文化多了不起，当然就是我们的精神家园了。最后再引述钱穆《国史大纲》扉页上最后一句题词："当信每一国家必待其国民备具上列诸条件者（指对本国历史文化具有温情与敬意者）比数渐多，其国家乃再有向前发展之希望。"我们国家的前途，就看我们能不能回去拥抱民族文化。

2012 年 1 月 12 日

编后记

为"人间"出书，为"人间"写序

1985 年，陈映真创办了《人间》杂志，为了印行《人间》杂志，同时成立人间出版社。《人间》杂志发行的四年时间，人间出版社在台湾文化界声名卓著。1988 年，因为经济负担沉重，《人间》杂志不得不停刊。人间出版社虽然持续存在，但由于陈映真的统左派立场已经无人不知，他所出版的书籍，除了少数例外，一般销路都不好。渐渐地，人间出版社也为人所淡忘。

到了 2006 年，陈映真个人的生计已经成为问题，他只得应聘到中国人民大学担任客座教授，准备移居北京。在我们看来，人间出版社当然只好结束营业。但出人意料地，陈映真却找上年长他八岁的陈明忠先生，要求陈老出面继续维持人间出版社。两位陈先生具有深厚的革命情谊，我不知道陈映真是如何说服陈老的，陈老还是扛下了这个重担。

有一天，陈老突然到我家来，告诉我，陈映真跟他讲，出版社由他（陈老）顶着，具体业务交给吕正惠去办，陈老问我：你接不接？这让我完全愣住了，一时不知如何回答。

回顾一下我个人跟陈映真的关系，就可以了解，我为什么会不知所措。1992年我加入中国统一联盟，由于我从大学时代就开始阅读陈映真的小说，对他非常景仰和尊敬，所以在统盟开会见面时，我一直维持后辈的礼数。从1998年起，陈映真开始办两岸文学交流活动，每次我都是他的主要助手，我们逐渐有了私交。陈映真的朋友非常多，即使有人因他鲜明的政治立场而离开，在统左派内部，他还是非常重要的领袖。在他身边做事，我常感受到复杂的人际压力。最后，我选择逐渐疏离，他离开台湾之前的几年里，我们见面的次数并不很多，聚会时我也尽量少发言。

所以，当陈老告诉我，陈映真要我接办人间时，我真是大吃一惊。那一天我跟陈老聊了很多（我跟陈老聊天比跟陈映真聊天轻松多了），发现陈老只是试探性地询问时，我就委婉地拒绝了。

后来他们找了另一个人，这个人也很好，但他是做生意的，不太了解文化，又因为人作保被牵扯进债务纠纷，为了不影响人间出版社，主动辞职。这个时候陈老再次来到我家，我知道我必须接受，就点头了。我接手的时候，陈映真已经在北京，所以确切时间应该在2006年六七月间。

接人间时我还在淡江大学担任教职，每周七八个课时，还要指导研究生，够忙的。人间出版社离我家有一段距离，每次去出版社都是我太太用摩托车载我去，两边奔波，颇为辛苦。后来，我太太在我家附近找到一间空房，租金便宜，我们把出版社搬过来，我可以随时到出版社，才免去这个麻烦。

接下来是如何出书的问题。陈映真出的书大多很"硬"，而且书名就已表明立场，销路当然不好。书如果卖不出去，就说不上影响。所以，我决定出比较"软"的书，文字清浅，而又能诉诸感情。我每个月买许多大陆书，各种各类都有；而且，我在大陆的朋友越来越多，他们也可以介绍，选书不成问题。

台湾的阅读人口不多，见闻又不广，如何引发他们的兴趣，是个大问题。我就想，何不亲自写序介绍，公布在出版社的网站上，供人参考。就这样，出一本书写一篇序。累积了一段时间之后，学生或朋友见面时常谈到我的序，有的序还传到大陆，登在大陆网站上，我居然变成写序专家了。有一位朋友开玩笑地跟我抗议：人家读了你的序，就不看我的书了。

学生和朋友一直劝我出书，我老是等待着，以为还不够。近两年，整理好陈明忠的回忆录《无悔》，写了一篇长序；又写了一篇相当长的文章，评论日本学者杉山正明的两本书；然后，连续为么书仪、贺照田的书作序，比较完整地表达了我对新中国发展道路的看法；这几篇我都比较满意，终于觉得可以了。恰好就在这个时候，曾诚提出要为我出书，我就爽快地答应了。

正在编这本集子时，我接到一项新任务：出版《陈映真全集》。《陈映真全集》的编辑工作其实早就在进行，由新竹交通大学亚太文化研究室的陈光兴教授主持，得到亚际书院的资助，也得到陈映真夫人陈丽娜女士的全力支持。但搜集资料的工作接近完成时，原本同意出版的一家大出版社突然表示不想出了。

光兴想找另一家出版社，但陈映真一位深得陈丽娜女士信任的友人坚决反对，并且说服大嫂把出版工作交给人间出版社，我当然义不容辞。我找了陈老（陈明忠），他说他会支持，我就开始进行了。没想到，工作才开始启动，突然接到陈映真去世的消息，原本是作为他八十寿辰的献礼，现在变成他逝世一年后的纪念，工作时间非常短，我的压力非常地大。

出版《陈映真全集》真是让我备受煎熬，主要是刚开始时，经费毫无着落，但如果不及时动手，一年内肯定无法完成。我说服太太，把我们微薄的积蓄先投进去。几位朋友和学生也表示，必要时他们会无息借我钱，如果赔了钱也愿意共同承担损失。后来经费终于到位，但他们的友情我还是会永远铭记。《陈映真全集》终于如期出版，光兴的亚太研究室、亚际书院、光兴推荐给我的编辑团队负责人宋玉雯，绝对功不可没。我的贡献只有一项：在没有把握时不顾风险蛮干下去。

但是我却有意想不到的收获。

20 世纪 80 年代末，"台独"势力日渐坐大。1988 年陈映真适时地和一群朋友组织中国统一联盟，率先撑起"统派"的大旗。对我而言，旗手陈映真比起小说家陈映真更让我佩服。四年后我加入统盟，我们成为同志。对于过去的陈映真迷来说，陈映真成为统派的领袖，让他们感到困惑、愤怒，甚至视之如寇仇。小说家陈映真和政治的陈映真中间横陈着一条大鸿沟，他们无法跨越。对我而言，这完全不成问题。

但我从来没有思考过，小说家陈映真如何会成为既左又统的陈映真。我和陈映真比较密切来往以后，我之所以会对他有所"误会"，以至于逐渐想要疏离，其中原因之一就是，我对陈映真写作与思想发展的"一致性"并没有真切的认识。在我的内心里，小说的陈映真和政治的陈映真还不是水乳交融的。

近年来赵刚对陈映真的解读，让我意识到我的疏失。在这一次出版《陈映真全集》的过程中，我又进一步了解到，根本不可能把陈映真这个人限制在"小说家"或"作家"这样的头衔中。陈映真是一个无法归类的人，他生长在国共内战的氛围中，很早就意识到台湾再度（第一次是割让给日本）被迫与祖国大陆割离的历史意义：这是缘于"二战"中的战胜国美国悍然介入中国内战，企图分裂中国、企图困死社会主义新中国；这又是西方帝国主义在中国抗战胜利之后最近一波的对中国的侵犯。这样，我对陈映真一生的作为，对既写小说又写政论的陈映真"豁然贯通"了。

十一年说长不长，说短也不短，从五十八岁到六十九岁的这段岁月，留下的最主要的痕迹竟然是我办人间出版社这件事，真是令人诧异不已。我不知道当年陈映真通过陈老（陈明忠）"逼迫"（我很难拒绝陈老）我接办人间时是怎么想的，但是，回顾这段历程，我感到很欣慰，这是我一生中"进步"最大的十年——不少朋友对我说，我的文章越写越好，我希望他们说的有一些真实。

最后，特别要谢谢曾诚，他先想好书名，再跟我邀稿，所以我一下子就同意了。再说，这本书的编校工作也不容易，让他辛苦了。

2017 年 11 月 15 日

补记：我手写文章，很在意稿面的整洁、干净，写起来很辛苦。后来我太太学会电脑打字，我对手稿就不那么重视，因为可以在电脑里随时修改。后来我干脆不写了，我一面讲，我太太一面打字，完全没有手稿。这本书全部由我太太打字，而且大半是"口授手打"，再长的文章也都如此。所以这本书可以说是我和我太太共同完成的，因此我把这本书献给我太太。

又，本书最后一校由我的学生徐秀慧、苏敏逸、黄琪椿、黄文倩、曾筠筑共同完成，谨此致谢。

吕正惠作品集

定价：56.00 元

书号：978-7-5225-1790-2

定价：62.00 元

书号：978-7-5225-2020-9

定价：66.00 元

书号：978-7-5225-1867-1

定价：52.00 元

书号：978-7-5225-1765-0